CONTENTS

COLUMN

2023
国内本格ミステリランキング

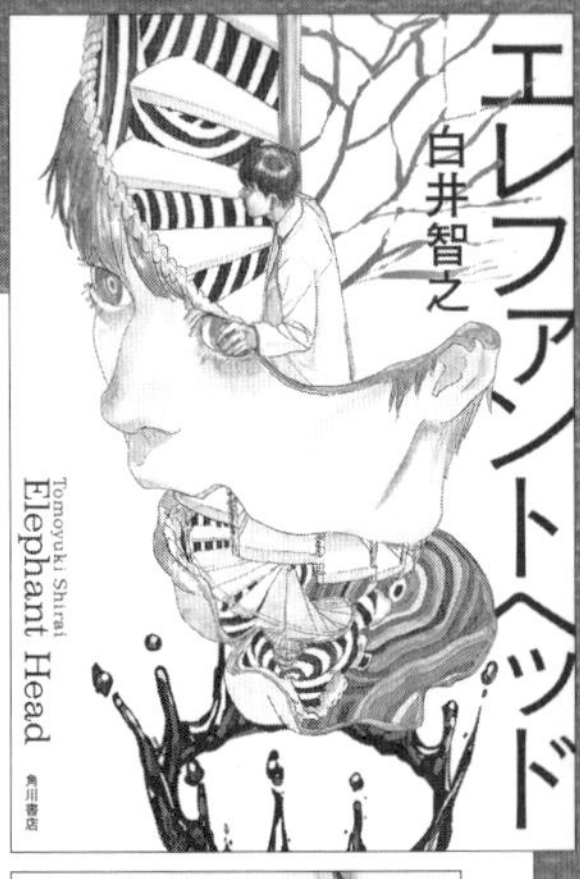

1 エレファントヘッド

白井智之

KADOKAWA ［得票点数：205］

2 可燃物

米澤穂信

文藝春秋 ［得票点数：159］

3 あなたが誰かを殺した

東野圭吾

講談社 ［得票点数：145］

2024本格ミステリ・ベスト10

探偵小説研究会 編著

原書房

4 午後のチャイムが鳴るまでは

阿津川辰海

実業之日本社 ［得票点数：95］

5 或るスペイン岬の謎

柄刀一

光文社 ［得票点数：89］

6 化石少女と七つの冒険

麻耶雄嵩

徳間書店 ［得票点数：78］

7 十戒

夕木春央

講談社 ［得票点数：77］

8 鵼（ぬえ）の碑（いしぶみ）

京極夏彦

講談社ノベルス ［得票点数：68］

9 アミュレット・ホテル

方丈貴恵

光文社 ［得票点数：57］

10 ちぎれた鎖と光の切れ端

荒木あかね

講談社 ［得票点数：48］

2023 国内本格ミステリランキング

11 好きです、死んでください

中村あき　**双葉社**［得票点数：45］

11 しおかぜ市一家殺害事件 あるいは迷宮牢の殺人

早坂 吝　**光文社**［得票点数：45］

13 帆船軍艦の殺人

岡本好貴　**東京創元社**［得票点数：44］

14 エフェクトラ

霞 流一　**南雲堂**［得票点数：42］

14 でぃすぺる

今村昌弘　**文藝春秋**［得票点数：42］

16 涜神館(とくしんかん)殺人事件

手代木正太郎　**星海社**［得票点数：41］

17 焔(ほむら)と雪(ゆき)

伊吹亜門　**早川書房**［得票点数：36］

17 ローズマリーのあまき香り
島田荘司　講談社［得票点数：36］

19 友が消えた夏
門前典之　光文社文庫［得票点数：35］

20 11文字の檻
青崎有吾　創元推理文庫［得票点数：30］

21 **ヴァンプドッグは叫ばない**
市川憂人　東京創元社　[27]

22 **栞と嘘の季節**　米澤穂信　集英社　[25]

22 **魔女の原罪**　五十嵐律人　文藝春秋　[25]

24 **あなたには、殺せません**　石持浅海　東京創元社　[22]

24 **私雨邸の殺人に関する各人の視点**
渡辺優　双葉社　[22]

24 **ラザロの迷宮**　神永学　新潮社　[22]

27 **あの魔女を殺せ**　市川哲也　東京創元社　[21]

27 **鏡の国**　岡崎琢磨　PHP研究所　[21]

29 **八角関係**　覆面冠者　論創社　[19]

30 **アリアドネの声**　井上真偽　幻冬舎　[18]

作家別得票

順位	作家	得票
1	白井智之	[23]
2	米澤穂信	[22]
3	東野圭吾	[17]
4	阿津川辰海	[12]
5	柄刀一	[11]
5	夕木春央	[11]
7	麻耶雄嵩	[10]
8	京極夏彦	[8]
9	方丈貴恵	[7]
10	荒木あかね	[6]
10	早坂吝	[6]
10	中村あき	[6]
10	岡本好貴	[6]

選出方法：対象作品は2022年11月から2023年10月（奥付）までに発行された本格ミステリ小説の新刊作品。「本格」の範囲は各回答者に一任し、11月6日までに寄せられたアンケートの1位〜5位（10点〜6点）にもとづいてランキングを決定した（回答が順不同の場合は一律8点を、その他変則的な回答もこれに準じて対応した）。

2023 国内本格ミステリ・ランキング総評

乱歩登場百年の記念すべき年に、圧倒的な二連覇を飾ったのが白井智之『エレファントヘッド』だ。帯の「絶対に事前情報なしで」に偽りなしの衝撃と本格の快感が読者を襲う。鬼畜めいた発想と構造は本書で頂点を極めた。

2位の米澤穂信『可燃物』は警察小説的型式により、余分をそぎ落とした本格の愉しみを贅沢に味わえる洗練された短篇集だ。22位の米澤作品では日常の隣りにある道具立てから見事なドラマと謀略を生み出している。

3位の東野圭吾が初回の本ミスベスト97年版で5位を取ったのが『どちらかが彼女を殺した』。それから四半世紀以上もの間、小説界の中心で第一線に立ち続けた実績と経験が詰め込まれた本書は東野本格の精華の趣きだ。

4位はデビューから驚異の七年連続全単著10位以内となる阿津川辰海作品。青春もので更なる新境地へ。大読書家兼実践者の引出しはミステリの厚い歴史そのものなのだろう。

5位は柄刀一版国名シリーズ最終作。毎回様々な試みを行い、ロジックの名手の地位も得たシリーズは最高順位で有終の美を飾った。

6位の麻耶雄嵩、実はこれが『さよなら神様』以来、九年ぶりのトップテン入り。似た構造の連作で評価されるのも実に著者らしい。

7位の夕木春央『十戒』は昨年2位の『方舟』系統の作品で、特殊状況ものゆえの様々な工夫と面白さが全編に横溢した作品だ。

8位・京極夏彦『鵼の碑』の刊行はもはや事件といってよい。期待が高まりすぎたファンを満足させる（質・量ともに！）完成度で、今この時代ゆえの作品に仕上がっている。

9位の方丈貴恵は新シリーズ連作でデビューから四作連続トップテンに。強靱なプロットや、設定の妙味と変化に富んだ展開が魅力。

10位の荒木あかねは二部構成のこの一冊だけでどんなものを書かせても凄い！と思わせるだけの力量を見せつけた。20位以内唯一の新人・13位岡本好貴の鮎川賞作品は、時代ものの迫力と本格が適合した完成度が高い長篇。

今年は初ランクイン作家の活躍も目立った。11位の中村あき作品は孤島もの×リアリティーショー設定ならではの仕掛けに唸る。オカルトと融け合う異形の本格16位の手代木正太郎作品や、24位の神永学作品などは今後著者の代表作として語られることだろう。

11位タイの早坂吝作品は著者にしては異色の冒頭からオマージュ本格としての手際が冴える。異色作に挑む作家が多い中でも14位の今村昌弘『でぃすぺる』はその工夫に感心。逆に王道の本格を志向したのが14位タイの霞流一作品で、見立て趣向と仕掛けが秀逸。

17位は島田荘司らしさに満ちた巨編。17位タイ・伊吹亜門作品の探偵と相棒の関係性を探る試みは麻耶の系譜だろう。19位門前典之の作風と驚きの両立に感嘆。20位の青崎有吾は物語の巧さが本格を引き立てる。特に表題作は最高級の暗号脱獄ものである。アニメ化したアンファルの四巻も良い。29位『八角関係』刊行も慶事であった。（嵩平）

エレファントヘッド

白井智之

KADOKAWA

二〇二三年九月　一九五〇円（本体）［長編書き下ろし］

装画／加藤宗一郎　装幀／坂詰佳苗

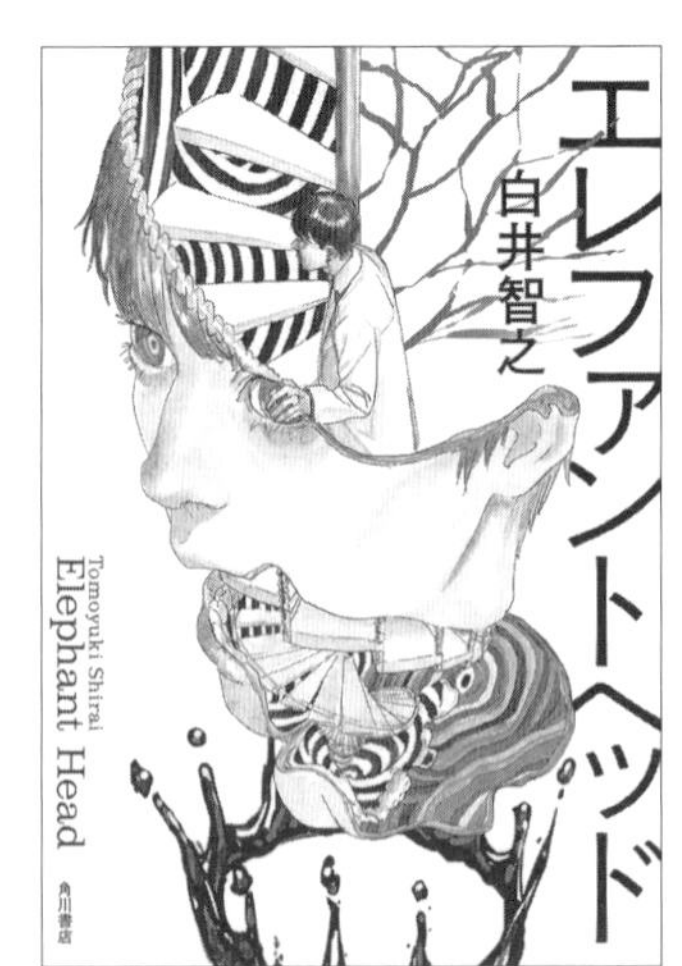

ここまでされたら
やり残しはもう無いだろうと
読者側が判断できる点がさらに凄い

まず最初にお断りを。本書の帯には警告マークとともに「絶対に事前情報なしで読んでください」「驚愕の読書体験を約束します」と書かれているので、本書を読む予定の人は、以下に目を通さないのが最適であろう——と思いつつも、最終的に以下を読む／読まないの判断は、読者それぞれにお任せしたい。

さて、あらすじとしてどこまで書いていいものやら。とりあえず目次からは以下の情報が得られる。プロローグとエピローグに挟まれた本編は八つの章から成り、各章題は「前兆」「変異」「分裂」「増殖」「発症」「進行」「拡散」「消滅」と漢字二文字で統一されている。その字面を追うだけで、物語の流れのようなものがおぼろげに浮かんでくる。

そしてプロローグは「文哉はいつも間が悪かった。」の一文から始まる。そのまま読み進めていくと、彼が神々精(かがじょう)医科大学付属病院の精神科フロア内の食堂でアルバイトをしていること、趣味のオンラインゲームでは fumiya901 というアカウント名を使っていてそれなりに有名であること、同ゲームで共闘したばかりの ayakayaka というアカウント名が、若い女性客の持つスマホ画面上に読み取れたので、思わず声を掛けてしまったことなどが、三人称一視点で描かれていて——

といったあたりが、プロローグの序盤から読み取れる情報となっている。だが大丈夫だろうか（いろんな意味で）。

　病院の精神科の関係者が利用する食堂から始まり、タイトルには「ヘッド」の文字があり、目次にも「分裂」「発症」といった文字があることから（あと病院名の「神々精」も含めて）、この物語が何か「精神病」に関しているのではないか、脳内でいろいろ起こる話を読まされるのではないかと、読者は予想するかもしれない。だが「精神病患者の脳内」を舞台にした場合、作者は何でもやりたい放題になってしまうのではないか……？

　その心配が杞憂に終わったことは、本誌において本作が一位を獲得したことが証明していると言えよう。たとえ脳内が舞台の話であっても、フェアで論理的なミステリは描けるのだ（そもそも世の中のミステリのほとんどは、視点人物の脳内の話であるとも言えるのだから）。

　その上で、特に客観性を必要とする場面では、作者は主人公以外の視点人物を用いて、多面的に事件を描くこともしている（再読したときには、長女の視点のパートの描き方に特に感心した）。プロローグもそのひとつで、実は本編の主人公は「文哉」ではない。「象（エレファント）」の字が苗字に入っていることから想像がつくように、プロローグに出てきた「象山（きさやま）」という精神科医こそがキーマンであり、本編の主人公なのだ。

　そしてこの主人公が（徐々にわかるのだが）とんだ曲者なのである。白井の前作（昨年度版の本誌で一位を獲った『名探偵のいけにえ』）では読者が感情移入できる主人公を立てていたが、それは白井作品では少数派であって、読者が感情移入しづらい主人公を使って勝負を挑んできたところに、今作に賭けた著者の意気込みが感じられる。

　彼への感情移入がまだ可能な序盤において、彼が守ろうとしている日常が描かれ、それが危機に陥り――そして読者には予測不可能な展開がその先に待ち受けている。主人公にとってもそれは未知の体験だったが、現象からルールを推察することは可能であり、それを通して読者にも、今回の特殊設定がどういうものかが伝えられている。必要な情報は（細かい伏線なども含めて）丹念に描き込まれているのだ。

　何も知らずに読むと絶対に驚くであろう、そういった展開を経てから、いよいよミステリ部分が始まる。長編ミステリとしてやや配分がおかしい気がするが、事件は立て続けに起こる。今回も高レベルでの真相の二転三転があり、驚くべき伏兵が登場し、特殊設定だからこそ可能なトリックがダミーも含めて多数披露されている。オリジナリティの高い特殊設定を考えついた点がまず凄いのだが、その設定内でできることをすべてやり尽くしている点（ここまでされたら「やり残し」はもう無いだろうと読者側が判断できる点）が、さらに凄いのである。

　著者が今回編み出した数々のトリックの中でも、目玉といえるものの種明かしは最後まで引っ張っている点など、演出の巧さにも長けていて、今の白井にはほとんど隙がないように思える。前作では抑え目だった悪趣味なあれこれを盛り込んでも、今回一位を獲得した白井が、次作ではいったい何に挑戦するのか――今から楽しみで仕方がない。（市川）

可燃物

米澤穂信

文藝春秋

二〇二三年七月　一七〇〇円（本体）［連作短編集］

写真／Jose A. Bernat Bacete　装幀／野中深雪

贅肉を徹底的に削ぎおとしたストイックに研ぎ澄まされたミステリ

群馬県警捜査一課の葛（かつら）警部は、上司にとってよい部下ではなく、部下にとってよい上司でもない。だが、その捜査能力を疑うものは一人もいない――。

一昨年の『黒牢城』で直木賞と本格ミステリ大賞をダブル受賞し、もはや押しも押されもせぬ巨匠と呼んでも過言ではなくなった米澤穂信。今年度は二冊の新刊を上梓したが、「オール讀物」に断続的に掲載された〈県警葛班〉シリーズをまとめた本書で今年も二位を獲得した。米澤の警察ものといえば『満願』収録の「夜警」があったが、一冊通して警察ものというのは本書が初となる。

本書の帯には「本格ミステリ×警察」と表記されている。「警察小説」ではないのは、「オール讀物」二〇二三年八月号のインタビューによると、「警察小説というと組織の面白さか、一匹狼の活躍を連想する方が多いと思います。が、私はあくまでもミステリーを書きたくて、適した舞台として警察を選んだだけ」とのことで、組織小説としての「警察小説」ではなく、謎解き小説としての「警察ミステリー」だから、ということらしい。

収録は全五編。巻頭の「崖の下」は、スキー場で五人グループのうち四人が遭難、うち二人が崖の下で発見される。一人が死亡、一人が重体で病院に搬送されたが、死亡していた後東の死因は頸動脈を刺されたことによる失血死であり、現場には凶器が見当たらない。同じ場所で見つかったもう一人の水野が犯人だとすれば、骨折で動けなかったはずの彼はどうやって後東を刺し殺し、凶器をどこへどうやって消したのか？

第二話「ねむけ」では、強盗致傷事件の被疑者として警察が尾行していた男が深夜の交差点で衝突事故を起こす。その男、田熊の信号無視による事故なら危険運転致死傷罪で逮捕し身柄を拘束することができる。聞き込みを進めると、まさしく田熊の信号無視だという目撃者の証言がたちまち得られた。だが、深夜三時の事故に四件もの目撃証言が集まったことに葛は違和感を覚える……。

第三話「命の恩」では、榛名山麓の景勝地〈きすげ回廊〉でバラバラ死体が発見される。死体の身元はすぐに塗装業を営む野末晴義と判明し、その野末に金を貸していた宮田村昭彦という男が捜査線上に浮かび上がる。県警は宮田村を死体遺棄の容疑で逮捕するが、葛は事件そのものに不自然な匂いを嗅ぎつける。

第四話の表題作で扱われるのは連続放火事件。太田市内で可燃ゴミから出火する不審火が三件連続し、県警葛班が捜査に派遣される。やがて捜査線上に、七年前に家具小売業者の倉庫が全焼した火事で倉庫の管理責任者だった大野原という男が浮かび上がるが、大野原の容疑を固めきる前にぴたりと放火は止まった。なぜ犯人は放火を止めたのか？

トリを飾る第五話「本物か」では、伊勢崎市のファミリーレストランで立てこもり事件が発生する。窓から姿を見せた犯人は拳銃らしきものを所持していた。犯人の所持している拳銃は本物か。葛班は店内で何が起きたのか、脱出した店員や客からの聞き込みを開始するが……。

『可燃物』というシンプルなタイトルが示すように、本書は減量後のボクサーのように贅肉を徹底的に削ぎおとした、ストイックに研ぎ澄まされたミステリである。本格ミステリとしての純度なら、過去の米澤作品の中でも最高だろう。謎解きに関係しない枝葉末節のドラマは一顧だにせず、事件―捜査―推理―解決というプロセスの面白さだけを凝縮して抽出している。それでいて無味乾燥なパズルに陥ることなく、簡潔な文体と描写によって事件の背景と関係者の心情とを余韻を残しつつ描ききる様は、ハードボイルドとしての鑑賞も可能だろう。五編いずれも高水準、ベストがどれかは人によるだろうが、筆者は構図の転換が鮮やかな「本物か」を推す。

もう一作、二十二位にランクインした『栞と嘘の季節』にも少し触れておく。『本と鍵の季節』の続編となる長編青春ミステリで、「毒草を使った栞の持ち主は誰か」という小さな謎から出発し、登場人物の誰も彼もが「嘘」を抱えているというストーリーを、的確な情報制御で読者を全く混乱させることなくグイグイ引っぱっていく。米澤穂信の小説技術が存分に発揮された仕上がりである。

米澤の全キャリアを振り返るとき、今年度の二冊が抜きんでた代表作と呼ばれることはないかもしれない。しかし、このレベルが代表作と呼ばれないことにこそ、今の米澤穂信の凄みがある。もうこう言いきってしまおう。これが〝巨匠の貫禄〟というものであると。（浅木原）

あなたが誰かを殺した

東野圭吾

講談社

二〇二三年九月　一八〇〇円（本体）［長編書き下ろし］

写真／KONO KIYOSHI/アフロ　装幀／岡孝治

些細な矛盾から関係者たちの秘密を容赦なく暴き、徹底して理詰めな推論で意外な真相に

八月の別荘地に、十五人の男女が恒例のバーベキューパーティのために集まった。顔ぶれは、夫の死を機に東京から移り住んできた山之内静枝、彼女の姪の鷲尾春那とその夫の英輔、公認会計士の栗原正則と経営者の由美子の夫婦、彼らの娘の朋香、総合病院を経営する櫻木洋一・千鶴夫婦、彼らの娘の理恵、その婚約者の的場雅也、大企業会長の高塚俊策と妻の桂子、彼らの部下の小坂均・七海夫婦とその息子の海斗。それぞれに思惑はありつつ、パーティは表面上は和やかに進行し、やがてお開きとなった。

その夜、参加者のうち六人が立て続けに刃物で刺され、うち五人が落命するという惨劇が起きる。犯人は間もなく意外なかたちで判明した。近くの「鶴屋ホテル」で食事をしていた男が、食後に支配人を呼び、自分が犯人だから警察に通報しろと言い、血のついたナイフを支配人に見せたのだ。駆けつけた警察によって男は逮捕される。

それから二カ月後。被害者遺族の一人である鷲尾春那は、職場の先輩・金森登紀子の知人である警視庁捜査一課の加賀恭一郎刑事に、事件の生存者が「鶴屋ホテル」で検証会を行うことになったのでオブザーバーとして参加してほしい……という相談を持ちかけた。犯人が逮捕済みなのにどうして検証会が必要なのかというと、男が犯行の詳細については黙秘しているため、事件の経緯に不明な点がまだ残っているからだ。長期休暇中の加賀はオブザーバーの役目を引き受ける。生存者たちのほか、朋香の付き添いとしてやってきた寄宿舎の指導員・久納真穂や、地元警察の刑事課長・榊も列席し、検証会がスタートする。だが、その二日前、春那のもとに「あなたが誰かを殺した」と記された差出人不明の手紙が届いていた――。

東野圭吾が生んだ数々のシリーズ探偵のうち知名度の高さで双璧と思われるのが、天才物理学者のガリレオこと湯川学と、警視庁の刑事・加賀恭一郎だ。加賀の初登場作品は一九八六年に刊行された著者の第二長編『卒業』（当時の加賀は大学生）なので、著者の作家歴に最も古くから寄り添ってきた探偵役と言える。映像化が多いのも両シリーズの特色であり、湯川が福山雅治の当たり役なのに対し、加賀は複数の俳優が演じているものの、最も演じた回数が多い阿部寛のイメージを思い浮かべるひとが多いだろう。

『あなたが誰かを殺した』は、その加賀シリーズの新作長編である。

タイトルだけを見ると、加賀シリーズの旧作『どちらかが彼女を殺した』『私が彼を殺した』とよく似ている。だが本書はこの二冊の実験的趣向を踏襲しているわけではなく、正統派のフーダニットとして書かれている。別荘地で複数の家族の思惑が交錯する点は、ノン・シリーズ長編『レイクサイド』を連想させるが、狙いはそれとも異なる。本書の大部分は、関係者たちによる検証会――つまり、ディスカッションによって占められている。当然、場面転換も少なく、動きに乏しい展開となるのだが、全く単調さを感じさせず、サスペンスが途切れないのは見事である。

加賀は中立の立場であり、警察官としての経験も豊富なため、一同から進行役を任される。彼は、「質問には正直に答える。嘘をつかない」という条件でそれを引き受ける――「少しでも嘘が交じれば真相は遠のきます。そのことを決して忘れないようお願いします」という警告とともに。当初、彼は入り組んだ時系列を整理し、話が脱線すれば元に戻すなど、要領のいい進行役に徹している。だが、やがて新たな事実が明らかになってきたため、出席者たちは疑心暗鬼に囚われ、罪をなすりつけ合う。収拾がつかない大混乱に陥りそうになった時、ついに加賀が牙を剥く。

加賀は『新参者』などでは人情刑事的な面も見せたキャラクターだが、その本領は、どんな小さな嘘も見逃さない観察眼と、そこから相手の思考を辿る洞察力にある。些細な矛盾から関係者たちの秘密を容赦なく暴き、徹底して理詰めな推論で意外な真相に到達する――本書には、そんな加賀の探偵役としての魅力と怖さが詰まっている。

東野圭吾作品が『本格ミステリ・ベスト10』の五位以内に入ったのは二〇一〇年版の『新参者』以来だが（三位以内は2006年版の『容疑者Xの献身』以来）、それも当然の出来映えであり、紫綬褒章を受章する大御所クラスになっても著者の本格ミステリへの意欲が全く衰えていないことを思い知らされる傑作である。（千街）

午後のチャイムが鳴るまでは

阿津川辰海

実業之日本社

二〇二三年九月　一七〇〇円（本体）［連作短編集］

装画・扉絵／オオタガキフミ　装幀／須田杏菜

日常の中にあっても特別な謎と推理を生み出す空間としてうまく機能している

阿津川辰海初の学園ミステリが第四位にランクイン。著者はこれでデビュー作『名探偵は嘘をつかない』（二〇一七）以降、発表した八作品すべてが本誌ベストテン入りを果たすという快挙を成し遂げた。快進撃はとどまるところを知らない。

あとがきに記されているとおり、本作は「馬鹿馬鹿しいことに情熱を捧げる、愛すべき馬鹿どもの青春ミステリー」である。舞台は学校祭を間近に控えた私立九十九ヶ丘高校。この学校のそこかしこで、生徒たちが持て余したエネルギーを発散する！

第一話「RUN！ ラーメン RUN！」では、どうしても昼休みに学校を抜け出してラーメンを食べたい男子高校生が登場する。教師や生徒の目をかいくぐり、いかにしてラーメン店まで移動するのか。教室に戻ってからも、ラーメンを食べたことを周囲に気取られないためにはどうしたらいいのか。ラーメン一杯のためになされる二人の努力（とその後の顛末）は涙なしでは読めない。

第二話「いつになったら入稿完了？」はグラウンドでの人間消失の謎が扱われている。文芸部誌のイラストを担当する「アマリリス先輩」が目の前で消失した。締切が目前に迫っているというのに、なぜ彼女は消えてしまったのか。謎はシンプルながら、それを取り巻く人間関係の機微が印象的だ。

　第三話「賭博師は恋に舞う」は、2―Aの男子生徒たちが密かに実施する、消しゴムポーカー大会を描いたギャンブルもの。教師の目を盗むため、生徒たちはトランプの図柄を刻んだり記したりした五十二個の消しゴムを用意する。消しゴムゆえに目印（ガン）がつけやすいということがここでのポイントだ。このことが読み合い・騙し合いの土台となり、教室は権謀術数渦巻く空間となっていく。さらには、なぜかクラスのマドンナ的存在に告白する「権利」が「賞品」となり、場の熱気は異様なまでに高まっていく。青春の馬鹿馬鹿しさという点でいえば、本書の白眉となる作品である。

　第四話「占いの館へおいで」はケメルマン「九マイルは遠すぎる」オマージュ。本家同様、ふと耳にした「星占いなら仕方がない。木曜日ならなおさらだ」というワンフレーズから、次々と推論が展開され、意外なところにつながっていく。「九マイル～」フォロワーとしてオーソドックスな展開ではあるが、本作では謎解き行為のメリットについて言及されているのが興味深い。謎を解くこと（あるいは、解かないこと）それ自体の意味や効果については、本書の他の収録作でも重要なモチーフとなっている。それらとの共鳴を意識するとさらに興味深く読めるはずだ。

　最終話「過去からの挑戦」の主人公は教師の森山である。彼は久々に古い学校新聞のスクラップを見かける。そこには、十七年前、自身が当事者として体験した、屋上天文台からの女子生徒の消失についての記事があった。過去に思いを馳せていると、彼のもとに一人の生徒がやってくる。そして、その謎は十七年後の今日、解かれることが定められていたと語る。不思議に思った森山は、その生徒を追いかけ、校内各所をめぐることになる。生徒の消失という第二話と類似するモチーフを扱いながら、まったく別の手つきで謎を解消してみせる手腕はさすがである。

　本書にはまた、全体を読み通すことで判明する仕掛けもほどこされている。詳述は避けるが、それを読んで気づかされるのは、九十九ヶ丘高校という場が、日常の中にあっても特別な謎と推理を生み出す空間としてうまく機能しているということだ。そこは、生徒たちの突拍子もない活動を許容してくれるアジールである（もちろん、学校祭を間近に控えているという時期の設定もこれに輪をかける）。通常ではあり得ないような思考や行動がそこでは許される。だからこそ、様々な生徒が、学内の様々なところで魅力的な謎を発生させるのである。

　最終話で教師の視点が採用されているのも効果的だ。教師もかつては生徒だった。彼やその同級生も、大人になって振り返れば、若気の至りとしか言えないようなことを本気になってやっていたのである。このことがイメージさせるのは、九十九ヶ丘高校は今も昔も「馬鹿馬鹿しさ」を許容する場であり、おそらく本書に描かれていないところでも、別の生徒たちが明後日の方向に向けてとんでもない情熱をほとばしらせていただろうということだ。本書はそのような情熱を一貫して肯定する、理想的な青春ミステリである。（諸岡）

或るスペイン岬の謎

柄刀一

光文社

二〇二三年八月　二六〇〇円（本体）［連作中短編集］

装幀／坂野公一

オマージュの域を超える見事な完成度を誇り本作で完結

表題作に加え「或るチャイナ橙の謎」と「或るニッポン樫鳥の謎」を収録。探偵役は南美希風と米国の検視官エリザベス・キッドリッジである。

クイーンの原作『チャイナ橙の謎』は、すべてが「あべこべ」に反転していることで有名な歴史的名作である。被害者の着衣などがあべこべにされた殺人事件が起き、犯人があべこべにした理由が謎の核心なのだが、それを解くには密室トリックを解かねばならない。

作者の腕の見せ所は、犯人が犯行後に、些細な、或る一つのあべこべに気づき弥縫策を弄さねばならなくなる、そんな或るものを案出することである。クイーンはそれを発見した。柄刀も別のそれを発見した。かくして両者とも「あべこべ」を「必然」にできたのである。

事件が起きたのは、奈良の芸術大学の学園祭の日で、呼べど答えぬドアに体当たりして開けた準備室は、家具調度が反転していて、中央には服装をあべこべにされ、顔を焼かれた死体があった。どうやら女性教授らしい。顔を焼く火には中国の書家徐原（シュー・ユアン）の講演用の火薬が使われていた。

あっそうかと膝を打つトリックが冴えている分、真相はシンプルで、すなおに感服できる。これが古典ミステリの美学である。

第二の原作『スペイン岬の謎』は岬の先端にある別荘の海辺で、なぜ被害者が裸で殺されたかが謎の核心だった。原典のメインのモチーフを踏襲しつつ、それをどう味付けして別物にするかが料理人の腕前である。柄刀はクイーンとは全く別の理由を発見し、それが自然に起きるプロットを案出した。

舞台は紀伊半島の南端、「スペイン岬」とも呼ばれる私有地で、巨大人形を燃やすスペイン・カタルーニャ風の火祭を滝沢家が主催している。

被害者は原典では男性だが、柄刀は若い女性が頭部にひどい傷を負って、意識不明の状態で発見され、全裸だったという設定に変える。発見場所は滝沢家の裏庭(パティオ)で、ちょうど雨が降っていた。彼女の衣服は玄関ホールの隅で発見され、雨水で濡れてはいたが、血はついていなかった。また濡れた靴はどこにもなく、ペンダントとブレスレットは化粧台に戻されていた——これが一年前の事件だ。被害者、滝沢秋美は事件前後の記憶を喪失したままである。

なぜ犯人は、現場周辺に何人も人がいるという、危険極まりない環境で被害者を全裸に剝かなければならなかったのか？ しかも気絶しているだけの被害者なら、意識を取り戻して証言されれば終わりなのに、なぜとどめを刺さなかったのか？

警察はどうしても猥褻目的で服を脱がせたという先入観から離れられない。美希風らの推理は別の方向へ進む。

今年また、美希風とエリザベスが見ている中で密室状態のヴィラに不意に人影が出現し、駆けつけると秋美が昏倒していた。彼女は記憶を取り戻すため近々催眠術のような施術を受ける手はずが極秘で進んでいた。同じ夜、容疑者の一人が断崖の上から落ち、翌日死体で発見されるという事件も起きていた。美希風はロジックだけで犯人を一人に絞れた。

クイーン原作『ニッポン樫鳥の謎』は、単行本では The Door Between［間のドア］の題に変えられ、その方が事件の様相をすなおに反映している。

柄刀はここでは密室状態のドアに新機軸を打ち出すことで、原作がウリにしているのと同じ土俵で独自性を出すという困難に立ち向かった。また作中に人間の物真似をする樫鳥（カケス）を登場させて題名らしくする。

事件が起きたのは北海道の一軒家で、詩人を同居させていた病弱で化学物質過敏症の女性が絞殺される。彼女の部屋は南向きの一等室で、一つのドアには鍵がかかり、もう一つのドアはクレマチスの蔦が絡まり、被疑者もドアではなくほとんど壁として認識していたぐらいだった。警察が着目したのは、北向きの部屋が監禁部屋と思しき様子だったことと、直前に壁のペンキが塗り替えられていたことだった。美希風はエリザベスの帰国後起きたこの事件では、一人で密室トリックに挑む。

当初クイーンと同じ国名で本歌取りするなんて！ と不遜で無謀な試みにも見えた柄刀一の国名シリーズだが、全作とも単なるオマージュの域を超える見事な完成度を誇り、本作で完結してしまうのが惜しいくらいである。掉尾を飾るこの三つも秀逸・佳作揃いである。（波多野）

化石少女と七つの冒険

麻耶雄嵩

徳間書店

二〇二三年二月　一八〇〇円（本体）［短編集］

装画／鈴木康士　装幀／坂野公一（welle design）

彰だけが全事件の真相を把握
真相とまりあの推理との
ギャップを読者が楽しめる

本書は『化石少女』（二〇一四年）の続編である。というわけで、まずは前作の設定から振り返ってみよう。

舞台は京都の名門、私立ペルム学園。古生物部は部員二名の弱小クラブで、生徒会が廃部に追い込もうとしている。それに抗う部長は二年生の神舞（かんぶ）まりあ。名家の子女が通う学園では珍しくないものの、いちおう社長令嬢である。それをサポートするのが、下級生の桑島彰（まりあとは幼馴染で、かつ父親が彼女の親の会社の従業員という関係）である。学園では次々と殺人事件が発生。まりあは好奇心から素人探偵として各事件の捜査に乗り出すが、私怨からか毎回、生徒会役員を容疑者と決めつけて推理を組み立てるので、計画に無理があったり偶然に頼りすぎていたりと、ツッコミどころは満載、彰からダメ出しされるという、基本はポンコツ探偵の話として進行する、そんな連作短編集であった。

ただ探偵が先に犯人を決め打ちし、それに合わせて推理を組み立てるというのは、実は麻耶の代表作のひとつ『さよなら神様』と、構造的にかなり似ている。神様の託宣という保証があるからこそ、偶然を組み込んだ無茶な推理が成立するという捻れが、『さよなら神様』の前半三作には見られたが、その手の保証がないとこうなってしまいますよという実例を『化石少女』では見せていたのだ。またこの両作は、ただの短編を集めたものではなく、連作としての趣向が盛り込まれていて、最終的に主人公と探偵役の関係がどうなるか、という部分に注力した構成になっている点でも共通していた。

そんな前作『化石少女』だが、事前情報なしで読むのが一番であろう。ところがその続編として書かれた本書『化石少女と七つの冒険』内では、前作のオチを含む重要な部分が公然と語られてしまっているので要注意。本書を読むのであれば、その前にシリーズ前作を必ず読んでいただきたいと切に願う次第である。

さて本書のあらすじに入ろう。新年度を迎えたペルム学園で、古生物部は廃部の危機を免れており、まりあも無事に進級。二年生になった彰の立ち位置も、外見的には前作と変わらぬまま、周囲からは「従僕クン」と呼ばれていたりする。

前作は六つの短編で出来ていたが、本書はタイトルにあるとおり七つの短編から成る。第一話では理科室で女生徒が殺され、疑いを掛けられた一年生が古生物部に相談に来る。第二話では七不思議のひとつに沿った事件が発生。彰が第一発見者となる。第三話では書道教室で火事が発生。焼死体が見つかる。ここでも彰たちが第一発見者となる。第四話で殺された女生徒は「化石女」というダイイング・メッセージを残していた。第五話の屋上で発見された女生徒の死体は、まりあの盗まれた制服を着ていた。第六話では男女三人が心中をしたように見える事件が発生。まりあはライバル探偵から挑戦を受ける。第七話で殺害された女生徒は、自身が書いたラブレターを握りしめていたが、それは彰にとって見覚えのあるものだった……。

今回も学園では殺人事件が大量発生。しかも毎回なんらかの形で古生物部が関わるように出来ている。生徒会の体制が変わったため、今回は積極的に罪を着せたい相手がいないぶん、まりあの推理は純粋性を増しているようにも思えるが、惜しかったり惜しくなかったり、その品質はややバラつき気味。また本業（化石発掘）が良い感じになってくると、探偵趣味はなおざりにされたりもする。各事件の犯人も捕まったり捕まらなかったりとバラバラ。そんな中、まりあと彰の関係性に変化が生じてくる。古生物部の将来が心配されていたが、三人目の部員が見つかり、また彰に好意を寄せているように見える女子が現れたりもする。

そんな脇役たちの活躍も目を惹くところだが、本格ミステリとしての作り込みに関しては、さすがと言うしかない。探偵役がまりあ以外にも登場し、推理が乱れ飛ぶ中、なぜか彰だけが全事件の真相を把握していたりする。もちろんそれがあるからこそ、真相とまりあの推理とのギャップを読者が楽しめるのだが。

そして最終話。ラブレターの事件である。具体的には書けないが、このラストに向けてすべてが構成されていたのだ。あの『さよなら神様』と裏表の関係だった『化石少女』の、さらに続編として書かれているのだから、そりゃあ普通には終わらないだろう。本格ミステリのファンならば、この連作の趣向を味わわずして、二〇二三年は終われないはず。おっと、前作を未読の方は、まずはそちらからどうぞ。（市川）

十戒

夕木春央

講談社

二〇二三年八月　一六五〇円（本体）［長編書き下ろし］

装画／影山徹　装丁／小口翔平＋畑中茜(tobufune)

読者に向けて充分に説明がなされた「足跡の謎」を材料に精緻なロジックが組み立てられている

一代で財を成した資産家の大室脩造が急死した。彼は独身であり、弟の一家が遺族として遺産整理に着手する。

生前に付き合いがあったという観光業者がまず進言してきたのが、故人が個人的に所有していた和歌山県沖の孤島の視察だった。所有しているだけで税金やら管理費やらが嵩むのが不動産だが、逆にリゾート開発に成功すれば収入源にもなる。開発するにせよ売却するにせよ、まずは早急に視察すべきだと言うのだ。

主人公の里英は故人の姪で、芸大志望の浪人生。小学生時代には何度も島で伯父と遊んだ記憶があり、今回は父とともに八年ぶりに島に渡ることになった。周囲一キロほどの枝内島には、別荘と倉庫のほか、バンガローが五つほど建てられている。別荘は二階建てで寝室が八つあり、ペンションを思わせる造りである。ガソリンで動く発電機があり、水は海水を濾過したものが蛇口から出る。条件的にはまずまずで、ただしここ五年間は放置されていたという、それらの施設の現状がどうなっているかが問題だった。

一泊二日の視察旅行には里英と父のほか、観光業者と不動産業者、建設会社の社員に故人の友人まで含めて、総勢九人が集った。チャーターした釣り船で島に上陸する。ところが別荘には、伯父以外の誰かが過ごしたような痕跡があり、そしてバンガローにはさらに大きな問題点が積み上がっていた。それでも問題解決を先延ばしにしたがる優柔不断な父に、同調する意見が多くあり、九人は何も手を打たずに一夜を過ごすことにする。

だが夜が明けてみると、島にはクロスボウの矢が刺さった死体が転がり、生者は八人に減っていた。さらに犯人が書いたと思しきメモが別荘の玄関に貼り出されており、そこには、迎えの船を延期して滞在期間を三日間延長すること、それを不審がられないよう島外と連絡を取ることは許可するが警察には通報しないこと、決して犯人捜しをしないことといった、十の戒めが書かれていたのである。

知り合い同士だった者なども中にはいたが、基本は寄せ集めの九人だったはずである。なぜ死者が出たのか。そして三日間の猶予がなぜ必要なのか。いったい何が起こり始めたのだろう……。

大正時代を舞台にした『絞首商會』でデビューし、二作目の『サーカスから来た執達吏』でさらに高い評価を得た夕木春央だが、現代を舞台にした三作目『方舟』は昨年度の本誌で二位に入り、本屋大賞にもランクインして、いまや最も注目度の高い作家の一人となった。そうした中、今年はデビュー作から続く大正ものの連作短編集『時計泥棒と悪人たち』と現代ものの本書の二冊を上梓し、後者がこうしてまた本誌のベストテンにランクインした。『方舟』と登場人物が共通しているわけではないものの、旧約聖書に由来する漢字二字のタイトルの共通性から、同傾向の作品として読まれることが期待されているはずである。

実際、前回が地下施設で今回は孤島ということで、どちらもクローズドサークルを舞台にしている。といっても今回は物理的に閉じ込められているわけではない。ただ一定期間、島から外に出てはいけないし、通報もしてはいけないのだ。

二作続けて設定にひと工夫が追加されているものの、もちろん読みどころはそこだけではない。本作では「殺人犯が誰か知ろうとしてはならない」と十戒で指示されているが、それに反して犯人を特定する推理が披露される。読者に向けて充分に説明がなされた「足跡の謎」を材料に、ここまで精緻なロジックが組み立てられているとは！　いろんな意味でクイーンの名を引き合いに出したくなる。

ロジックに関する評価で言えば、本書は前作を凌駕する出来栄えであり、技術の習得具合において著者の成長にはいちじるしいものがある。そう。孤島を舞台にした作品で「十」という数字を前面に出したのは、海外と国内それぞれの名作を意識してのことであろう（「十人」や「十角」はあえて避けた結果、「十戒」というタイトルが選ばれたのだと考えられる）。本書の「最後のひと捻り」まで加えれば、それに充分値する作品に仕上がっていると言えよう（「最後のひと捻り」だけで言えば、昨年の『方舟』のほうが衝撃度が高く、それが本誌におけるランキングにも影響を及ぼしているのだろうが、ぜひともロジックの出来のほうを評価軸に採っていただきたい）。今年は孤島ミステリが豊作だったという印象があるが、本書はその印象に最も貢献した一作であり、孤島ものの名作として必ずや将来に残る作品になるはずである。心して読むべし。（市川）

鵼（ぬえ）の碑（いしぶみ）

京極夏彦

講談社ノベルス

二〇二三年九月　二二〇〇円（本体）［長編書き下ろし］
カバーイラスト／石黒亜矢子　カバーデザイン／坂野公一（welle design）

**複数の話が次第に増幅し
混交しつつ進んでゆくのが
読んでいて心地よい**

　百鬼夜行シリーズの十七年ぶりとなる待望の新作が出た。同シリーズの誕生は本誌よりも古く、その付き合いは本誌の前身とも言える《創元推理》十六号誌上で行われたアンケートにまで遡る。同誌における本格ミステリの年間ベスト選びにおいて、シリーズ第四作『鉄鼠の檻』が一位、第五作『絡新婦の理』が二位を獲得したのが始まりだった（百鬼夜行シリーズが年に二作も刊行されていた時代があったのである）。続く第六作『塗仏の宴』は、本誌の一九九九年度版で二位を獲得（「宴の支度」「宴の始末」の二冊が年度内に出たのだ）。その後も第七作の『陰摩羅鬼の瑕』は二〇〇四年度版の五位、第八作『邪魅の雫』が二〇〇七年度版で五位と、過去作はすべて本誌ベストテンの一桁順位内にランクインしてきた。十七年もの間隔が空いて刊行された今作『鵼の碑』も八位と、高い順位を維持しているのはさすがと言えよう。

　注意していただきたいのが、今回は同じタイトルでありつつも、四六判ハードカバーとノベルス版という、二つの判型の本が同時発売された点である。著者の版面（はんづら）に対するこだわりから、判型を変えるごとに（ページ内の字組が変わるごとに）文章の直しが必要とされてきたが、同時発売ということは、それぞれに合わせた二種類のテキストを同時に用意したことを意味している（二〇一一年ごろから京極は同様の試みを行ってきた。ただし百鬼夜行シリーズでは、今回の『鵼の碑』が初の試みとなる）。

　講談社ノベルスの刊行点数も、往年の「月に数冊」から今や「年に数冊」のレベルにまで減ってきている。それでも多くのファンが書架にスペースを設けて発売を待っている本というのがあって、この『鵼の碑』もその一冊であった（今だと綾辻行人『双子館の殺人』と有栖川有栖『日本扇の謎』の場所を開けて刊行日を待っていることだろう）。そういった意味も込めて、ここでは講談社ノベルス版を代表として取り上げたいと思う。

　時は昭和二十九年（『姑獲鳥の夏』の事件は作中では二年前のことだと語られている）。関口巽は過去に父を殺したという記憶を持つメイドの話を聞く。本人から相談を受けたのではなく又聞きという点がいかにもである。薔薇十字探偵社には人探しの依頼が来る。失踪人は昭和九年に起きた父親の事故死を調査していたという。木場修太郎は退職した先輩刑事から昭和九年に起きた未解決事件の調査を頼まれる。中禅寺秋彦は日光東照宮の敷地内で新たに見つかった古文書類の鑑定作業に助っ人として参加している。

　探偵社で依頼人の相手をするのは益田であり、榎木津礼二郎だけは読者をじらすように遅い登場となるが、ともあれシリーズのレギュラー陣がそれぞれ「蛇」「虎」「貍」「猨」と題された章に登場するのがまずは感慨深い。彼らが別々に関わった話が、やがて昭和九年前後の日光の寒村を焦点として交わろうとする。それに関してはご都合主義的ではあるのだが、でも四人が揃うところを見たいのは事実であり、そういう読者側の共犯心理が問題を無効化しているので大丈夫。物語は「鵺」の章も含めて五つの筋を跨ぐように展開される。

　その「鵺」の章を任されているのが、問題の地で診療所を営んでいた大叔父の遺品整理に訪れたという緑川佳乃。京極堂を「中禅寺君」と呼ぶ間柄であるところからして、彼女を新レギュラーと考えても良いのだろうか。少なくともキャラは立っているように思う。

　目次では整然と並んでいるように見えた各章が、実際のページ番号を見るとジグザグに（幾何学的に）振られていて、複数の話が次第に増幅し、混交しつつ進んでゆくのが読んでいて心地よい。誰かが必死で探している人物が、別の章ではあっさり登場したりするのを、超然と眺めている楽しさが味わえる。鵼という妖怪はキメラの如き生物であるというが、それを小説として実体化するとこうなるのか。軍部・理化学研究所・放射能などのキーワードが前半から見え隠れしていて、物語の焦点は読者にもある程度の察しがつくように設計されている。中盤で最大の輻輳を見せた物語が徐々に振幅の幅を狭め、それらが「鵺」ならぬ「鵼」という唯一の章に集約される構成美が、本書の最大の読みどころとなろう。

　シリーズの熱心なファンであれば、本書を収めた隣には、さっそく書架に（帯でタイトルが予告された）第十作『幽谷響（やまびこ）の家』を収めるためのスペースを確保したことであろう。そこが埋まるまでの年月が、前作と今作の間ほど長く掛からないことを願って止まない。（市川）

アミュレット・ホテル

方丈貴恵

光文社

二〇二三年七月　一七〇〇円（本体）［連作短編集］
装画／松島由林　装幀／大岡喜直(next door design)

突飛なシチュエーションから
意表を突いた騙し技まで
豊富なアイデアを出し惜しみしない

アミュレット・ホテル。表向きは普通の高級ホテルだが、会員専用の別館は、詐欺師、泥棒、殺し屋まで、あらゆる犯罪者が集う犯罪者御用達ホテルである。ルームサービスに頼めば偽造パスポートからグレネードランチャーまで何でも揃うが、利用者にはふたつのルールが課せられる。「ホテルに損害を与えないこと」「ホテル内で傷害・殺人事件を起こさないこと」。この二つのルールが破られたとき、ホテル探偵・桐生が必ずその犯人を追いつめる――。

アクション映画ファンなら、この設定を聞いただけで笑ってしまうのではないだろうか。光文社「ジャーロ」の連載をまとめた、方丈貴恵の初の連作短編集となる本書は、これまでの特殊設定ミステリではなく、〝犯罪者専用ホテル〟という特異な舞台で繰り広げられる〝特殊状況ミステリ〟である。著者自身も元ネタと認め、本文中でも匂わされる通り、映画『ジョン・ウィック』シリーズに登場するコンチネンタルホテルで本格ミステリをやるというのが、本作の根幹を為すアイデアだ。

収録は全四編。いずれもこの舞台設定を縦横に活用しつつ、各編ごとに趣向を変えたユニークでクオリティの高い本格ミステリである。

Episode 1「アミュレット・ホテル」では、別館十一階の客室で強請屋の男が絞殺される。客室のドアはサービスワゴンに塞がれた密室状態であり、室内では死体と一緒にホテル従業員の遠谷が倒れていた。しかし遠谷は左腕が橈骨神経麻痺で使えず絞殺は不可能。オーナーの諸岡の指示を受け、密室トリックをあっさり解明したホテル探偵の桐生は、現場の客室を利用していた詐欺師の信濃、同じ十一階の利用者である殺し屋の伊田と泥棒の深川という三人の容疑者に聞き込みを開始する——。シリーズ第一作だけあって、多数のアイデアを贅沢に注ぎ込んだ本作が集中のベストだろう。犯罪者御用達ホテルという特殊状況ゆえに生じたファルスめいた真相が楽しい。

続くEpisode 0「クライム・オブ・ザ・イヤーの殺人」は桐生がこのアミュレット・ホテルのホテル探偵になるまでを描く前日譚。犯罪計画者・道家の秘書を務めていた桐生は、病死した道家の代理として、道家が選考委員を務めていた年間の最優秀犯罪者を表彰するクライム・オブ・ザ・イヤーの授賞式に出席することになった。そこへ長年道家と対立してきた窃盗グループのリーダー・桂が接触し、桐生にある依頼をする。そして授賞式当日、壇上で選考委員のひとりが毒殺される。現場の状況から、桐生は最有力の容疑者にされてしまう……。第一話の重要なネタを前提にした話なので、必ず収録順に読むこと。

Episode 2「一見さんお断り」は一転して、アミュレット・ホテルを外部から見るエピソード。スリの瀬戸は、幼なじみのアリアのために奪われたキーホルダーを取り返すため、木庭という男を追っていた。不動産王の隠し子だったアリアが遺産を相続するためには、そのキーホルダーをどうしても取り戻さなくてはならないのだ。だが、瀬戸の目の前で木庭が誘拐されてしまう。木庭を攫った車の向かった先はアミュレット・ホテル。別館に立ち入ろうとしてつまみ出された瀬戸は、なんとか別館への潜入を試みるのだが……。

そしてトリを飾るEpisode 3「タイタンの殺人」では、アミュレット・ホテルが存続の危機に晒される。ホテルの出資者である犯罪王『ザ・セヴン』による五年ぶりの「タイタン会議」で、ホテルの存続問題が話し合われることになっていた。だが会議の最中、ホテルの廃止を主張していた笠居がナイフで刺されて殺害される。会場は厳重なチェックにより凶器の持ち込みは不可能だったはず。容疑をかけられたのはオーナーの諸岡。桐生が捜査を進めると、五年前の「タイタン会議」でも殺人事件が起きていたという事実が浮かび上がる……。

突飛なシチュエーションから意表を突いた騙し技まで、豊富なアイデアを出し惜しみしないのはこれまでの方丈作品と同様。中編サイズゆえに著者のロジックと伏線のテクニックを味わうのにも最適な一冊だ。今村昌弘が×××映画の定番シチュエーションを本格ミステリの舞台にし、青崎有吾が漫画『嘘喰い』の「暴パート」を本格ミステリに導入したように、二次創作的な発想のマッシュアップで本格ミステリの可能性を拡げる試みのひとつとも言えるだろう。第二シーズンも予定しているということで、桐生との再会を楽しみに待ちたい。（浅木原）

ちぎれた鎖と光の切れ端

荒木あかね

講談社

二〇二三年八月　一九〇〇円（本体）［長編書き下ろし］

装画／風海　装幀／bookwall

「第一発見者」が殺される連続殺人という謎の設定は実に新鮮でありそれを見事に着地させている

『ちぎれた鎖と光の切れ端』は、『此の世の果ての殺人』で第六十八回江戸川乱歩賞を受賞した荒木あかねの乱歩賞受賞後初の長編である。『此の世の果ての殺人』は昨年度の本ランキングで国内十七位に選ばれた。これにより荒木は二年連続のランクインであり、初のベストテン入選である。

本書は、二部構成になっている。第一部では、二〇二〇年に熊本県天草市の無人島で発生した連続殺人事件が、第二部では、それから三年後の二〇二三年に大阪府下で起きた連続殺人事件が描かれる。一つの長編小説に二つの長編小説が入った贅沢なつくりの作品である。

二〇二〇年八月、樋藤清嗣たち七名は、島原湾に浮かぶ無人島・徒島（あだしま）を訪れる。メンバーの浦井啓司の叔母が島にコテージを持っており、それを利用して一週間過ごそうという旅程であった。

この七人組の成り立ちは、少し複雑で浦井、伊志田千晶、加蘭結子、竹内隼介、大石有、橋本亮馬の六名は同じ高校の仲良しグループであった。大石が一学年下であとは同級生である。高校は別だった樋藤は同学年の大石と大学時代にバイトで知り合い、大石の高校時代の先輩たちともつるむようになり、その付き合いが就職後も続いている、というものであった……と、いうのは表面上のもので、実は桶藤は復讐のために、橋本がリーダー的な立場にあるこの六人組に接近したのであった。

桶藤は、今回の旅で復讐を果たそうと、砒素を混入させたオレンジジュースを持参していた。それで六人を一気に毒殺し、自分も命を絶つ計画であった。犯行声明は、徒島に渡ってから六日目にアップロードされることとなっており、それを見た警察が駆けつけた時には死体が七つ並んでいる、という寸法であった。

漁師の船で七人は徒島に渡った。コテージの管理人である九城健太郎を拾ってくる必要があるからと、船はすぐに引き返した。次にやってくるのは七日後だ。

桶藤は、連絡手段を絶つため、島に一つしかない公衆電話の通話ケーブルを切断し、いよいよ状況は整った。しかし、夕食の際にジュースを振舞う絶好の機会がありながら、躊躇してしまう。それには、部外者である九城を眠らせる睡眠薬入りの飲料を準備できていなかった、という背景もあったが、桶藤自身が罪悪感から実行をためらった面もあった。

その翌日、橋本の部屋で殴殺死体が発見される。部屋は密室状態で、大石が持参していた斧で扉を破った。凶器は、部屋の置時計。顔面が乱打されており、舌が切断されている、という無惨な状態であった。これが、徒島で発生する連続殺人事件の端緒となる。

この死体の第一発見者となった大石は、翌日、ステンレスボトルで殴殺される。その次の日には、大石の死体の第一発見者となった竹内が殺害されて、と「第一発見者」が殺される連続殺人に発展していく。桶藤は、伊志田や九城と連携しながら、犯人探しを行うが、徒島に吹き荒れた殺戮の嵐はやむことがなかった……。

六人を殺害しようと企てていた「犯人」の立場の桶藤が「探偵」役を務めざるを得なくなる立場の逆転は実に皮肉である。犯行声明がアップロードされるまでに真犯人を見つけなければ、桶藤はやってもいない殺人事件の犯人にされてしまう。そういったタイムリミット・サスペンスの興趣もある。

本書の帯には「Z世代のクリスティー／超絶技巧！」と記されているが、第一部の徒島での殺人事件はクリスティーの『そして誰もいなくなった』を彷彿させるクローズドサークルものである。

同じクローズドサークルものだが『そして誰もいなくなった』では、被害者の罪状が明確であったのに対し、本書ではそれは明らかではない。いや「第一発見者」が殺される、という連続性はあるではないか、と思われるだろうが、「第一発見者」が狙われる理由は不明なままだ。「第一発見者」が殺される連続殺人、という謎の設定は実に新鮮であり、それを見事に着地させている荒木の手腕はデビュー二年目の作家とは思えない見事なものである。

ちなみに、第一部で起きた「第一発見者」が狙われるという連続殺人は、第二部でも発生する。場所や被害者同士の関係性が異なることから、第一部と同じ理由でないことは明らかである。同じ謎を提示しながら、二通りの解決を編み出した点にも唸らされる。

荒木あかねは一九九八年生まれの二十五歳だ。今後の活躍を期待したい。

（廣澤）

好きです、死んでください

中村あき

双葉社 二〇二三年九月 一八〇〇円(本体)[長編書き下ろし]
装画/萩森じあ 装幀/bookwall

ミステリとリアリティーショーの有機的な融合から導かれるトリック・ロジック・意外な真相

白井智之『東京結合人間』やハハノシキュウ『オルタナティブ・ラブ』など近い設定の作品は過去にあったが、これほど恋愛リアリティーショーが舞台でなければならない必然性を持たせ、本格ミステリと有機的に融合させた例は他に思いつかない。

「孤島で起こる、恋愛と××」というコピーのついたインターネット恋愛リアリティ番組『クローズド・カップル』に出演することとなった大学生ミステリ作家・小口栞。無人島に滞在する男女の恋模様に場違い感を覚えながらも、名を売るためになんとか自分の立ち位置を見つけようと奮闘するが、その矢先に事件が起きた。一座の中心にいた人気女優・松浦花火が「死体」となって発見されたのだ。しかも現場は密室状況。やがて彼女の「死」が引き金となったかのように、新たな惨劇が次々ともたらされる。

一方、「三年×組にて」と題された幕間では、恋愛から一歩身を引いた高校生の坂東未来を取り巻く学園風景が叙述され、本編といかに関わるのか読者の予断を許さない。

恋愛リアリティーショーに別のストーリーを重ねて走らせるという点で、本作の発想源となったという「オオカミには騙されない」シリーズ(ABEMA)や、『水曜日のダウンタウン』(TBS系)内で行なわれた芸人クロちゃんの恋愛リアリティー企画などが想起されるが、本作の肝は、そうしたミステリ要素を導入した恋愛リアリティーショーを、再度ミステリに逆輸入してみせたところにある。そこから、この設定でなければ成立しないトリックやロジック(多重推理)、そして意想外な事件の構図が導き出されているのだ。著者の以前の孤島もの『トリック・トリップ・バケーション』を読んだ際もやはり化けたと感じたが、今回この作家はさらに飛躍し、ミステリのコードを完全に自分のものとして更新することに成功した。(秋好)

しおかぜ市一家殺害事件 あるいは迷宮牢の殺人

早坂 吝

光文社 二〇二三年五月 一八〇〇円（本体）［長編］
装画／カオミン 装幀／大岡喜直（next door design）

**読者は警戒しながら読むはずだが
恐らく、それでも
騙されるだろう**

本書の冒頭には「しおかぜ市一家殺害事件」と題する章が配置されている。ここで描かれるのは派遣社員の餓田（うえだ）による一家惨殺の犯行だ。この章は飢田が側頭部に円形脱毛症がある「ぶつかりおじさん」を見て怒りを覚えることから始まる。「ぶつかりおじさん」とはストレス解消目的で老人や女性等にわざとぶつかる中年男性のことだ。その後、餓田は、同じ箇所に円形脱毛症がある男性を見かける。その自宅を突き止めた飢田は、一家三人を惨殺する。この事件は森ノ宮刑事らの捜査も空しく迷宮入りしてしまう。ちなみに、この章で紹介される「逃走する犯人は丁字路に差しかかると大抵左折する」という「左回りの法則」という概念は本書を読み解くうえで役立つので記憶に残しておこう。

「捜査」という短い章を挟んで登場する「迷宮牢の殺人」は女名探偵・死宮遊歩（しのみやゆうほ）が遭遇した事件が描かれる。死宮は、拉致されて「迷宮牢」と呼ばれる建物に監禁される。建物内の通路は迷路になっており、死宮以外に六名の男女が監禁されていた。監禁犯と思しきミーノータウロスと名乗る人物の放送によれば七名のうちの六名は「しおかぜ市」等の迷宮入り事件の犯人で、犯人の部屋の金庫には、犯行に因んだ凶器が入っているという。「しおかぜ市」の後に配置され、その後断続的に「迷宮牢」の合間に挟まる「捜査」と題する章では、死宮と森ノ宮が「迷宮牢」の事件について語っている。

こうした構成の物語で「しおかぜ市」と「迷宮牢」はどう結びつくのか。デビュー以来企みに満ちた作品を書いてきた早坂吝だから、決して見えている通りの内容ではないはずと、読者は警戒しながら読むはずだが、恐らく、それでも騙されるだろう。だが、安心して下さい。本書の帯では有栖川有栖が「完全に騙された。まさか、そうくるとは。」と脱帽している。読み巧者の有栖川さえも欺いた技巧を玩味して頂きたい。（廣澤）

帆船軍艦の殺人

岡本好貴

東京創元社　二〇二三年一〇月　一八〇〇円（本体）［長編書き下ろし］
装画／鈴木康士　装幀／岩郷重力＋R.F

帆船の描写に加えて、その船上ならではのトリックを堪能させてくれる

本書は、第三十三回鮎川哲也賞の受賞作である。同賞としては、三年ぶりの受賞作であり、作者の岡本好貴は最終選考に残ること五度目での戴冠であった。

一七九五年、英海軍の戦列艦ハルバート号は、水兵の補充を必要としていた。たまたま酒場にいた靴職人のネビル・ボートたちは、水兵として強制徴募されてしまう。出港したハルバート号は、任地である北海へと向かうが、ある夜、甲板上で水兵のエリック・ホーランドが殴殺された。当日は、新月で真っ暗闇、隣にいたネビルも何も気配を感じず、いきなりホーランドが倒れ掛かってきた、という不可解な状況であった。その後船上で第二、第三の殺人が発生する。

本書で驚かされるのは、水兵の中には、何の予告もなく徴募された一般市民（しかも船に乗った経験のない陸者(おかもの)）がいたという事実である。現代の感覚では、違法な強制労働なのだが、当時はそれが許容されていたわけだ。

物語は、強制徴募されたネビルの視点で描かれていく。未経験なネビルは、帆の扱いやマストへの登攀、ピストルやカットラス（湾曲した刀）の使い方を叩き込まれ、班のメンバーとともに大砲の訓練を受ける。こうした帆船軍艦に関する解説だけでなく、そこで時間刻みで動く水兵たちのリアルな生活も描かれる。船上の食事は、時には蛆虫が紛れ込むビスケットであり、船倉は溜まった排水のため悪臭が漂っている。そのようなリアルな筆致で描かれる帆船軍艦の世界に読者はひきこまれてゆく。そして、本書には、そうした帆船の描写に加えて、その船上ならではのトリックを堪能させてくれる、ミステリの愉しみもあるのだ。

作者の岡本好貴は、一九八七年岡山県生まれ。まだ三十六歳の若さだが、過去の候補作も「間口の広さは申し分ない」（辻真先の選評より）ので、引き出しは多そうだ。次作は、また違った世界に案内してくれそうで楽しみだ。（廣澤）

エフェクトラ 紅門福助最厄の事件

霞流一

南雲堂 二〇二三年六月 二三〇〇円（本体）［長編書き下ろし］
装幀／岡孝治 写真／Rob Kints/Getty Images,PIXTA（ピクスタ）

著者史上最長の解決編でじっくり繰り広げられるロジックは圧巻

脇役専門俳優の忍神（しのがみ）健一は、死ぬ役を得意としているため、バイプレイヤーならぬダイプレイヤーと呼ばれている。その彼が、俳優生活四十周年のセレモニーを開催することになった。私立探偵の紅門福助は、人間関係や妨害工作などの不安材料を危惧する忍神の依頼を受け、セレモニーが無事開催されるよう目を光らせるため準備に立ち会うことになった。集まったのは俳優やタレント、芸能事務所の社長や映画監督など一癖も二癖もある人物ばかり。現地では、休憩スポットが赤い水で汚されたり、辺り一帯にドーナッツが吊るされるなどの奇怪事が続発。そして、とうとう殺人事件が発生してしまう。だが、現場となった建物の周囲の積雪に犯人の足跡はなかった……。

『エフェクトラ　紅門福助最厄の事件』は、霞流一の長篇としては二〇一八年の『パズラクション』以来、紅門福助シリーズとしては二〇〇八年の『死写室』（二〇一八年に『死写室　映画探偵・紅門福助の事件簿』と改題して三編を追加）以来の新作である。

『フライプレイ！　監棺館殺人事件』や『パズラクション』が実験性の強い作風だったのに対し一見オーソドックスながら、絵になる不可能犯罪や奇抜なトリックなど、著者の作品に不可欠な要素は一通り揃っている。特に、著者史上最長の解決編でじっくり繰り広げられるロジックは圧巻だし、見立て殺人に関するアイディアのひねくれぶりもユニーク極まりない。正統派でありつつアクが強い、著者にしか書けない本格ミステリである。

ところで、「最厄の事件」というサブタイトルのわりに、紅門自身はそんなにひどい目に遭っていないではないか……と疑問を覚えながら読み進める読者もいる筈だ。しかし、ラストで回収されるサブタイトルの衝撃的な意味は誰にも予想できないだろう。紅門が洩らす「ああ、最悪だ、災役だ、最厄だ」という述懐は偽りではない。（千街）

でいすぺる

今村昌弘

文藝春秋　二〇二三年九月　一八〇〇円（本体）［長編］
装画／中島花野　装幀／大久保明子

ジュブナイルホラーミステリであると同時に、本格ミステリとして多面的な企みを秘めた野心作

衰退する田舎町の奥郷町。オカルト好きな小学六年生の木島悠介（ユースケ）と、オカルト否定派の優等生・波多野紗月（サツキ）、転校生の畑美奈（ミナ）の三人は、壁新聞に書く記事の題材として、サツキが持ち出してきた〈奥郷町の七不思議〉について調べることになる。その〈七不思議〉のテキストは、一年前に死亡したサツキの従姉・マリ姉の遺品のＰＣから見つかったものだった。三人はこれをマリ姉のダイイング・メッセージと考え、〈七不思議〉の謎を解くことでその死の真相に迫ろうとするが、小学生なので行動の制約が大きく、またオカルト肯定派のユースケと否定派のサツキの議論も嚙み合わない。そんな中、三人が調査の過程で出会った〝魔女〟は、彼らにこう提案する。どんな推理であれば正解と認めるのか、三人の中でのルールを定めよ――と。

今村昌弘の初のノンシリーズ長編となる本作は、小学生トリオが七不思議の謎を追うジュブナイルホラーミステリであると同時に、本格ミステリとして多面的な企みを秘めた野心作だ。

本作の真相には、ミステリファンであれば有名な先例をすぐに連想するだろう。しかし本作に秘められた野心は、それを導き出す過程にこそある。〈七不思議〉はマリ姉のダイイング・メッセージである、という解釈を前提に、ユースケとサツキがオカルトと合理、それぞれの立場から推理を披露し、中立のミナがその推理の説得力をジャッジするという、三人の定めた解決のルールをはじめ、本作を構成する数々の要素は、読者に対して真相を納得させるための種を周到に蒔いていく。オビに麻耶雄嵩の推薦文として「はたして本格ミステリかオカルトか？」の文字が躍る本作だが、本格ミステリにおける論理や伏線が畢竟真相を読者に納得させるためのものならば、本作はその「納得の構築」において紛れもなく本格ミステリなのである。（浅木原）

涜神館殺人事件

手代木正太郎

星海社　二〇二三年一〇月　一七〇〇円（本体）［長編書き下ろし］
装幀／Veia

**媚態・狂気・嗜虐など
あらゆる冒瀆的な人間の暗部が
ミステリとまぐわった**

幼き頃の妖精との交信で知られたインチキ霊媒師のグリフィスは、著名な霊能者らとともに、かつて悪魔崇拝者たちが集った涜神館に招かれる。交霊会などを通じて物質化・逆行認識・ラッピング・憑依・心霊写真と、一人一人が力を見せつける中、彼らは次々に命を奪われ……。

　ゴシックやホラー・ガジェット本格を嗜好する読者は、装飾の壮麗さに目も心も奪われるが、道具立ての適切さからは、実に細かい計算と精緻な構造が窺える。

　怪奇小説ファンに馴染みの名が並び、霊能者一人一人に能力とマッチした濃厚な造型が与えられ、また怪奇に激しく傾いていく物語ゆえに、本格ミステリ的な落着への期待など亡失してしまう。ああ、大変面白い刺激的な小説には出合えたけど、ジャンル外かぁ、という軽い失望とともに頁を繰る。だが忘却していた。たとえ世界の前提が崩れ落ちたとしても、論理は真実を穿つ槍となりうることを。

　合理と非合理は相反する存在であることから、かつて超常性と本格ミステリとを混ぜ合わせることは、黒魔術のように禁忌扱いされており、存在しても鬼子のような孤独な存在だった。一方で、現代日本では特殊設定が常套手段として蔓延し、ホラー・オカルト設定に対する忌避感が薄れ、雑じり合うことの異常性・禁忌性は失われた。本書は媚態・狂気・嗜虐など、あらゆる冒瀆的な人間の暗部がミステリとまぐわったことで、禁忌であった頃の記憶を喚び起こしてくれる。

　闇に光を当てる科学的精神・合理性から生まれ出た近代探偵小説。一方で、その陰には犯罪・罪人を娯楽として消費するという煽情的な興味があり、もう一つの水脈の源流に超常的なゴシック小説が存在するのは決して偶然ではない。よってそれらの末裔たる本作が先祖返りを希求するのもまた必然なのだ。探偵小説が切り捨ててきた超常や見世物的な悪趣味は脈々と息づき、隔世遺伝で発芽した涜神館の地に妖しい花を咲かせた。（嵩平）

焔と雪 京都探偵物語

伊吹亜門

早川書房　二〇二三年八月　一八〇〇円（本体）［書き下ろし連作短編集］
装画／tt　装幀／早川書房デザイン室

謎を解くことの意味について問い直し、新しい解釈を提示しているところが実に興味深い

京都府警察部の職を辞し、寺町二条に鯉城探偵事務所を営む「おれ」と、共同経営者で、貴族院議員である伯爵のご落胤でもある露木可留良の二人で事件の謎を解く、大正時代を舞台にした連作短編ミステリである。

洛西の梅津村に店舗を構える「小石川木材」の社主・小石川市蔵と小石川家の書生・梶有馬が鹿ケ谷の別荘で、屍体で見つかった事件の謎を解く第一話「うわん」。西院村の石鹼会社の事務員・蓮沼夕子の自宅に放火され、ストーカーが太秦井戸ケ尻で焼死した事件を描く第二話「火中の蓮華」。西陣の織元・『糸久』の社長夫人の不貞調査から社長一族の惨殺事件に発展する第三話「西陣の暗い夜」。鯉城と露木可留良の少年時代に起きた、三条柳馬場で金貸しを営む老婆が惨殺される事件を描きながら二人の出会いを描く第四話「いとしい人へ」。鯉城の亡くなった妻・弓枝の面影を髣髴とさせる、阿武木薬業の社長夫人・志津子をめぐる二つの死を描く第五話「青空の行方」。

プライベート・アイのような一人称で語られる物語は、大正時代の京都を舞台にしながら、ロジカルにかつハウダニット的に本格ミステリを成立させてゆく。時代考証も丁寧で、京都の読者も納得できる仕上がりとなっている。しかも、それぞれの事件の謎を解くロジックが、人間の心理の表と裏に深く食い入っているところが本作の最大の魅力となっているといえよう。

五つの物語は連作短編でありながら、繫がりを持った一つの大きなストーリーでもある。特に第四話の「いとしい人へ」は、露木可留良がなぜ鯉城の為に謎を解くようになったのかについても語っている、切なくも優しいハートフルな物語ともなっている。その一方で、多重解決ミステリの要素も持ち、謎を解くことの意味について問い直し、新しい解釈を提示しているところが実に興味深い。（浦谷）

ローズマリーのあまき香り

島田荘司

講談社　二〇二三年四月　二五〇〇円（本体）［長編］
写真／Adpbe Stock　装幀／坂野公一(welle design)

事件の謎は手強いが
真相に迫るヒントは作中の
そこかしこに配置されている

　二〇二一年に会員制の雑誌として再出発した《メフィスト》誌のVol.1から連載を開始し、同誌の集客に大いに貢献したであろう「御手洗ものの新作」が、ついに一冊にまとまった。

　事件が起きたのは一九七七年。場所は高層ビルの五十階に位置する専用劇場の主演女優の控室。被害者はバレエ界を変えたとも言われる世界最高の踊り手、フランチェスカ・クレスパンだった。死因は撲殺で、傷の状態から即死したものと見られた。割り出された死亡推定時刻は前半と後半の間の休憩時間中。おまけに現場への出入りは厳重に監視されていた。だが彼女は死亡後も後半の舞台に登場し、終幕まで踊り続けたという。満場の観客がそれを見ていたのだった。

　二十年後。御手洗潔は事件の存在を知り、探偵活動を始める。六千キロの距離と二十年の時を苦ともせず、彼は事件の真相に肉薄したかに思えたのだが……。

　今回御手洗の助手役を務めるのは（石岡和己ではなく）、ストックホルム在住のハインリッヒ・シュタインオルト。近年の御手洗ものでは珍しく、中盤に登場して以降、物語の約半分が御手洗の探偵活動で占められている。これはファンとしては嬉しい誤算であったことだろう。

　舞台設定から『摩天楼の怪人』を連想する読者も多いだろうが、個人的にはあの伝説のデビュー作『占星術殺人事件』に似た要素に感慨を覚えた（重要なキーマンを実際に探し出してくる御手洗の行動力たるや！）。事件の謎は手強いが、真相に迫るヒントは作中のそこかしこに（「rosemary → Scarborough Fair」といった連想と同様に、案外あからさまな形で）配置されている。ある種の陰謀論が作中で語られる場面もあるが、伏線に何重にも関わっているので、立ち止まらずに読み進めてほしい。ニューヨークで頻発する変テコな事件の数々など、著者の豪腕ぶりは健在であり、一読の価値は充分にあるのだから。（市川）

友が消えた夏

終わらない探偵物語

門前典之

光文社文庫　二〇二三年二月　八二〇円（本体）［長編書き下ろし］
カバー写真／Shutterstock　カバーデザイン／岡孝治

完成度の高い密室トリックや
豪腕のメイントリックは
はじめての読者にもきっと楽しめる

三重県志摩市、英虞湾に突き出した半島に建つ鶴扇閣。屋根の形状が翼を広げた鶴を思わせる古い洋館で、岡山の名門私立大学の合宿用施設として学生達に利用されていた。

事件が起こったのは演劇部の合宿が実施されたある夏の日のこと。大雨で道路が決壊して陸の孤島と化した合宿所で、集まった学生が次々と殺されたのである。しかも、炎上した館から見つかった死体は首が切り取られていた。

学生のひとりが事件の一部始終をボイスレコーダーに残していたため前後の事情はある程度判明したが、犯人や犯行方法には謎が多い。

事件の記録を手にしたのは数々の奇怪な謎を解決してきた名探偵・蜘蛛手啓司とその助手・宮村達也。蜘蛛手は限られた情報から過去の事件に迫る。

本作では鶴扇閣での事件の章と、奇妙な拉致事件の章が交互に配置されている。建設工事現場で現場監督を務める女性。その日は名古屋から新幹線で東京へ出かけようとしてタクシーに乗り込んだのだが、車は駅とはまったく違う方向に進む。怪訝に思った彼女が運転手に声をかけると、その顔が乗務員証の写真とは似ても似つかないことに気づく——。

合宿所で起きた連続殺人事件と拉致事件。両者がいかに絡み合うかが本篇の読みどころとなっている。ある程度本格ミステリのパターンを知っている読者であっても、ひねりのきいた結末には驚かされるだろう。

シンプルだが完成度の高い密室トリックや、豪腕のメイントリックは、はじめて蜘蛛手の活躍に触れる読者にもきっと楽しめるはずだ。また、古典的な本格ミステリの枠組みにこだわり、フェアプレイに徹している点にも注目したい。何より、これまでも異様な世界を描いてきた門前典之ならではの一種異様な犯人像には一見の価値あり。最後のページまで気を抜けない面白さだ。（松本）

11文字の檻 青崎有吾短編集成

青崎有吾

創元推理文庫　二〇二三年一二月　七二〇円（本体）［短編集］
カバーイラスト／田中寛崇　カバーデザイン／西村弘美

青崎有吾の作家としての実力と幅を感じられるラインナップ

青崎有吾の連作・シリーズものを除く初の短編集がベスト20入りを果たした。

収録作のうち、衆目の一致するベストは百合アンソロジー『彼女。』初出の「恋澤姉妹」と、書き下ろしの表題作だろう。自分たちに関わろうとする者を容赦なく殺していく最強の姉妹を追う「恋澤姉妹」は、百合は観測されることで百合として立ち現れるが、観測者の存在は百合において夾雑物以外の何物でもない——という「百合の観測者問題」を作品化したソリッドなハードボイルド・アクション。この恋澤姉妹がとにかく滅法無類に格好良く、アクション小説の書き手としての青崎有吾の実力を存分に味わえる。一種のホワイダニット・ミステリとしての鑑賞も可能だ。

本格としての白眉は巻末の表題作だ。検閲国家で敵性思想の持ち主として逮捕された官能小説家の縋田（すがた）。収監された監獄には、十一文字のパスワードを当てることができれば釈放されるという奇妙なルールがあった……。十一文字の日本語をノーヒントで当てるという超高難度の暗号ミステリだが、この絶望的な前提条件から、舞台となる監獄のシステムをあの手この手で検証し、仮説を積み重ねて正解に近付いていく、そのロジカルな試行錯誤の過程がすさまじくスリリング。ルールの解明とそれに基づいた論理による解決という特殊設定ミステリのもつゲーム性を突き詰めたような傑作だ。

ほか、福知山線脱線事故を題材にした『平成ストライク』初出の「加速してゆく」、新本格30周年記念アンソロジー初出の館ミステリ「噤ケ森（つぐみがもり）の硝子（ガラス）屋敷」など全八編。漫画『私がモテないのはどう考えてもお前らが悪い！』の公式アンソロジー掲載作まで収録されており、本格のみを集めた短編集ではないが、そのぶん青崎有吾の作家としての実力と幅を感じられるラインナップだ。著者による各話解説も収録したバラエティパック、好きな味からご賞味あれ。（浅木原）

国内本格ミステリ 2023 MY BEST 5 全アンケート回答

青崎有吾 作家

1 **帆船軍艦の殺人** 岡本好貴
2 **焔と雪** 伊吹亜門
3 **或るスペイン岬の謎** 柄刀一
4 **世界の終わりのためのミステリ** 逸木裕
5 **八角関係** 覆面冠者

①は独創的なトリックに加え、過酷を極める船内生活の描写、少しずつ異常性に慣れてしまう主人公の心理がよく描けており、興奮の途切れない一冊だった。名探偵の危うさを扱った作品は増えているが、②はバディ関係にまで切り込んだ意欲作。第二話の動機が特に秀逸。ロジックへのこだわりでいえばやはり③、シリーズ完結お祝いします。終末世界の「日常の謎」を美しく綴り、その新機軸に唸った④。作者不詳の⑤は特別枠、こんなに味の濃い本格モノが幻の一作として埋もれていたとは。

秋好亮平 探偵小説研究会

1 **エレファントヘッド** 白井智之
2 **あなたが誰かを殺した** 東野圭吾
3 **アミュレット・ホテル** 方丈貴恵
4 **十戒** 夕木春央
5 **午後のチャイムが鳴るまでは** 阿津川辰海

冒頭から読者をアンモラルで異常な世界に叩き込む①が最高にドープ。「これぞ白井智之」な多重解決が堪らない。②はまさに横綱相撲。悠然とした構えに相対して気付くと投げられていた。③は特殊設定ものとして面白いのは勿論、著者初の中編集ということで長編以上に伏線の張り方など技巧を堪能できる。衝撃度としては『方舟』に軍配が上がるかもしれないが、犯人指摘のロジックは④のほうが好み。⑤では第三話がイチオシ。作者のミステリに対する生真面目さがよく表れている。

亜駆良人　畸人郷

1. 三人書房　柳川一
2. 可燃物　米澤穂信
3. でぃすぺる　今村昌弘
4. ローズマリーのあまき香り　島田荘司
5. 名探偵のままでいて　小西マサテル

懐かしい雰囲気を漂わせている1は、本当に好みの作品である。一つ一つの話が愛おしい。読んでいて本当に安心できるのが2である。収録されている五編とも読ませる。これまでの作風とは異なっている作品である3は、最初おやっと思わせるのだが、作者の思惑どおりに面白いのである。4は一眼見ただけで圧倒される本の厚さだが、読み始めるとやめられない。そして面白いのだ。著者の面目躍如たる作品である。5は読者を選ぶかもしれないが、ど真ん中の直球作品である。

浅木原忍　探偵小説研究会

1. でぃすぺる　今村昌弘
2. エレファントヘッド　白井智之
3. 死亡遊戯で飯を食う。3　鵜飼有志
4. 魔女の怪談は手をつないで　サイトウケンジ
5. 涜神館殺人事件　手代木正太郎

今年はラノベミステリの当たり年で、③④はともにミステリファン必読の快作。特殊設定ミステリでは最高濃度の②と、物語のテーマとの絡め方が巧みな⑤が抜けているが、今年最大の偏愛作は①。裏返しの特殊設定ミステリというべき作例だが、真相を読者に納得させる手続き、特に「どういう真相であれば解決と認めるのか」を巡る合意の形成こそが本作の肝。この真相が「問題作」にならないことこそが逆説的に本作を本格ミステリたらしめている。今村昌弘のバランス感覚とセンスに脱帽。

嵐山　薫　嵐の館

1. エレファントヘッド　白井智之
2. 午後のチャイムが鳴るまでは　阿津川辰海
3. あなたには、殺せません　石持浅海
4. あの魔女を殺せ　市川哲也
5. 可燃物　米澤穂信

本来罵倒の意味になる、「頭がおかしい」という言葉。その言葉が最高の誉め言葉になる1。細かい構成要素はオーソドックスで、奇をてらっているわけではないのに組み合わさったら驚愕の物語になる。

ラストで明かされる趣向が素晴らしい2。設定が大勝利というべき3。正統派（？）特殊設定ミステリの4。これまた正統派の5。

その他、『あなたが誰かを殺した』『ヴァンプドッグは叫ばない』『ぎんなみ商店街の事件簿』が印象に残った。

飯城勇三　エラリー・クイーン・ファンクラブ

1. エフェクトラ　霞流一
2. 或るスペイン岬の謎　柄刀一
3. むかしむかしあるところに、死体があってもめでたしめでたし。　青柳碧人
4. ラザロの迷宮　神永学
5. ローズマリーのあまき香り　島田荘司

1は、作者が『フライプレイ！』と『パズラクション』で行った叙述と推理における実験を紅門シリーズにフィードバックした傑作。

2は、クイーン縛りでハイレベルな〈推理の物語〉を描ききった作者に敬意を表して。

3は、従来の「おとぎ話縛り」に、もう一つ縛りを加え、かつ、読者の予想外の結末に持って行く巧妙さを評価。

4は、犯人の計画に雑な点があるのでこの位置に。

5は、いろいろ不満があるが、相変わらずの豪腕ぶりに。

市川尚吾　探偵小説研究会

1. ちぎれた鎖と光の切れ端　荒木あかね
2. 十戒　夕木春央
3. エレファントヘッド　白井智之
4. 流神館殺人事件　手代木正太郎
5. 私雨邸の殺人に関する各人の視点　渡辺優

今年は1に圧倒された。とにかく凄かった。2も孤島もの。精緻なロジックに感心していたらさらにそう来たか。3はあのトリックのために考えついた設定上でこんなこともできるぞ、というネタをしっかり仕込んでいて、特殊設定ものの理想的な構築性を評価。4は自分が学生時代に書いた習作の指向性に近く、好きな漫画家のテイストがそこに加わったら偏愛するしかない。5は『笑ってジグソー、殺してパズル』(平石貴樹)の初読時に感じた「お洒落さ」に似た風味があったので好印象。

市川憂人　斜壊塵もの書き

1. 答えは市役所3階に　辻堂ゆめ
2. アミュレット・ホテル　方丈貴恵
3. その謎を解いてはいけない　大滝瓶太
4. あの魔女を殺せ　市川哲也
5. 毒入りコーヒー事件　朝永理人

人生最大級の猛暑に脳を焼かれ、物書き人生最大級の修羅場に脳を焼かれ、すっかり慢性睡眠不足&打合せ寝落ち症候群に罹患した今日この頃、皆様いかがお過ごしでしょうか。

そんなわけでコロナ禍ミステリオールタイムベストな1、のっけから綺麗に騙された2、読者の腹筋と精神を同時に破壊する3、どフェアな設定提示から怖気の走る結末に至る4、シンプルな謎に騙しを詰め込んだ5、と振り返れば結構バラエティに富んだかもしれない選定であった。ムフフ。

臼井二郎　ミステリー愛好家

1. 可燃物　米澤穂信
2. 午後のチャイムが鳴るまでは　阿津川辰海
3. 帆船軍艦の殺人　岡本好貴
4. 答えは市役所3階に　辻堂ゆめ
5. 時計泥棒と悪人たち　夕木春央

1、なんとも無骨でソリッドな警察ミステリながら、密かな遊び心もみえかくれする。推理する楽しみにみちており、ベストに押したい。2、ひたすらに「詰め込まれた」一冊で、その情熱、その過剰ぶりにうたれてしまいました。3、帆船軍艦内での不可能犯罪という設定の時点でおもしろく、舞台を生かした謎解きもすばらしい。4、軽やかな手ざわりの中にも鋭いアイデアとたくらみが仕込まれています。5、愉快な悪人たちと語り口の妙、アイデアの切れに魅せられました。

宇田川拓也　ときわ書房本店

1. エレファントヘッド　白井智之
2. あなたが誰かを殺した　東野圭吾
3. 動くはずのない死体　森川智喜
4. 好きです、死んでください　中村あき
5. 可燃物　米澤穂信

奇想天外で極めて型破り(そして飛び切り不道徳)、けれど随所で冴え渡る技巧によって一級の本格ミステリに昇華した1。設定の使いこなし方とラストに唸る、巨匠が全力投球した〝本格〟の2。多彩なアイデアと考え抜かれた内容で、作品集としては本年屈指の一冊である3。恋愛リアリティ番組+孤島ものという異色な見た目ながら、見事な謎解きが繰り出される4。そして硬質で無駄のない警察小説にして、見抜けそうで見抜けない紙一重の設計が美しい5。豊作な一年でありました。

大森滋樹
探偵小説研究会

1 十戒 夕木春央
2 あなたが誰かを殺した 東野圭吾
3 可燃物 米澤穂信
4 化石少女と七つの冒険 麻耶雄嵩
5 世界でいちばん透きとおった物語 杉井光

ここ20年、ワトソン役の重要性は増すばかり。助手に対する探偵の「異常な愛情」は「あるいは、わたしはいかにして心配するのをやめ、謎解きを再び愛するようになったか」と言わぬばかりである。その結果、事件が論理的に解決した後、後味としてはサイコホラー、サイコサスペンスになってしまう作品が散見された。日本に限らず全世界的に、日常生活がサイコサスペンスになっている気がするので、これはまさしく「炭鉱のカナリア」というか。あははは（笑いごとではない）。

大矢博子
書評家

1 可燃物 米澤穂信
2 鵼の碑 京極夏彦
3 鏡の国 岡崎琢磨
4 魔女の原罪 五十嵐律人
5 不知火判事の比類なき被告人質問 矢樹純

今年はもう『鵼の碑』にすべてを持っていかれるのではと思っていたが、米澤穂信のソリッドな警察小説×本格ミステリには実に痺れた。他に印象に残ったのは小川哲『君のクイズ』、戸田義長『虹の涯』、柾木政宗『まだ出会っていないあなたへ』、遠坂八重『ドールハウスの惨劇』など。

片上平二郎
社会学者

1 友が消えた夏 門前典之
2 或るスペイン岬の謎 柄刀一
3 エレファントヘッド 白井智之
4 鏡の国 岡崎琢磨
5 ドールハウスの惨劇 遠坂八重

はじめまして。初投票ながら、収穫は多いものの圧倒的な一位が選びにくい年度であり少し残念。①は、粗が目立つものの、「不穏な驚き」の残響が一番、自分の中で残った作品。②は、ぶれずに投げられた直球「本格」。③は、「本格」形式を用いて生み出された実験作としてハイレベルだが、それを「本格」として評価すべきかに悩み、この位置に。④は「作中『作』」は良いものの、メインの「『小説』外小説」的構造が成功しているか、迷いどころ。⑤は「書きたい」こと、「書くべき」ことがある人のデビュー作という感触があり、応援したい。他に、「野心」が印象に残った作品として、朝永『毒入りコーヒー事件』、井上『不実在探偵の推理』をあげる。

金沢ミステリ倶楽部
ミステリ同好会

1 あなたが誰かを殺した 東野圭吾
2 可燃物 米澤穂信
3 化石少女と七つの冒険 麻耶雄嵩
4 エレファントヘッド 白井智之
5 或るスペイン岬の謎 柄刀一

①本格の東野圭吾の真骨頂。②初の警察小説は本格ミステリ。③まさかの続編。ミステリと物語の可能性は無限！④多重解決を軸に生涯忘れられないトリック炸裂！⑤ここまで骨太で重厚な本格が今の時代に書けることに驚嘆。他にも『鵼の碑』『世界でいちばん透きとおった物語』『十戒』『午後のチャイムが鳴るまでは』『アリアドネの声』『帆船軍艦の殺人』『好きです、死んでください』などがよかった。竹本・有栖川・麻耶先生方「三大ミステリ作家、鉄道ミステリを語る」が神イベ。

木内浩哉
素人探偵作家

1 或るスペイン岬の謎
柄刀一

2 可燃物
米澤穂信

3 しおかぜ市一家殺害事件あるいは迷宮牢の殺人
早坂吝

4 栞と嘘の季節
米澤穂信

5 ローズマリーのあまき香り
島田荘司

ほかに印象深かった作品は和久井清水『平家谷殺人事件』、柳川一『三人書房』、京極夏彦『鵼の碑』など。

本格ミステリとしての精度、かつ主観的な手応えを優先して選んだ。その意味で1と2、3と4はそれぞれ僅差と言える。5は愛すべき「御手洗節」を久し振りに愉しめて嬉しかった。

京都大学
推理小説研究会

1 エレファントヘッド
白井智之

2 好きです、死んでください
中村あき

3 可燃物
米澤穂信

4 ロジカ・ドラマチカ
古野まほろ

5 シャーロック＋アカデミー Logic.1
紙城境介

1、推理が、物語が幕切れを迎えたとき、そこに何があるのだろうか。2、推理の側には、常に厳しい現実があることを忘れてはならない。3、「本格ミステリ」なるものの、ここはエッジだ。米澤穂信はどこへゆく？4、九マイルは遠すぎる。その一言から始まった物語は、ついにここまでやってきた。5、京都大学推理小説研究会は紙城境介先生を応援しています。

日下三蔵
評論家

1 あなたが誰かを殺した
東野圭吾

2 鵼の碑
京極夏彦

3 可燃物
米澤穂信

4 鬼の話を聞かせてください
木江恭

5 午後のチャイムが鳴るまでは
阿津川辰海

面白かった新作ミステリは、この数倍に及ぶが、謎解きの工夫、意外性の演出に特化した作品を絞り込んでみたら、それほど残らなかった。

1は加賀刑事シリーズの中でも本格味のひときわ強い『どちらかが彼女を殺した』『私が彼を殺した』に続く三作目で、実験精神旺盛な乱歩賞作家・東野圭吾の健在ぶりがうれしい。

黒田 明
神津恭介ファンクラブ

1 キン肉マン 四次元殺法殺人事件
おぎぬまX

2 ゴリラ裁判の日
須藤古都離

3 化石少女と七つの冒険
麻耶雄嵩

4 八角関係
覆面冠者

特殊設定の世界観を前提としたミステリーが増えすぎ、食傷気味を通り越し辟易している中、実際の裁判をモチーフとした「ゴリラ裁判の日」は本格ミステリではありませんが安定したクオリティの良作でした。

漫画「キン肉マン」に登場する超人の特殊能力を上手く扱い本格ミステリーを成立させた「四次元殺法殺人事件」はアイディア、各作品の完成度、連作の締め方、どれも『完推』です。

麻耶氏の短編集は相変わらず読者層を選びそうですが、個人的に波長が合いました。

黒田研二 作家

1. 十戒 夕木春央
2. あなたが誰かを殺した 東野圭吾
3. しおかぜ市一家殺害事件あるいは迷宮牢の殺人 早坂吝
4. でぃすぺる 今村昌弘
5. ハートフル・ラブ 乾くるみ

現実には到底、起こり得ないような奇想と、いや、もしかしたらこんなことだって起こり得るんじゃないかというリアル感が絶妙に絡み合い、独特な雰囲気を醸し出す1。ひと癖もふた癖もある上流階級者たちの腹の探り合いがクリスティーの作品世界を彷彿とさせる2。新鋭とベテラン——上位に選んだこの二作には興味深い共通点もあり、僕はこういう物語が大好きなんだなとあらためて認識させられた。もちろん、凝りに凝った構成に稚気があふれまくる3のような作品も大好き。

慶應義塾大学 推理小説同好会

1. 鵼の碑 京極夏彦
2. 栞と嘘の季節 米澤穂信
3. アリアドネの声 井上真偽
4. 可燃物 米澤穂信
5. 11文字の檻 青崎有吾

1位は『鵼の碑』。シリーズのファンが待ちわびた久しぶりの最新作で、サークル内での話題はもちきりでした。2位は米澤穂信作品。高校生独特の閉塞感を描くのが本当に上手い。3位は地下に閉じ込められた、目も耳も利かない女性を救う物語。4位はまたまた米澤穂信の短編集。珍しく警察小説だが、伏線回収や心理描写の巧みさはあいかわらずだ。5位は青崎有吾の短編集。青春やSF、脱出ミステリなど様々な趣向を楽しむことができる。

埼玉大学 推理小説研究会

1. 十戒 夕木春央
2. 11文字の檻 青崎有吾
3. 可燃物 米澤穂信
4. 鵼の碑 京極夏彦
5. 鏡の国 岡崎琢磨

近年、本格ミステリという枠にも色々な属性が付与されるが、今年は中でも新しいジャンルが芽吹いたような年だった。前作『方舟』に続く夕木春央『十戒』に代表されるような、「あまりに限定的な状況を描く推理小説」は、いわゆる「特殊設定」などともまた違った輝きを放つ。『11文字の檻』は幅広いジャンルを相手に、本格ミステリ的なアイデアで勝負。他も『可燃物』、『鵼』、『鏡の国』など、フィクションのたくらみに満ちていながら現実に着地した傑作が揃う年だった。

坂嶋 竜 騙り部

1. 涜神館殺人事件 手代木正太郎
2. 午後のチャイムが鳴るまでは 阿津川辰海
3. 或るスペイン岬の謎 柄刀一
4. 好きです、死んでください 中村あき
5. 彼女はひとり闇の中 天祢涼

初めての投票で基準をどうすべきか迷ったが、純粋に読んでいて楽しかったものを選んだ。道具立ても何もかも好みで心が躍った1。謎解きを軸にしつつ見事に青春のきらめきを描いてみせた2。鋭い論理とロマンの両立が美しい3。名作の現代版アップデートを高い質とともに成功させた4。社会派的内容と本格のフーダニットとを見事に融合させてみせた5。それから今年度のライトノベルの中には優れた本格ミステリが多かったことも見逃してはいけない収穫だと思う。

佐賀ミステリファンクラブ　ミステリ同好会

1. エレファントヘッド　白井智之
2. あなたが誰かを殺した　東野圭吾
3. アミュレット・ホテル　方丈貴恵
4. 話を戻そう　竹本健治
5. 十戒　夕木春央

1は、ポップで下品で超絶論理。まさに、白井智之の真骨頂。2は、流行作家が久しぶりに描いた、本格度が高く、かつ極上のエンタメミステリ。3は、トンチキな舞台設定とロジカルな謎解き、特殊設定の名手が贈る、新感覚のホテル探偵ミステリ。4は、佐賀県内のすべての学校に、十冊ずつは配置すべき作品。ミステリと佐賀の歴史が一気に楽しめ、魅了される。5は、昨年の『方舟』とセットで読むと面白さ倍増。

佐倉丸春　非実在探偵小説研究会

1. 或るスペイン岬の謎　柄刀一
2. 午後のチャイムが鳴るまでは　阿津川辰海
3. 化石少女と七つの冒険　麻耶雄嵩
4. 帆船軍艦の殺人　岡本好貴
5. エレファントヘッド　白井智之

1はシリーズ完結に相応しい最終作。特に表題作は圧巻で本家を超えているのではないか。2はバラエティ豊かな傑作青春学園ミステリ。惜しげもなく情熱を注ぐ学生達と、テーマ性と凄みが浮かび上がる趣向に胸を熱くさせられた。3も学園物で、前作以上の秀逸な短編が並ぶ力作。期待通りの作者らしい一撃もあり。4は海洋冒険小説の味わいも楽しめ、本年屈指のドラマチックな本格ミステリ。5は一見すると複雑怪奇だが、企みに満ちたロジカルな構成と伏線・手掛かりの数に驚かされた。

沢田安史　SRの会

1. 地羊鬼の孤独　大島清昭
2. 鵼の碑　京極夏彦
3. アミュレット・ホテル　方丈貴恵
4. 友が消えた夏　門前典之
5. 岩永琴子の密室　城平京

今年は、国内、翻訳共に豊作だったのではないか。ほかにも、大島清昭『最恐の幽霊屋敷』や京極夏彦『書楼弔堂 待宵』が印象に残ったが、一作家一作品で選んだ。

さらに、水谷準『瓢庵先生捕物帖』が全作刊行されたのは、特筆すべきだろう。

シャカミス　社会人ミステリ研究会

1. 小樽湊殺人事件　荒巻義雄
2. あなたが誰かを殺した　東野圭吾
3. エレファントヘッド　白井智之
4. 或るスペイン岬の謎　柄刀一
5. しおかぜ市一家殺害事件あるいは迷宮牢の殺人　早坂吝

群雄割拠と表現して差し支えない本年、五作を選ぶのに苦労した。①は架空の都市小樽湊を舞台とするメタミステリ。めまぐるしく展開する捜査パートと、手がかりの妙が鮮やかな②、圧倒的論理構築とそれを成立させるための舞台設定が魅力の③。④は絡み合った因果を解きほぐす手腕が見事。⑤は大胆不敵な仕掛けがハマる傑作。選外となったが、中村あき『好きです、死んでください』岡本好貴『帆船軍艦の殺人』なども名前が挙がった。

杉江松恋 評論家

1 エレファントヘッド 白井智之
2 あなたが誰かを殺した 東野圭吾
3 鵼の碑 京極夏彦
4 動くはずのない死体 森川智喜
5 密室狂乱時代の殺人 鴨崎暖炉

1と2はどちらも推理展開の凄みに痺れた作品で、どちらを上にするかでとても迷った。2の畳みかけるような迫力は捨てがたいのだが、1は多重解決という形式を因数分解して組み直すような努力をしているので、僅差でこちらを評価した次第。3は蘊蓄面ばかり言及されることが多いが、ミステリーとしても大胆なことをしており真相につながる種明かしはかなり大胆である。5が新人枠で、4は短篇枠。米澤穂信『可燃物』とどちらにするかで迷ったが、実験性ということでこちらを採った。

成城大学 ミステリークラブ

1 鈍色幻視行 恩田陸
2 可燃物 米澤穂信
3 罪の境界 薬丸岳
4 ラザロの迷宮 神永学
5 歩く亡者 三津田信三

『鈍色幻視行』は読書体験としての心地よさが良い。結末は曖昧だがそれも楽しませるのが作者の力量か。『可燃物』は欲を言えばもう少しストーリー性が欲しかったが十分に満足できた。

関根 亨 評論家・編集者

午後のチャイムが鳴るまでは 阿津川辰海
焔と雪 伊吹亜門
好きです、死んでください 中村あき
アミュレット・ホテル 方丈貴恵
星くずの殺人 桃野雑派

順位は付けず著者五〇音順である。高校昼休みの間に展開される謎また謎。五話連作だが十話分のエッセンスある『午後の〜』。動機は犯人だけではない。探偵側の動機という、ここ数十年来の傑出作と断言できる『焔〜』。リアリティーショー番組内にフェアな論理もリアルな仕掛けもあった『好きです〜』。上客犯罪者を相手にするホテル探偵。この状況自体がすでに読者への罠となる『アミュレット〜』。宇宙ホテル殺人という特殊設定と思いきや、古典的推理の魅力を感じたのが『星くず〜』。

千街晶之 探偵小説研究会

1 化石少女と七つの冒険 麻耶雄嵩
2 魔女の原罪 五十嵐律人
3 あなたが誰かを殺した 東野圭吾
4 シャーロック+アカデミー Logic.1 紙城境介
5 月夜行路 秋吉理香子

これぞ麻耶雄嵩という底意地悪さに溢れた『化石少女と七つの冒険』が文句なしの一位だが、前作のネタばらしが多いのが問題。驚愕と戦慄に満ちた『魔女の原罪』はもっと話題になっていい。同様に『シャーロック+アカデミー』の一巻と『月夜行路』も、水準のわりにあまり話題になっていない作品として推す。他には『アミュレット・ホテル』『午後のチャイムが鳴るまでは』『世界の終わりのためのミステリ』『逆転正義』『エフエクトラ　紅門福助最厄の事件』などが印象に残った。

嵩平 何
探偵小説研究会

1. エレファントヘッド　白井智之
2. ロジカ・ドラマチカ　古野まほろ
3. 涜神館殺人事件　手代木正太郎
4. 午後のチャイムが鳴るまでは　阿津川辰海
5. サクラサク、サクラチル　辻堂ゆめ

驚愕の展開・推理の濃度・異常な真相と、『～いけにえ』が打ち立てた金字塔を尻目に、荒れ地にまた異形のモニュメントを築き上げた1。九マイル式に著者の強烈な個性と才能が注がれ実現した唯一無二なる達成度の2。ミステリの非道徳的さへの回帰が不可欠な3。楽しげで全力でバカで、でも緻密な青春たちが集う4。心が痛くなる虐待と痛快さを兼ね備えた5。しおかぜ市、アミュレット～、十戒、好きです～、或るスペイン～、エフェクトラ、大雑把～、ラザロ～、可燃物なども入れたい！

棚野 遙
日本暗号協会

1. 鵼の碑　京極夏彦
2. ヴァンプドッグは叫ばない　市川憂人
3. しおかぜ市一家殺害事件あるいは迷宮牢の殺人　早坂吝
4. あなたには、殺せません　石持浅海
5. あなたが誰かを殺した　東野圭吾

旅の終わり、孤独、大病、終活の頃合いと知りつつ、書店に足を運び、紙の本を買ってしまう。書店で見て買うことにこだわりがある。アナログで電子書籍にも馴染めない。どうしたものか。

書棚に入りきらず、積まれた本の山を見ながら、我が旅を思う。これはこれで、悪くはないかな。

さらばとは云わない。旅する男の胸には、ロマンの欠片が欲しいのだ。

辻 真先
推理作家・アニメ脚本家

1. ローズマリーのあまき香り　島田荘司
2. ヴァンプドッグは叫ばない　市川憂人
3. ラザロの迷宮　神永学
4. ちぎれた鎖と光の切れ端　荒木あかね
5. 帆船軍艦の殺人　岡本好貴

読書量が落ちた中で自分の本格観に見合う作品を選ぶのだから、ますます偏ってしまった。読み損ねた作品にも申し訳ない気分である。

1位は美しくも不可解な謎の構築に敬意を表して。

2はこのシリーズでの斬新な構造に圧倒された。

3は騙しに徹したミステリの極北に翻弄された。

4は新人ならではの野心的挑戦ぶりに拍手したい。

5は新人離れした重厚な語り口とトリックの大きさに点を献じる。

蔓葉信博
探偵小説研究会

1. エレファントヘッド　白井智之
2. 可燃物　米澤穂信
3. 十戒　夕木春央
4. 或るスペイン岬の謎　柄刀一
5. 好きです、死んでください　中村あき

『エレファント』はリンチ的世界が本格とタッグを組んだ正統的なSF本格。『可燃物』は線画のようなシンプルさが本格のロジックを見事になぞっていた。『十戒』の構成は途中でピンとくるものの、それでも舞台の発想は驚嘆するしかない。『スペイン岬』は密室の懐の深さを実感。『好きです』は人間性と内容との重ね合わせに本格が見事奉仕していた。個人的には『キン肉マン』を推したかったが、本格としてはおとなしめのため、次回は火事場のクソ力を期待したい。

東京大学 新月お茶の会

1 エレファントヘッド 白井智之
2 あなたが誰かを殺した 東野圭吾
3 化石少女と七つの冒険 麻耶雄嵩
4 エフェクトラ 霞流一
5 毒入りコーヒー事件 朝永理人

①異様な設定に想像もつかないトリック。異常だが、あまりにも本格なミステリを味わえる。②加賀恭一郎の推理が驚くべき人間関係と事件の構図を暴き立てる、端正な本格ミステリ。③殺人学園再び。事件も推理も前作より磨きがかかり、作品の崩壊はさらなる次元へ。④トリック・ロジック・プロット三揃いの力作長篇。著者らしい捻くれた発想と洒落も楽しい。⑤海外古典から新本格まで先行作品を自在に変奏しつつ、新たな現代本格を生み出すポップな快作。

戸田和光 ミステリ書誌愛好家

1 ちぎれた鎖と光の切れ端 荒木あかね
2 ヴァンプドッグは叫ばない 市川憂人
3 アミュレット・ホテル 方丈貴恵
4 密室狂乱時代の殺人 鴨崎暖炉
5 八角関係 覆面冠者

⑤についての感想を少しだけ。いくら○○○をオチにしているからといって（尤も、これがオチだからこそ、ここまで無理が出来たのも確かだろうが――）、登場人物の誰にも感情移入できない中で、複雑な恋愛関係を描写しながら、それでも本格趣味だけはずっと押し通したのは立派だと思った。とてもマニア以外に薦める気はしないし、あくまで過去にこういう作品があった、という観点でのみ存在が許される怪作かも知れないが、これも一つの本格ミステリの原点ではないか、とは思っている。

鳥飼否宇 作家

1 焔と雪 伊吹亜門
2 エレファントヘッド 白井智之
3 エフェクトラ 霞流一
4 歩く亡者 三津田信三
5 化石少女と七つの冒険 麻耶雄嵩

1．ふたりの探偵の造形が見事で、連作短編集としての構成も絶妙。美しい本格ミステリですね。
2．異形の論理がまかり通る世界での怒涛の多重解決に、脳が酩酊状態に陥ったのであります。
3．見立て尽くしの痛快スラップスティック本格ミステリ。偏愛しています。
4．刀城言耶シリーズの外伝というべき本短編集にも、怪異な超常現象を論理で読み解くという手法が徹底されており、にやりとさせられます。
5．本作のひねくれ具合に麻耶印の安定感を覚えます。

西上心太 書評家

1 時計泥棒と悪人たち 夕木春央
2 ちぎれた鎖と光の切れ端 荒木あかね
3 午後のチャイムが鳴るまでは 阿津川辰海
4 あなたが誰かを殺した 東野圭吾
5 帆船軍艦の殺人 岡本好貴

チェスタトン風の逆説の果てにある異様な動機が衝撃的。特殊設定ものより、こちらの方が表芸なのではなかろうか。

2は注目の新人。その二作目でかくも欲張った作品を仕上げるとは大物感が漂う。

3もライトな学園ミステリーとなめてかかると足元をすくわれる。消しゴムポーカーの打譜が出てきたので嬉しくなった。

嘘が暴かれる度に真相が二転三転する4。久しぶりに謎解きに特化した東野作品が読めた。

鮎川賞受賞作の5。戦闘シーンと謎解きが有機的に絡みあう。

野村ななみ

ライター

1 エレファントヘッド
白井智之

2 魔女の原罪
五十嵐律人

3 アミュレット・ホテル
方丈貴恵

4 あなたには、殺せません
石持浅海

5 11文字の檻
青崎有吾

『名探偵のいけにえ』に続き、白井智之の勢いが止まらない。1は丁寧に構築された伏線と多重推理、怒涛の展開に驚愕間違いなし。謎解きの醍醐味に満ちた2は、特殊設定にリーガルミステリを組み合わせた著者ならではの一冊。3と4は連作短編集で、前者は犯罪者御用達のホテル、後者は犯罪者予備軍の駆け込み寺であるNPOが舞台。どちらも登場人物が魅力的だ。5の短編はどれも秀逸。中でも暗号読解ミステリの表題作と、犯罪小説×ロードノベル×シスターフッドの「恋澤姉妹」は必読。

波多野 健

探偵小説研究会

1 でぃすぺる
今村昌弘

2 栞と嘘の季節
米澤穂信

3 或るスペイン岬の謎
柄刀一

4 ローズマリーのあまき香り
島田荘司

5 鵼の碑
京極夏彦

『でぃすぺる』は小学6年生の青春小説として、特殊設定が気にならないリーダビリティが巧い。『栞と嘘の季節』は毒草を「切り札」にする心理を追跡するのが秀逸。『スペイン岬』は『チャイナ橙』『ニッポン樫鳥』も収録し、オマージュの域を超えていた柄刀の国名シリーズがこれで完結。久方の島田・京極作品、やはり重量級のシリーズ探偵には安心感がある。次点には「皐月闇」を収める『梅雨物語』や『化石少女と七つの冒険』『異分子の彼女』『キツネ狩り』など多彩。

はやみねかおる

児童向け推理小説書き

1 私雨邸の殺人に関する各人の視点
渡辺優

2 エフェクトラ
霞流一

3 午後のチャイムが鳴るまでは
阿津川辰海

4 あの魔女を殺せ
市川哲也

5 星合う夜の失せもの探し
森谷明子

今年は忙しかったためか、たくさん読むことができませんでした（反省……）。

読書量は少なかったのですが、ベスト5に選ぼうと置いておいた本はどれもおもしろく、選ぶのに苦労しました。

『私雨邸の殺人に関する各人の視点』を1位にしたのは、舞台も登場人物も構成も解決も、何もかもがおもしろかったからです。クローズド・サークルという古典的な雰囲気を、新しい感覚で見せてくれたのも高評価です。初読の作者ですが、他の本も読みたくなりました。

廣澤吉泰

探偵小説研究会

1 アリアドネの声
井上真偽

2 エレファントヘッド
白井智之

3 可燃物
米澤穂信

4 あなたが誰かを殺した
東野圭吾

5 ちぎれた鎖と光の切れ端
荒木あかね

1は三重障害の女性をドローンで救助する展開はサスペンスだが、女性の障害が偽装ではないか、という疑念とそれに対する鮮やかな解決は本格である。2での多重世界を利用した不可能犯罪の作り方はうまいと思った。3は警察小説と本格の良さが融合した好短編集。よい上司ではないが、捜査能力は抜群という葛警部の人物造形も味わい深い。4は無差別殺人と思われた事件を加賀恭一郎が解きほぐす過程がスリリングだ。5は二部構成の連続殺人という企画力に圧倒される。

福井健太 書評家

1 エレファントヘッド 白井智之
2 しおかぜ市一家殺害事件あるいは迷宮牢の殺人 早坂吝
3 大雑把かつあやふやな怪盗の予告状 倉知淳
4 或るスペイン岬の謎 柄刀一
5 可燃物 米澤穂信

遠隔殺人のルールを設定し、複数の推理に奇想と論理を詰めた1は達人の域。「野郎、ぶっ殺してやる」は漫画ネタか。2は迷路館のトリッキーな変奏。3は持ち味を活かした軽快な連作集。同じ著者の『恋する殺人者』も快作だった。正統派パズラーのシリーズを完成させた4も良い仕事。短篇の技巧と直球の謎解きを重ねた5の試みも興味深い。次点には見立てのアイデアが光る『エフェクトラ』を推す。『仮面幻双曲』の改稿版と『火蛾』の初文庫化も今年度の収穫だった。

政宗 九 ミステリレビュアー

1 可燃物 米澤穂信
2 あなたが誰かを殺した 東野圭吾
3 午後のチャイムが鳴るまでは 阿津川辰海
4 エレファントヘッド 白井智之
5 木挽町のあだ討ち 永井紗耶子

今年の本格ミステリはやや地味な作品が多いかと思ったら、夏から秋にかけて凄い作品が怒涛の如く押し寄せてきた。これでも悩みに悩んだ結果だ。「警察小説」というキャッチコピーで発表された1を読んだ時、これは本格ミステリの歴史に残る「警察本格ミステリ」だと確信した。本格のために警察という組織を最大限使った超傑作。2は今や国民的人気作家の東野さんが本気で本格ミステリをやるとこうなるという作品。ただ一言、痺れた。3は楽しく読める青春ミステリだと思っていたら最後に殴られる一冊。4はグロさもハンパないが本格度も強烈。正直、理解が追い付いていない部分もあるが、それを忘れさせるインパクトがある。5は直木賞を獲った話題の時代小説だが、真相部分は完全に本格ミステリの味わいであった。

松井ゆかり 書評ライター

1 可燃物 米澤穂信
2 11文字の檻 青崎有吾
3 友が消えた夏 門前典之
4 エレファントヘッド 白井智之
5 私雨邸の殺人に関する各人の視点 渡辺優

初めて投票に参加させていただいたが、今年も素晴らしい作品ばかりで、明日選び直したら異なるラインナップになるかも。

1端正な謎解きが冴え渡る、警察小説・短編好きにはたまらない作品集。

2著者の多才ぶりと志の高さを改めて思い知らされた。

3偏愛作家の新作。続きが気になって夜しか眠れない日々。

4ひどい話。著者の破格ぶりに言葉を失う。（ほめ言葉です）

5一般文芸作品からのファンなので、ミステリ作家としてのさらなる躍進に期待したい。

麻里邑圭人 非実在探偵小説研究会

1 涜神館殺人事件 手代木正太郎
2 梅雨物語 貴志祐介
3 好きです、死んでください 中村あき
4 帆船軍艦の殺人 岡本好貴
5 化石少女と七つの冒険 麻耶雄嵩

今年度の国内本格は「大番狂わせ」の一言に尽きるだろう。本命と思われていた作家の新作が次々と期待ハズレに終わっていく惨状に一時はどうなることかと本気で心配になったがそれが杞憂に終わったのは偏に1位、3位、4位のおかげと言っていい。1位は令和の人狼城と呼ぶに相応しいゴシックホラー×本格ミステリの傑作。3位は中村あきの現時点の最高傑作。4位は鮎川賞でも稀有な、物語の面白さと帆船軍艦という特殊な舞台ならではの事件を極めて高い次元で融合させた秀作である。

三橋 曉　コラムニスト

1. 化石少女と七つの冒険　麻耶雄嵩
2. 可燃物　米澤穂信
3. アガタ　首藤瓜於
4. エレファントヘッド　白井智之
5. あなたが誰かを殺した　東野圭吾

勢い込んでリクエストはしたものの、どうせすぐは書いてもらえないだろう思った『脳男』シリーズからのスピンオフが、あっさりと届けられたというだけで、今年は幸せでした。なので、首藤瓜於には、『大幽霊烏賊 名探偵 面鏡真澄』のような奇天烈なスタンドアローン型の新作をさらにおねだりしておく。（続編でもいいです）4と5は、よく似てた作品、合わせ鏡のような関係にあるのではないか。どっちが前か後ろかは、考えれば考えるほど考えすぎてしまうのだけれど。

森村 進　法哲学者

1. 友が消えた夏　門前典之
2. 大雑把かつあやふやな怪盗の予告状　倉知淳
3. エフェクトラ　霞流一
4. ハートフル・ラブ　乾くるみ
5. しおかぜ市一家殺害事件あるいは迷宮牢の殺人　早坂吝

1　密室トリック、叙述トリックの大盤振る舞い。私は作者にこのような長編を期待している。
2　昔都築道夫に同じような発想の中編があったと記憶するが、作者がそれだけで連作短編集を作ったのはあっぱれ。
3　十数年ぶりに紅門福助が帰ってきた！と感銘を禁じえないが今回は不謹慎なギャグが少ないと思っていたら、最後に大きな驚きが待っていた。
4　叙述トリックだけでなくあの手この手で読者を翻弄する短編集。

諸岡卓真　探偵小説研究会

1. エレファントヘッド　白井智之
2. 十戒　夕木春央
3. 午後のチャイムが鳴るまでは　阿津川辰海
4. 化石少女と七つの冒険　麻耶雄嵩
5. 殲滅特区の静寂　大倉崇裕

今年は1が圧倒的だった。巨大な風呂敷を広げた上できちんと畳んでしまう手腕に脱帽。2は昨年の『方舟』に続き、独特のクローズドサークルが忘れがたい。生徒の斜め上方向への情熱が描かれた学園ものに目がない私にとって3は至福。4は短い枚数で複数の推理を描き込む技術に目を見張った。5は怪獣＋本格ミステリのベストではないか。そのほか、『或るスペイン岬の謎』『アミュレット・ホテル』『アリアドネの声』『キン肉マン　四次元殺法殺人事件』などが印象に残った。

山崎秀雄　ミステリライター

1. あなたが誰かを殺した　東野圭吾
2. 焔と雪　伊吹亜門
3. 十戒　夕木春央
4. でぃすぺる　今村昌弘
5. ちぎれた鎖と光の切れ端　荒木あかね

一位の東野作品は、加賀刑事再登場というもの。語り口の旨さはいつもの東野だが、最近の作品の中では単純に面白いと思わせてくれた。しかし映画化以降、同じ役者の顔が浮かぶのは良いことかどうか首をひねる時がある。二位の伊吹作品は、もしかすると一位でも良かったかなと思えるもの。【あなたはきっと二度読みしたくなる】という謳い文句は大抵の場合、肩すかしを食らうが。この作品に限って言えば、なるほどと納得させられた。三位は、あの「方舟」の夕木作品。島に集められた人々の前で殺人が、という設定だけで何となく嬉しくなる。四位は、ジュブナイル。本格かどうかは意見の分かれるものだが、読後感の良さで選んだ。五位は、これもまた島もの。もっと上の順位でも良かったかと思うが、単純に最後に思い出しただけ。優れたミステリだと感服させられたのは事実。

「国内本格」座談会

群雄割拠の本格乱世を徹底討論

浅木原忍 × 嵩平 何 × 蔓葉信博

力作・異色作の新人作品たち

蔓葉◆ 今年も注目新人がたくさん登場。まずは鮎川賞受賞作、海洋冒険ものでド本格の岡本好貴『帆船軍艦の殺人』。

嵩平◆ 主人公への理不尽な展開で読者をこの時代の世界に一挙に引き込み、その船に乗っているような読後感で、また舞台を活かした本格としても、三年ぶりの受賞作という期待に応える作品でした。

浅木原◆ 十八世紀の英国軍艦ならではの謎とトリックはよいのですが、狂言回しの水兵と探偵役の海尉とで話が分裂していて、登場人物が増えすぎてフーダニットの面白さが損なわれているのがやや気になりました。

蔓葉◆ クリスティー賞を受賞した西式豊『そして、よみがえる世界。』は、高度なVR技術が一般化した近未来で、その環境ならではの犯罪が実にユニーク。

嵩平◆ 終盤の盛り上がりがすばらしく、エンタメミステリとしての意気込みが感じられました。

蔓葉◆ 「このミス」大賞は、いまも放送作家として活躍されている小西マサテル『名探偵のままでいて』です。

嵩平◆ レビー小体型認知症という症例を用いた特殊設定ものでありながら、人物・事件ともに普通のことがらとしても描かれている新鮮な連作でした。

蔓葉◆ そのご老人が、ワセミスのメンバーだったという設定も異色でしたね。

浅木原◆ 作中のミステリ語りがちょこっと恥ずかしいですけど（笑）。

蔓葉◆ ミステリーズ！新人賞受賞作をおさめた柳川一『三人書房』も、古本屋時代の乱歩たちが当時の文壇事情を踏まえ、あれこれ推理するのが面白かった。

嵩平◆ 「このミス」大賞文庫グランプリのくわがきあゆ『レモンと殺人鬼』は後半の不穏当な内容と捻りに魅せられます。

ミステリの型を外すタイプの作品が今年いくつかあり、なかでもユニークなのは大滝瓶太『その謎を解いてはいけない』でした。謎解きでカタルシスを与えるのが通例ですが、本作は逆に黒歴史を暴きまくる迷惑な名探偵ものでした。

蔓葉◆ 大滝さんはSF畑で「異常論文」という企画にも参加、そのユニークな発想が作品にもあらわれていると思います。ユニークといえばおぎぬまX『キン肉マン　四次元殺法殺人事件』は本当にびっくり！　ゆで理論がミステリ界に！

嵩平◆　漫画の設定を特殊設定ミステリ的な世界観に落とし込んでいるのが最高で、こんな作品が書かれたことが何よりうれしい。作者はかなり尖ったユーモア本格ミステリ漫画『謎尾解美の爆裂推理‼』でも有名な方。「このミス」大賞・隠し玉の『爆ぜる怪人』はヒーローが題材ですが、こちらはよりオーソドックスな作風で、幅広い作品を書ける方のようで期待が持てますね。漫画や他の有名作とのコラボ本格はもっと増えてほしい！

浅木原◆　特殊設定ものつながりで、五条紀夫『クローズドサスペンスヘブン』は、新潮ミステリー大賞最終候補作で、惨殺された人間たちが天国のリゾートビーチで目を覚まし、自分たちが殺された経緯などを推理する話。

嵩平◆　一般的な閉鎖状況ものに似た感触ですが、現代的な特殊設定トリックも使われ、意外なところに隠された真相と情緒的な世界観が両立しています。

浅木原◆　ボイルドエッグズ新人賞の遠坂八重『ドールハウスの惨劇』は世話焼きと変人の高校生コンビ探偵もので、漫才めいたやりとりと陰惨な事件のコントラストが個性的でした。二作目の『怪物のゆりかご』も出ましたが、本格色が強いのは『ドールハウス』のほう、出来は『怪物』のほうが上ですかね。

時代は特殊設定か？　特殊状況か？

蔓葉◆　白井智之『エレファントヘッド』はおそらく今年一番込み入った作品です。奇をてらっているようなトンガッた発想を作品に落とし込める筆力がすごい。

嵩平◆　特殊設定の導入で事件の複雑さは倍加し、同時に白井智之の個性というべきハチャメチャで鬼畜な物理トリックがより映えるような状況設定となってるのが新機軸だと思いました。

蔓葉◆　一種の遠隔殺人というか、異色のクローズド・サークルですよね。

浅木原◆　犯人も容疑者も探偵も閉鎖環境の中にいるけど死体だけ外にある。

蔓葉◆　あと事件の図式が本当に親切！　マニアの外へ裾野が広がると思うので、他の作品も前向きに検討してほしいなと思います。名前は出しませんが、図式があればより話題になっただろう作品、今年いくつもあったと思います。

嵩平◆　桃野雑派『星くずの殺人』は、奇想天外な武侠ものの『老虎残夢』から、次は宇宙だ、という発想にびっくりしました。宇宙ならクローズド環境にできるし、サスペンスも生まれるのでいいですよね。あと宇宙を舞台にしたリアリティある本格ミステリってあまりないですね。

蔓葉◆　パッと思い出せるのは三雲さんの『M.G.H.』ぐらいでしょうか。あちらは墜落死でしたが、こちらは首吊りと宇宙空間をうまく使っている。

宇宙ときたら次は怪獣ですかね。大倉崇裕『殲滅特区の静寂』は、科学特捜隊的な組織の隊員が探偵役、怪獣が街を襲うさなかに起こる事件という発想がいい。

嵩平◆　怪獣の次は怪物ということで青崎有吾『アンデッドガール・マーダーファルス4』、今回は短編集です。特に人魚裁判の話がシリーズ王道の特殊設定ミステリですごい作品だと思いました。

蔓葉◆　手がかりや伏線が丁寧かつ狡猾

で、ザ・青崎有吾っていう感じです。

浅木原◆　怪物つながりで次に市川憂人『ヴァンプドッグは叫ばない』は大ボリュームかつエンタメ性抜群でグイグイ読まされます。今回も特殊設定ミステリなんですが、どういう特殊設定かは中盤まで明らかにならない。

嵩平◆　それでサスペンス性を高めるとともに、あたかも特殊設定当てのように、その謎で引っ張っていく。『孤島の来訪者』など、こうした作品も増えてきましたね。

　さて怪物の次は悪魔。手代木正太郎『涜神館殺人事件』は今年の大収穫です。

浅木原◆　物々しいカバーとタイトルで少女小説みたいな語り口なのはびっくりしましたが（笑）。ゴシックホラーな舞台で、オカルトを合理で暴く話かと思いきや、霊能力で手に入れた手がかりで謎を解く特殊設定ミステリにスライドするんですが、その構造自体が最終的に物語のテーマと結びつく。ジャンル横断的で、かつ本格ミステリとしての完成度も高く、著者の代表作となるべき作品です。

嵩平◆　残酷な拷問などの題材が全て本格の手がかりとしても活かされ、かつトリックにもなるというすごい作品です。

蔓葉◆　こうした特殊設定ミステリがブームのためか、近年、特殊設定ならぬ特殊状況ミステリが話題に。方丈貴恵『アミュレット・ホテル』は、舞台設定から謎解きにつなぐアイデアが光ります。

浅木原◆　表題作がやっぱり一番いいと思いますね。全体像が明らかになってから、振り返ってみると大変シュール。

蔓葉◆　早回し映像で見たいですね。

嵩平◆　毎回趣向の違う事件で、連作としてもよく出来ている。ホテルものは来訪者が十人十色なので、色んな要素を加えられる懐の広い設定だなと思います。

蔓葉◆　もはや特殊設定に見える鴨崎暖炉『密室狂乱時代の殺人　絶海の孤島と七つのトリック』、馬鹿さ加減は最高。

浅木原◆　全く同感です。前作は触れ込みのわりにトリックはおとなしかったですが、今回は大変馬鹿なトリックに笑わせてもらいました。

蔓葉◆　図解がね、本当にいいんですよ。某有名短編のネタに類似してるのですが、これぞ正しいアレンジという感じ。

嵩平◆　終盤の解決編で、前作の密室判例同様に本格界における新発明もあり、大変感心しました。次作にも期待です。

蔓葉◆　夕木春央『十戒』は『密室狂乱時代』と同じく、異色の孤島のクローズド・サークルものでした。

嵩平◆　前作の『方舟』よりも、さらに変わった環境を作り出してますね。

浅木原◆　正体を明かさずに犯人とコミュニケーションを取るためのアイデアが優れていますし、謎解きも足跡のロジックがシンプルながらよく出来ています。

嵩平◆　井上真偽『アリアドネの声』は三重障害持ちの女性をドローンで救助するパニックサスペンスですが、その手際と仕掛けから、本格ファンにも薦めたい。

待ちに待ったシリーズ作品がずらり

蔓葉◆　東野圭吾『あなたが誰かを殺した』は、シリアルキラーものを本格推理にスイッチする手際と、マトリョーシカのような多段推理が見事でした。

浅木原◆　東野さんの『新参者』以降の本格ミステリでは、やはりベストかと。

大ネタのインパクトというよりは、テクニックを楽しむ本格ですよね。
嵩平◆ 犯人が最後まで明記されてないという、タイトルから想定していた内容とは異なりましたが、それでもベテランになっても真正面から本格に向き合ってくれるのは読者としてうれしい。
蔓葉◆ 麻耶雄嵩『化石少女と七つの冒険』は、前作よりも鬼畜度マシマシ。
浅木原◆ まりあと彰のふたりだった古生物部に後輩が入部したことで、本格としてのバリエーションが増え、レベルの高い連作になっていると思います。
嵩平◆ 前作よりも連作としての趣向に重きを置き、中盤以降の展開は『さよなら神様』好きの読者にはたまらないはず。
蔓葉◆ ひさしぶりの紅門福助が登場、霞流一『エフェクトラ 紅門福助最厄の事件』。解説を書いた方がここにいる！
嵩平◆ しばらく単発ものや捻った本格を書かれていたので、王道の本格に紅門福助が帰ってきたのはうれしいですね。
蔓葉◆ 変なシチュエーションにドタバタ劇といったお家芸はそのまま。
嵩平◆ 仕掛けもトリッキーで、特殊状況ミステリ的でもありますね。
浅木原◆ でも最後のタイトル回収のインパクトが凄すぎて、力の入った解決編の印象が全部吹っ飛んでしまう（笑）。
蔓葉◆ 没後十年にて連城三紀彦『黒真珠 恋愛推理レアコレクション』が刊行。
嵩平◆ また解説を書かれてた方がいる。
浅木原◆ 未収録短編からミステリ的なひねりを重視してセレクトした短編集で、編者は解説の私ではなく、版元の編集の方です。
嵩平◆ どの短編も歴代ベストに入ってもおかしくない。連城短編の密度ってどれだけ高いんだろうと改めて思いました。
蔓葉◆ 倉知淳『大雑把かつあやふやな怪盗の予告状』、僕はボディビルダーの殺人事件が印象的でした。名探偵像の作り方に一工夫あるのもよかった。
嵩平◆ 私は怪盗の話が好きなんですよね。詰め込み系の本格ではないんですけど、倉知さんの語り口とこの緩さが作品を面白くしてますよね。今年、倉知さんは久々の長編『恋する殺人者』が……。
浅木原◆ 長編は十九年ぶり！ ミステリ好きなら仕掛けはわかると思いますが、そういう人にはサブトリックとロジックで勝負する、倉知さんらしい「本格ミステリの入門編」だと思います。
蔓葉◆ 柄刀一『或るスペイン岬の謎』はシリーズ完結作。大満足です。できればライツヴィルシリーズも書いてほしい。
嵩平◆ 短編ごとに工夫をこらした捻りがあるので、普通のファンからマニアまで両方満足できる短編集だと思います。
蔓葉◆ さて、待ちに待った京極夏彦『鵼の碑』の話をしましょう。
嵩平◆ 十七年ぶり長編！ シリーズものとしてはサービス満点、いろんなキャラも活躍して充実した内容だと思います。
浅木原◆ 今回はモジュラー型で、言わば群盲が象を撫でているうちに戦時中の壮大な陰謀が見えてくるという、前作の『邪魅の雫』と対になるような構造ですが、それが憑き物落としによって完膚なきまでに解体される。そのカタルシスが本格ミステリとしての魅力ですね。
嵩平◆ 今年は戯言シリーズの新作や、犀川シリーズの外伝的作品などもありましたが、御手洗潔シリーズ最新作『ローズマリーのあまき香り』も刊行。島田さんらしさを随所に感じさせる作品でした。

蔓葉◆　本格にはひらめき系とコツコツ系があると思うんですよ。ひらめき系の雄は島田さんで、コツコツ系はロジックを丁寧に組み立てるパターン。で、『ローズマリー』はそのひらめきが本格として結実しなかったかなという印象です。

嵩平◆　ファンタジックな世界観の作中作とある事実の組み合わせなど、評価できる点はありますが、物語とのつながりが薄くてそこまでねじ伏せられなかった。『友が消えた夏 終わらない探偵物語』は、門前さんらしからぬタイトルですが、中身はちゃんと門前さん。

浅木原◆　ただ、トンデモトリックは控えめで、タイトル回収のフィニッシング・ストロークに重点を置いた作品だと思うんです。そういう意味では割と『エフェクトラ』に近いのかなと。

見逃せないライトノベルミステリ

蔓葉◆　ライトノベルミステリの刊行が続き、見逃せない本格作品も多数あったことで、今回から項目を新設することに。紙城境介（かみしろきょうすけ）『シャーロック＋アカデミー Logic.1』は組織化された名探偵組織が事件を解決する現代のお話です。

浅木原◆　手がかりを全部太字にすることで、本格ミステリにおける手がかりや伏線、ロジックとはどういうものかを示す、本格ミステリの読み方講座みたいな作品ですね。

嵩平◆　誰でも参加できるようなゲーム型ミステリを小説で試みたことに価値があるかと。他の作家も採用してほしい！

浅木原◆　『シャーロック＋アカデミー』と並んで今年のラノベ本格として挙がるのは零雫（れいしずく）『不死探偵・冷堂紅葉』でしょう。見取り図付きの密室が三つ、読者への挑戦状もありと『シャーロック＋アカデミー』以上にコテコテの本格。三番目の密室はちょっと無理がありますが、特殊設定の扱い方の工夫も含めて、非常に好感の持てる作風です。

蔓葉◆　緻密な本格は、ライトノベルの刊行速度的に厳しいので、勢いやアイデアを積極的に見ていきたいですね。ひらめき系というかぶっ飛び系を歓迎したい。浅木原さんにおすすめされた鵜飼有志（うかいゆうし）『死亡遊戯で飯を食う。』もそうかな。

浅木原◆　デスゲームを「ゲーム」として攻略していく特殊ゲームものです。期間内に四巻までハイペースで出ましたが、本格として注目すべきは三巻。孤島で殺人鬼から生き延びればクリアというゲームなのですが、この真相は本格ミステリとしても衝撃的。

蔓葉◆　僕、トリックはわかってしまったんですが、ファンの方こそびっくりするニクい仕掛けになってると思います。

浅木原◆　他の巻でもゲームのルールを解明して攻略する過程がミステリ的で、変則的な特殊設定ミステリとしてもたいへん面白いです。特殊設定ミステリとしては、サイトウケンジ『魔女の怪談は手をつないで』も必読級の快作。怪談をもっと怖くするために謎を解くというホラーミステリですが、個々の怪談の謎解きから全体像の解決まで非常に完成度が高いです。ファンタジー系では駄犬『誰が勇者を殺したか』が話題ですが、これは本格を目指さなかったことで成功した作品なので、本格ファンには三巻で物語が一段落したメグリくくる『暗殺者は黄昏に笑う』をおすすめしておきます。

蔓葉◆　ライト文芸からは杉井光『世界でいちばん透きとおった物語』。この本で狙った趣向の真価は本格ファンが一番わかるはずなので、ぜひ当ててほしい。

嵩平◆　ミステリファンだったら何をやりたいのか半分ぐらいで多分わかると思うんですけど、その上でこれまでのものとの違いや、用い方を推理してほしい。

浅木原◆　ちゃんとオマージュ元を明示しているのもいいですね。

青春はミステリ？　ホラー？

蔓葉◆　今年も青春ミステリは数多く生まれてます。今年の一番は米澤穂信『栞と嘘の季節』でしょうね。

浅木原◆　登場人物たちが誰も彼も嘘をついているのに、読んでいて全く混乱することがない。情報の出し入れがものすごくテクニカル。

蔓葉◆　落差の作り方が本当に上手い。

浅木原◆　米澤さんのミステリ作家としての技量がよくわかる長編ですね。

嵩平◆　学園ものとして自然な登場人物の心理・小道具だけで、警察を介入させずに事件を描くのはすごい技術です。

蔓葉◆　次に同じ学生でも小学生が主人公として活躍する今村昌弘『でぃすぺる』。推理合戦の手作り感が『匣の中の失楽』を連想させて僕はワクワクしました。

嵩平◆　やりたいことはわかるんですけど、既視感が多く、そこがちょっと何かマイナスになってしまいましたね。

浅木原◆　実際、真相に某有名作を連想する人は多いと思うんですが、この作品はその真相を導き出す過程がポイントですね。オカルトと合理の推理合戦を成立させるために「どんな真相であれば解決として認めるのか」をルールとして定めるわけですが、この時点でオカルト的解決と合理的解決を等価なものとして扱うという合意が取られているんですよね。

蔓葉◆　目線が小学生ならではですよね。

浅木原◆　だから読み終えたとき、全体の構造を振り返ってみると、この真相で納得できる理由がわかる。真相を読者に納得させる手続きの構築性が、逆説的に本格ミステリ的な作品だと思います。

蔓葉◆　続いては高校を舞台にしたユーモア学園モノ、阿津川辰海『午後のチャイムが鳴るまでは』です。

浅木原◆　高校生のリアルな馬鹿っぽさが非常によく書けてますね。

嵩平◆　その馬鹿っぽさとミステリを組み合わせることで、斬新な設定のプロットを用意し、だからこその全体の仕掛けもあり、大変緻密に組まれた作品でした。

浅木原◆　個人的には消しゴムポーカーの三話がベストですかね。阿津川さんのギャンブル漫画好きがわかります。

蔓葉◆　ラノベミステリで活躍される玩具堂さんが別名義で刊行された久青玩具堂『まるで名探偵のような』。なかでも「不死の一分」は本格ファンにこそ読んでほしい。こちらも真面目に馬鹿してます。

嵩平◆　ライト文芸的なお約束のなかに、飛躍した発想や展開で内容の広さを見せてるのは、本作の魅力だと思います。

浅木原◆　解決後に、当事者の話が続くのですが、ここをどう評価するかですね。

嵩平◆　辻堂ゆめ『サクラサク、サクラチル』は、二人の高校生による復讐計画を軸に進んでいくのですけど、その背後に、実はすごい裏があり……、本格ファンにもぜひ読んでほしい作品です。

新鋭作家たちの秀作、話題作

嵩平◆ 荒木あかね『ちぎれた鎖と光の切れ端』は、今年多い孤島もののなかでも、まさに典型的な作品でした。

浅木原◆ 《Z世代のアガサ・クリスティー》というキャッチコピーがつけられた通り、前半は『そして誰もいなくなった』で、後半は『ABC殺人事件』ですね。第一発見者が次に殺される連続殺人という魅力的な謎に二通りのパターンを用意し、二通りの解決をつけるっていうのも本格ミステリとして非常に凝っていて、最終的には社会派ミステリ的なテーマ性に物語が収束していく。本格ファンだけでなく、社会派が好きな人にもおすすめできる作品です。

嵩平◆ この一作だけで著者のいろんな手際の良さを見せられて、すごいですよね。どちらかというと後半の方が前作に近いですかね。人物の配置やキャラもとてもうまく描かれてました。

浅木原◆ 早坂吝（やぶさか）『しおかぜ市一家殺害事件～』もいわば二部構成で、一家の殺害事件が語られて、デスゲーム的な舞台の本格にシフトするんですが、デスゲームもののお約束を見事に逆手にとった真相が自分は一番好きですね。その後、いかにも早坂さんらしい多重どんでん返しがたたみかけてきます。

嵩平◆ その序盤と後半のギャップ自体も、ミスリードになってるので。ただ真相を読み終えてから見ると、これ本当にこの書き方でいいのってちょっと思わせるところはありましたね。

蔓葉◆ 二段構成といえば、岡崎琢磨『鏡の国』もそうですね。

嵩平◆ 作中作作品でしたね。作中作があまりにも長すぎて、外枠を忘れそうになるぐらいに読み応えがありました。

浅木原◆ 二〇二〇年代に書かれたデビュー前の習作という設定で作中作のクオリティ的なリアリティ面を担保していて、ユニークな解決方法だなと思います。その作中作で削除された箇所の謎解きをどう受け取るかがこの作品の評価が分かれるところだと思うんですけれども。

嵩平◆ ミステリファンだったら気づきいやすいのでは。作中外の方にもう一つぐらい仕掛けて欲しかった感じはします。

蔓葉◆ 長い作家歴の中、初めて本格作品で勝負してきた神永学『ラザロの迷宮』。

嵩平◆ これも二部作構成というか、館での謎解きゲームの話と、警察コンビが失踪人を捜査する話とが、どういうふうに繋がっていくのか、そのあたりを読者が期待するところでしょうね。

浅木原◆ 問題は大ネタが非常に手垢のついたものだったこと。納得させる手続き自体はきちんとしているんですが。

嵩平◆ それを踏まえても、思った以上にきちんとひっくり返してきたので、私はそこで評価は上がりましたね。

蔓葉◆ 天祢涼『彼女はひとり闇の中』は、サスペンス色の強い内容と思いきや最後に見事ひっくり返される。このところ社会派に注力される天祢さんですが、本格としてもぜんぜんあなどれない。

浅木原◆ 朝永理人（ともながりと）『毒入りコーヒー事件』は『毒入りチョコレート事件』かと思って読み始めたら『フォックス家の殺人』だった、という印象の作品でした。

嵩平◆ 中村あき『好きです、死んでください』も孤島での恋愛バラエティーショーに推理ゲームを組み合わせたら、本当に殺人事件が起きたという面白い発想の作品です。こちらも二部構成でそれがどう絡むのかも見どころの一つですね。

蔓葉◆　中村さんのあらたな代表作ですね。あと三つの事件のうち、探偵役はひとつしか推理で解明できないという微妙なリアリティ、いいと思います。

嵩平◆　五十嵐律人『魔女の原罪』は、街で何が起こっているのかをメインに据えた作品で、法のみに基づく校則を逆手に取る場面がユニークで面白かったですね。

浅木原◆　個人的には、中学校ならギリギリありかなと思いますが、高校だとちょっと無理があると思うんですよ。街の外の生徒も来るでしょうし。

嵩平◆　直木&周五郎賞の永井紗耶子『木挽町のあだ討ち』は人間描写という布石を積み上げた大胆な構図に驚きます。

アイデアや技巧の光る短編集

浅木原◆　米澤穂信『可燃物』は減量後のボクサーのような、贅肉を落として研ぎ澄まされたストイックな短編集ですね。

蔓葉◆　いいたとえです。

浅木原◆　捜査・推理・解決というプロセスの面白さだけを凝縮したような本格で大変よかったです。

嵩平◆　アイデアが意外とシンプルで、一つの核から見事な本格を構築している。

浅木原◆　若干ネタが見えやすい部分もなくはないとは思うんですが、これだけ贅肉を落として、それでもなお読み応えのある小説になっているところに、今の米澤さんの凄みがある。

蔓葉◆　信頼できる捜査官が調べたから正しいとするところがすごい。ひとつひとつあらためることはしない。あと、読んでいるとき、『教場』を連想しました。

嵩平◆　長岡弘樹さんもワンアイデアを核に作り上げることが多いから、似たような読後感になるのかもしれませんね。

蔓葉◆　でも、長岡さんはディテールの書き込みに定評がありますが、『可燃物』は警察組織の構造などの説明も一切ないじゃないすか。淡々と進んでいくのも本当にすごい。

嵩平◆　古野まほろ『ロジカ・ドラマチカ』、これは「九マイル」式の作品なんですけど、古野さんは論理にこだわりがあり、その上でひねりを何度も用意してくれるので、個人的には「九マイル」式の最高傑作の連作かなと思ってます。

浅木原◆　青崎有吾『11文字の檻』は、本格以外も含まれた短編集ですが、本格としてのベストは表題作。ノーヒントで十一文字の標語を当てるという暗号ミステリです。主人公が正解・不正解の判定システムの仕組みをあれこれ検証して正解に近付いていく、その試行錯誤の過程こそが、暗号ミステリとしての最大の読みどころだなと思いました。

嵩平◆　問題解決ものとして法月さんの「しらみつぶしの時計」を連想しましたが、「11文字」のほうは方程式的な収束する解決でなかったことはちょっと残念。

蔓葉◆　『東大に名探偵はいない』は小説コンテストの受賞作が印象的でした。

嵩平◆　私は市川憂人さんの作品が特に好きです。時代と場の使い方が巧い。

蔓葉◆　来年もこのぐらい話題作が多いといいですね。

（二〇二三年十月二二日　オンライン）

COLUMN

本格ミステリ作家クラブ通信

麻耶雄嵩

本格ミステリ作家クラブ、会長二年目の麻耶雄嵩です。

ご存じの方も多いと思われますが、今年は本格ミステリ大賞受賞者によるトークショーが高田馬場の芳林堂書店さんで行われました。人数は少し絞らせていただきましたが、お客さんを迎えてのイヴェントは二〇一九年を最後として四年ぶりのことです。幸いにして多くの方のご応募があり、盛況のうちにトークショーとサイン会を終えることが出来ました。皆さまありがとうございます。

トークショーもサイン会もファンのかたに喜んでいただくためのイヴェントですが、作家のほうも生でファンの人たちの反応を見ることができ、また直接応援されることは本当に励みになるのです。日々パソコンに向かい、時にこれで大丈夫だろうか？と不安に思いながら孤独に書き続ける中で、ファンの方の笑顔は砂漠のオアシスのようなものです。これからもずっとイヴェントを続けられるよう願っています。

また前日には本格ミステリ大賞の贈呈式が行われました。その後のパーティも含め、賑やかに催すことができました。昨年も書きましたが、受賞者にとって壇上で大勢の同業者から祝われるというのは得がたい体験であり、作家冥利に尽きるところがあります。

ともかく四年ぶりに取り戻した日常に、ようやくここまでこれたかという思いでいっぱいです。こう書くとなにやら私ががんばったように誤解されそうですが、私なんかはただの飾りで、事務局長の太田忠司さんをはじめとする執行役員の尽力と事務局担当の東京創元社や他の出版社の編集者の方々の協力のたまものです。本当にありがとうございました。

さて今年の本格ミステリ大賞ですが、小説部門が白井智之氏の『名探偵のいけにえ 人民教会殺人事件』に、評論・研究部門が阿津川辰海氏の『阿津川辰海読書日記』に決まりました。どちらも若手の実力派で、本誌のランキングでもよく名前を見る作家です。その意味で順当な受賞と云えるでしょう。昨年が芦辺拓氏、米澤穂信氏、小森収氏といった中堅、ベテラン勢の受賞だったので、一気に若返った感じでもあります。

去年はベテランが存在感を示し、今年は勢いのある若手が盛り返す。本格業界としては理想的な展開ではないでしょうか。今年の本格ミステリ大賞の行方は判りませんが、若手と中堅、ベテランがしのぎを削りあう見応えのある賞レースになればと思います。

かくいう私も会長だからとふんぞり返っていても笑われるだけで、せめて候補や毎年発行される本格ミステリ作家クラブの短編アンソロジー『本格王』に挙がるようがんばらねばと身につまされる思いです。そのためにはまずちゃんと予告した本を書き上げなければいけません。……おや？　何かとたんに気が重くなりました。

2023年の映像本格

青崎有吾作品が次々とドラマ・アニメ化

千街晶之

例年通り国産映画から紹介する。原恵一監督『かがみの孤城』は、辻村深月の同題小説のアニメ映画化。寄る辺ない少年少女たちに寄り添うような優しい物語でありつつ、世界設定そのものの謎を解くホワットダニットの興味で観客を牽引するミステリ映画でもある。

河毛俊作監督『仕掛人・藤枝梅安』は、池波正太郎の「仕掛人・藤枝梅安」シリーズから短編数作を組み合わせている。梅安を豊川悦司、相棒の彦次郎を片岡愛之助が演じている。メインとなる原作は「おんなごろし」だが、依頼人の正体をめぐるミステリ的趣向が追加されていて、原作を既読の観客ほど驚く筈だ。

熊切和嘉監督『#マンホール』は、結婚式を翌日に控えた夜に謎のマンホールに転落してしまった男（中島裕翔）が主人公。ほぼワン・シチュエーションで脱出劇をトリッキーに見せている。

堤幸彦監督『ゲネプロ★7』はシェイクスピア劇の登場人物を演じる俳優たちが主人公だが、劇団内の確執が虚実を踏み越えた決定的な領域に至るまでのサスペンスはともかく、ミステリとしては初歩的すぎた。

立川譲監督『名探偵コナン　黒鉄（くろがね）の魚影（サブマリン）』では、インターポールの海洋施設をめぐって黒ずくめの組織が暗躍する。ある意味で配役がトリックとなっており、アニメならではの仕掛けと言える。

松山博昭監督『ミステリと言う勿（なか）れ』は、田村由美原作の人気ドラマの劇場版。連続ドラマ版では映像化されなかった「広島編」が原作だ。ロケやセット、また出演者の顔ぶれも、劇場版ならではの豪華さである。

連続ドラマの紹介に移ると、『霊媒探偵・城塚翡翠』『invert　城塚翡翠倒叙集』（日本テレビ系）は、相沢沙呼の城塚翡翠シリーズのドラマ化であり、原作者も脚本に参加している。原作未読の視聴者を驚かせようとするさまざまな工夫に満ち溢れており、翡翠役の清原果耶も好演だった。

『祈りのカルテ　研修医の謎解き診察記録』（日本テレビ系）は知念実希人原作の医療ミステリ。研修医の諏訪野良太（玉森裕太）が、カルテを読み解くことで患者の問題や秘密を解き明かす。

『科捜研の女２０２２』（テレビ朝日系）がシリアス路線となり、『相棒21』（テレビ朝日系）には初代相棒・亀山薫（寺脇康文）が復帰するなど、お馴染みの人気ドラマに大きな変化が生じた年だったが、『警視庁考察一課』（テレビ東京系）は、「事件の考察」を専門とする警視庁の部署を舞台としており、船越英一郎や山村紅葉らミステリドラマに欠かせないヴェテラン俳優たちの、時に珍妙で時に鋭い推理を楽しめた。

『unknown』（テレビ朝日系）は吸血鬼の雑誌記者と殺人者を父に持つ警察官のカップルが、遺体から血液が抜かれる連続殺人事件に巻き込まれる物語。『心霊内科医　稲生知性』（CX系）も霊の存在を前提とするホラードラマながら、ミステリ的な謎解きやどんでん返しも重視されていた。

二〇二二〜二三年は『早朝始発の殺風景』（WOWOW）、『ノッキンオン・ロックドドア』（テレビ朝日系）と、青崎有吾作品のドラマ化が相次いだ。前者は主に会話から成る青春密室劇であり、後者は不可能担当探偵・御殿場倒理（松村北斗）と不可解担当探偵・片無氷雨（西畑大吾）が推理を競うシリーズものだが、いずれも三十分枠での推理の可能性を突き詰めたドラマとなっている。

『風間公親—教場０—』（CX系）は、これまで単発ドラマだった長岡弘樹原作の「教場」シリーズの連続ドラマ版。警察学校の個性的な研修生たちが、教官の風間（木村拓哉）の助言を受けつつ、殺人者たちの犯罪計画を見破る倒叙連作のスタイルである。

『合理的にあり得ない〜探偵・上水流涼子の解明〜』（CX系）は柚月裕子原作。元弁護士の探偵・上水流（天海祐希）と助手の貴山（松下洸平）が超能力としか思えないペテンを暴いてゆく、『TRICK』的な味わいのドラマだ。

『ラストマン—全盲の捜査官—』（TB

松竹

イオンエンターテイメント

東宝

WOWOW

S系）は、全盲のFBI特別捜査官（福山雅治）と、そのお目付役の警視庁の刑事（大泉洋）がバディを組んで事件を解決する物語。個々のエピソードは独立しているものの、四十一年前の殺人事件が全体を貫く謎となっている。

『育休刑事』（NHK総合）は似鳥鶏原作。育休中の男性刑事・秋月（金子大地）が、赤ちゃんの育児からヒントを得ることで事件を解決してゆく。

『ギフテッド』シーズン1（CX系）は、天樹征丸・原作、雨宮理真・画の同題コミックのドラマ化（脚本にはミステリ作家の木江恭も参加）。「視る」ことで殺人者がわかる高校生と警視庁の刑事のコンビが難事件に挑む特殊設定ミステリだ。シーズン2は二〇二三年十月からWOWOWで放送が始まった。

単発ドラマでは、BSプレミアムの金田一耕助シリーズの最新作『犬神家の一族』がシリーズ初の前後編で放送された。原作と敢えて結末を変えた挑戦的な内容となっている。

配信作品の注目作である『この動画は再生できません』（TVerなど）は、心霊スポットの探検映像や生配信中に起きた怪現象など、映像に隠された真実を考察するフェイク・ドキュメンタリー。最初はテレビ神奈川での放送だったが、配信によって話題を呼んだ。『赤ずきん、旅の途中で死体と出会う。』（Netflix）は青柳碧人の同題小説が原作。旅の途中、シンデレラと出会ってお城の舞踏会に参加した赤ずきん（橋本環奈）が、理髪師殺害事件の真犯人を指摘する。

連続アニメでは、竹町原作の『スパイ教室』シーズン1&2（TOKYO MXほか）、城平京原作の『虚構推理』シーズン2（テレビ朝日系ほか）などがあった。前者のシーズン1は、原作一巻の映像化が難しい仕掛けを実現した点が注目に値する。また、怪物専門探偵トリオが謎解きと怪物退治を繰り広げる『アンデッドガール・マーダーファルス』（CX系）はシーズン2を期待したくなる出来であり、原作者の青崎有吾が続きを執筆するのを気長に待ちたい。

バラエティ番組からも紹介しておくと、『水曜日のダウンタウン』（TBS系）の「犯人を見つけるまでミステリードラマの世界から抜け出せないドッキリ、めっちゃしんどい説」は、ベタな本格ミステリの世界に放り込まれたダイアンの津田篤宏が、事件の謎を解くまでそこから抜け出せないという企画。やる気のなさそうな津田が、次第にノリノリで探偵役として振る舞うようになるプロセスが見ものだった。

旧作のソフト化では、『赤川次郎の幽霊シリーズ』『赤川次郎の三毛猫ホームズシリーズ』がそれぞれDVD―BOXで発売された。

海外映画の紹介に移ると、スコット・クーパー監督『ほの蒼き瞳』は、ルイス・ベイヤード『陸軍士官学校の死』が原作。元敏腕刑事と若き日のエドガー・アラン・ポーがコンビを組み、陸軍士官学校を騒がす怪事件に挑む。

ロウ・イエ監督『シャドウプレイ　完全版』は、一九八九年からの中国の激動の三十年間を背景にしたサスペンス映画だが、転落死事件をめぐる二重底のフーダニットでもある。

パク・チャヌク監督『別れる決心』は、転落死事件の被害者の妻と、彼女を疑いつつ惹かれてゆく刑事の心理葛藤劇だが、ありふれた設定に見えて意外と凝ったミステリに仕上がっている。

ウィル・メリック、ニック・ジョンソン監督・脚本『search／#サーチ2』は、消息を絶った母を捜すため、デジタルツールを駆使して探索に乗り出す女子高校生が主人公。前作『search／#サーチ』と直接関連はない内容だが、パソコンとスマートフォンの画面上だけで物語が展開する趣向は前作同様であり、さまざまな技巧に満ちた逆転劇を楽しめる。

ユン・ジョンソク監督・脚本『告白、あるいは完璧な弁護』は、スペイン映画『インビジブル・ゲスト　悪魔の証明』の韓国版リメイク。密室殺人の容疑者とされた男とその弁護士との丁々発止のやりとりがメインだが、オリジナルの結末の更にその先を描いたあたりは評価が分かれそうだ。

『名探偵ポアロ：ベネチアの亡霊』は、ケネス・ブラナーが監督と主演を兼ねた名探偵ポアロ・シリーズの第三作。原作は『ハロウィーン・パーティ』だが、ある程度原作を踏まえた前二作に対し、舞台をベネチアに移し、ポアロが霊の存在に悩まされるなど大幅に改変され、二次創作に近い内容となっていた。

配信映画での一番の注目作はライアン・ジョンソン監督・脚本『ナイブズ・アウト：グラス・オニオン』(Netflix）だ。前作『ナイブズ・アウト／名探偵と刃の館の秘密』で活躍した名探偵ブノワ・ブラン（ダニエル・クレイグ）が、今度はクローズドサークル状態の孤島の殺人事件に挑む。緻密に張りめぐらされた伏線、視聴者の前で堂々と行われるのに気づかれない犯行など、今回も本格ミステリとしての出来は上々だ。

スジョイ・ゴーシュ監督・脚本『容疑者X』(Netflix）は、東野圭吾『容疑者Xの献身』のインドでの映画化（日本版・韓国版・中国版に続く四度目の映画化である）。原作とは結末が異なっているが、こちらの結末にこそ納得するという人がいてもおかしくない。

海外ドラマでは、法月綸太郎『一の悲劇』の韓国での連続ドラマ化『ザ・ロード：1の悲劇』がBS12で放送された。韓国ドラマとしては、チョン・ヘヨンの同題小説が原作の『誘拐の日』(Amazon Prime Video）もあり、アジア圏での本格ミステリドラマは今後もどんどん増えそうである。

東映

アップリンク

ソニー・ピクチャーズ エンタテインメント

ウォルト・ディズニー・ジャパン

ライトノベル・ミステリ駅伝

スパイから名探偵、怪異、そして人気作家へ！

鷹城宏

世界各国の諜報機関から怖れられた伝説のスパイは、落ちこぼれの少女たちを一人前のスパイへと育てようとしていた……と要約すると、竹町(たけまち)の人気シリーズ『スパイ教室』（富士見ファンタジア文庫）そのものだが、実はこれ、武葉コウ『スパイ＝アカデミー』（富士見ファンタジア文庫）の粗筋なのである。少女スパイがそれぞれ、琥珀(アンバー)、瑠璃(ラピス)、金剛石(ダイヤ)、柘榴石(ガーネット)、翡翠(ジェイド)、紫水晶(アメジスト)、水宝玉(アクア)という二つ名を持ち、第一巻「真実を惑わす琥珀」といった具合にサブタイトルにその異名が用いられるのもよく似ている。一瞬、いかがなものかと思ったが、「悔しくなる程の極上なスパイ学園小説です！」と帯に推薦文を寄せたのが竹町ご本人ゆえ、当方が目くじらを立てることもあるまい。

スパイ小説のジャンルでは、芦屋六月(あしやろくつき)『パーフェクト・スパイ』（電撃文庫）も出た。粗筋を引用すると「世界中にその名を知られ、不死不敗の伝説をもつ最強のスパイ、風魔虎太郎。所属する組織が壊滅寸前となり、スゴ腕の新人スパイが彼の部下として集められる。集結したのは、狙撃やハッキングなど抜きんでた特殊技能をもつ美少女4人」。いやいやいや、落第生か凄腕かの違いはあるけど、これも設定似てない？　まあ、ハーレム設定はライトノベル（ラノベ）の常道だし、当方が…（以下、同文）。

そこで本家の『スパイ教室』だが、第九巻「《我楽多(がらくた)》のアネット」、第十巻『《高天原(たかまがはら)》のサラ』の長編二冊が刊行された。ディン共和国の少女スパイチーム「灯(ともしび)」は、第二次世界大戦の勃発を目指す《暁闇計画(ノスタルジア・プロジェクト)》の真相を掴むため、ライラット王国に潜入する。ちなみに第四短編集の「NO TIME TO 退(ノータイムトゥータイ)」も出た。『スパイ教室』と並ぶ人気シリーズ、二(に)

語十の『探偵はもう、死んでいる。』（MF文庫J）は、期間中に第八〜十巻の長編三冊が出版された。美貌の名探偵シエスタと、彼女を継ぐことを決意した夏凪渚、そして助手の君塚君彦を中心とした物語である。このシリーズ、第五巻の物語が終わった後に、《大災厄》と呼ばれる世界の危機が発生したようなのだが、第六巻は第一巻以前の時間軸へ話が飛んだあげく、第七巻になるとすでに災厄は解決していて世界に平和が戻っている。読者としては、何が起きたのかチンプンカンプン。実は作中人物もその間の記憶に欠落がある様子で、第八巻以降にようやく、彼らの記憶探しの旅が始まり、《虚空暦録》の謎が徐々に明らかになる。事件が起きた後に、何が起きたかを後づけで物語るのがミステリの基本構造だとすれば、その図式を連作形式で再現したともいえるが、そこに推理の要素はない。君塚が《聖遺具》と呼ばれる祭具に触ることで記憶が復活するのだ。なお、二語十と同期デビュー組の月見秋水によるスピンオフ短編集『夏凪渚はまだ、女子高生でいたい。』も第一巻が出版された。

さて、シャーロック・ホームズをリスペクトした作品が幾つか刊行された。紙城境介『シャーロック＋アカデミー』（MF文庫J）では、増加する凶悪犯罪に対抗し、探偵王スティーヴン・〝ホームズ〟ヘーゼルダインと国際連合が連携して、国連探偵開発局を設立。UNDeADは名探偵をS〜Dの五段階で格付けし、S階梯名探偵に〝ホームズ〟〝アケチ〟などのミドルネームを与える。本書の主人公は、探偵王の好敵手であった犯罪王の孫である不実崎未咲と、探偵王の養女、詩亜・E・ヘーゼルダイン。第一巻「犯罪王の孫、名探偵を論破する」では、二人が入学した探偵養成機関「真理峰探偵学園」を舞台に事件が展開する。清涼院流水のJDCシリーズや、天樹征丸・さとうふみや『探偵学園Q』を彷彿とさせる設定だが、生徒同士が推理を戦わせる決闘風景からは『機動戦士ガンダム　水星の魔女』なども連想した。第二巻「マクベス・ジャック・ジャック」では、不実崎が先輩の万条吹尾奈らと訪れた孤島で連続殺人事件が開幕する。二〇二一年の国内ランキング十一位に食い込んだ『僕が答える君の謎解き2』の作者らしく、本格ミステリとしての興趣は群を抜いている。

中島リュウ『異端審問官シャーロッ

富士見ファンタジア文庫

富士見ファンタジア文庫

MF文庫J

オーバーラップ文庫

ト・ホームズは推理しない〜人狼って推理するより、全員吊るした方が早くない?〜』(オーバーラップ文庫)では、マイクロフト・ホームズの一人娘シャーロットが、ジョン・ワトソン少年と協力して英国を揺るがす怪事件に挑む。舞台は西暦二〇三七年のロンドン、十九世紀に始まったヴィクトリア朝はいまだ終わらず、機械化した不死女王マザーヴィクトリアの支配下で繁栄を謳歌していた。そうしたなか、人間に化けて暗躍する人狼を推理の力で暴き、科学の力で処刑するのが、名探偵ならぬ異端審問官の役目である。シャーロットもその一人だが、彼女は頭を使うのがとにかく苦手で、サブタイトルそのまま「人狼って推理するより、全員吊るした方が早くない?」と嘯く暴走少女だ。

その他に、アニメ『コードギアス』の世界観の下でホームズとワトソンが活躍するあざの耕平『コードギアス 霧京のアーサー』(角川スニーカー文庫)、日本の大学生が十九世紀にタイムトリップする結城光流『シャーロック・ホームズを読んだことのない俺、目が覚めたらコナン・ドイルでした』(富士見L文庫)などがある。うん、ホームズ・リスペクトと評してよいか微妙な作品ばかりだったね。

怪異系としては、峰守ひろかず『今昔ばけもの奇譚』の続編「五代目晴明と五代目頼光、百鬼夜行に挑むこと」(ポプラ文庫)が出た。怪異は元来、国家が管理する法令用語であったが、十一世紀に入って個人が遭遇した不思議な現象を勝手にそれと認定するようになったという。こうした「怪異の民主化」というべき変化を、物語に絡めた展開が興味深い。峰守は同じポプラ文庫から『少年泉鏡花の明治奇談録』も刊行した。明治の文豪、泉鏡花が少年時代、彼が後に手がける作品のモチーフとなる事件・人物に出会っていたという趣向の連作短編集である。

綾里けいし『霊能探偵・藤咲藤花は人の惨劇を嗤わない』(ガガガ文庫)は期間中に第三・四巻が出て完結した。藤花と従者の藤咲朔青年の逃避行も、ようやく安らぎの地へとたどり着く。綾里の新作『魍魎探偵今宵も騙らず』(MF文庫J)は、常世と現世の境界が失われ、幽霊、妖怪、幻獣、精霊といった怪異の類が人間の隣人となった世の中を舞台に、怪事件を解決する「魍魎探偵」の活躍を描いている。

逆井卓馬『七日の夜を抜け出して』(星海社FICTIONS)は、学校の七不思議がテーマ。遊辺高校の新入生である中里蓮は、三人の同級生とともに超常的な力によって学校に閉じ込められる。翌朝までにこの学校の七不思議の謎を解き明かさないと、彼ら自身が怪異に取り込まれてしまうという。

零雫『不死探偵・冷堂紅葉』(GA文庫)はタイトルに偽りなしで、何度死んでも甦る少女探偵の活躍を描く。『殺人方程式』や『向日葵の咲かない夏』に言及したり、「読者への挑戦状」を挿入したりと、ミステリ好きであることがよく分かる。

五条紀夫『クローズドサスペンスヘブン』は、新潮ミステリー大賞最終候補作を改稿・改題した作品ゆえ、もともとはラノベでないのだが、版元が新潮文庫nexなので紹介しておこう。何者かに殺害されたはずの主人公は、海辺の西洋館で目を覚ます。斬られたはずの首に傷跡は残っておらず、殺されたという強い印象のみが頭に残っていて、その他の記憶を喪失している。館には、彼と同じように殺された男女がすでに五人集められていた。粗筋から引用すれば、館ものクローズドサークルに新風を吹き込む「全員もう死んでる」ミステリ。

最後に、人気作家をモチーフにした長編を三作紹介しよう。まずは、野宮有（のみやゆう）『ミステリ作家拝島礼一に捧げる模倣殺人』（メディアワークス文庫）。拝島のヒット作『絵札の騎士』を模倣した連続猟奇殺人が発生し、世間から彼に非難が集中する。新米週刊誌記者の織乃未希（おりのみき）は、拝島の熱狂的ファンでありながら、彼を貶める記事の執筆を上司から命じられて憂鬱。そうこうするなか、覆面作家である拝島とひょんなことで知り合った彼女は、唯我独尊な性格の作家から犯人捜査への協力を要求される。通常の読書でも、作家の意図と読者の読解が齟齬を来たすことはままあるが、本書では後者を、原作に描かれた猟奇殺人の模倣犯による再演として読み換えることで、物語を駆動している。

川崎七音（なお）『完璧な小説ができるまで』（メディアワークス文庫）は、監禁されていた人気小説家の相崎一歌（あいざきいちか）が救出された時点から物語の幕が開く。相崎一歌、本名柊木逸歌（ひいらぎいつか）を軟禁していたのは、高校時代の友人で、ともに小説家を志していた月村荘一。当初はシンプルな拉致監禁と思われた事件だったが、警察の取調室で月村の告白が進むにつれて、どちらが被害者でどちらが加害者か判別のつかない奇怪な様相を呈しはじめる。

杉井光『世界でいちばん透きとおった物語』（新潮文庫ｎｅｘ）は、ベストセラー推理作家の宮内彰吾の死去から始まる。主人公の藤阪燈真（とうま）は、妻帯者ながらプレイボーイであった宮内が不倫してできた息子である。一度も会ったことのない父親の死に関心のない燈真であったが、宮内が死ぬ間際に書いていた小説『世界でいちばん透きとおった物語』の存在を知り、知人の編集者とともに遺稿探しに取り組むことになる。正直、ラノベでこのタイプのトリックが使われるとは思いもせずに驚いた。とはいえ、実在するミステリ作家への言及などから、ミステリファンであれば仕掛けに気づくことはできるかもしれない。しかし、それに気づけたとしても、その後には「なぜそのトリック（ホワイダニット）を用いたか」という謎解きが読者を待っている。

ポプラ文庫

星海社FICTIONS

新潮文庫ｎｅｘ

新潮文庫ｎｅｘ

ミステリコミック事情 2023

今年も話題は『ミステリと言う勿れ』

廣澤吉泰

今年の話題作という点では、昨年に続いて田村由美『ミステリと言う勿れ』（小学館flowersフラワーコミックスα。以下「コミックス」はCと略記）となろうか。本年九月十五日から映画が公開された。遺産相続を巡る謎を題材にした、原作二巻から四巻の「広島編」を映像化している。映画公開に先駆け、最新の十三巻が刊行され、田村由美デビュー四十周年記念本『KALEIDOSCOPE』（小学館）も上梓された。後者には田村へのインタビューや久能整を演じた菅田将暉との対談等が掲載されている。読切が四作収録されているが、その中の「死人（しびと）の記―紫陽花にゆれる―」は特殊設定物としてミステリファンも楽しめる作品だ。

青山剛昌『名探偵コナン』（小学館少年サンデーC）等、長期シリーズでも動きがあった。『コナン』は映画「黒鉄（くろがね）の魚影（サブマリン）」が公開、最新の百四巻では作中で幾度か言及された、十七年前の羽田四冠殺人事件の真相が語られ、ある登場人物の正体が明らかになる。伏線が回収されつつある雰囲気だ。〈金田一少年〉シリーズは昨年から継続のさとうふみや『金田一少年の事件簿30th』（原作：天樹征丸／講談社少年マガジンC）が全四巻で完結、同著者の『金田一37歳の事件簿』（講談社モーニングKC）の最新十四巻では、存在が仄めかされていたヒロイン七瀬美雪がちらりと姿を現わした。今後は事件に絡むことを期待したい。

ここからは、対象期間中に完結した作品を紹介していく。

黒井白『リバイアサン』（集英社ジャンプC／全三巻）はフランスで人気を博して、集英社が日本語版を刊行したもの。宇宙を漂う廃旅客船で盗掘屋たちが一冊の手帳を発見する。事故に巻き込まれた修学旅行の男子中学生の手記のようだ。手記によれば、生き残るため、たった一基のコールドスリープ装置をめぐって生徒間の殺し合いが始まったようだ。こうした「手記」は本格好きの心をくすぐる設定ではないだろうか。また、最後の一人が判明した後のどんでん返しも見事だ。バンド・デシネ（仏の漫画）に強い影響を受けた絵柄は新鮮である。

　ドラマ化、アニメ化された話題作、泰三子『ハコヅメ～交番女子の逆襲～』（講談社モーニングKC）は、全二十三巻で第一部完結。警察物のコメディ（時々シリアス）だが伏線回収の妙は本格読者好みだろう。泰三子の次作『だんドーン』（講談社モーニングKC／十月末現在（以下現在と略す）一巻）は、日本警察の父・川路利良が主人公の歴史物。山田風太郎『警視庁草紙』等で取り上げられた川路利良を泰三子がどう描いていくか注目である。

　舞台化、アニメ化された三好輝『憂国のモリアーティ』（構成：竹内良輔／集英社ジャンプC）も全十九巻で第一部完結。ホームズのライバルのモリアーティ教授を現代の視点を入れた新解釈で描いた。現在は埼田要介の小説版を三好が漫画化した『憂国のモリアーティ -The Remains-』（集英社ジャンプC／現在一巻）が連載中で、同作完結後第二部がスタートする。

　今年ドラマ化もされた、米代恭『往生際の意味を知れ！』（小学館ビッグC／全八巻）は、映画が撮れなくなった主人公が、その原因となった元カノのお願いを契機に映像に向き合う……と書けばまっとうな青春物のようだが、元カノのお願いは常識外れだし、主人公をはじめとする登場人物の感情の揺れ動きが激しく、読者は予想を裏切られ続ける。事件―推理―解決という正統派ではないが、ミステリ好きの琴線に触れる漫画と思料する。

　幾田羊『相続探偵』（原作：西荻弓絵／講談社イブニングKC／全七巻）は、相続トラブルを元弁護士の探偵・灰江七生が仲間と解決するリーガルもの。掲載誌休刊による予期せぬ完結でも風呂敷をたたんだ西荻の手腕には唸らされる。

　藤也卓巳『悪魔学者サラ＝コルネリウスの大事典』（KADOKAWAあすかCDX／全三巻）は、悪魔学者のサラと悪魔アスモデウスが、悪魔絡みの事件を解決していくというもの。犯人は悪魔か、それとも人間かと惑わせる点が本書の眼目

小学館

集英社

講談社

集英社

である。事典らしく各巻に「序」をつけている洒落っけも心憎い。

朝倉亮介『四季崎（しきさき）姉妹はあばかれたい』（集英社ヤングジャンプC／全五巻）は、事故死した探偵が、同じ日に落命した中学生に生まれ変わって、という転生物。中学生を手にかけたのは、美人三姉妹の誰か？「依頼人の心に安息を」という信条を持つ探偵は、犯人を特定して任務完了ではなく、犯人の心をどう救済すべきかに心を砕く。そうした探偵の苦心が本書の読ませどころである。

加藤元浩『空のグリフターズ～一兆円の詐欺師たち～』（講談社C月刊マガジン）は全六巻で完結。百億円を、高校生三人が奪取するというコンゲーム物。通貨がデータでやり取りされる現代ならではの詐欺の手口を堪能して欲しい。加藤は、本作完結後新シリーズ『ないない堂～タヌキ和尚の禍事帖～』（講談社C月刊マガジン／現在一巻）を開始。『Q.E.D. iff』（講談社C月刊マガジン／現在二十五巻）の連載も継続しており、着実に佳品を生み出し続けている。

現在連載中の作品も紹介していこう。

アニメが放映中の天野明『鴨乃橋ロンの禁断推理』（集英社ジャンプC）の最新十二巻では、探偵養成学校BLUEに生徒らと閉じ込められたロンと都々丸が連続殺人事件に挑む。

岩崎優次『暗号学園のいろは』（集英社ジャンプC／現在四巻）は、西尾維新が原作を務める、暗号解読のエキスパートを養成するための軍人学校・暗号学園を舞台にしたバトル物。バトルといっても暗号が解読できるかどうかが勝負の分かれ目となる知的闘争だ。各話で登場する暗号は高度で読者を悩ませる。

YOG（ヨグ）『文豪探偵芥川龍之介は推理する』（芳文社FUZC／現在一巻）は、芥川龍之介が探偵役の虚実織り交ぜた歴史物。「煙草と悪魔」「青年と死」「戯作三昧」といった芥川の作品に材を取り、巧みにミステリに仕立て上げている。犯罪に関わることを「血染めの研究（スタディ・イン・スカーレット）」と嘯く、名探偵・芥川龍之介の活躍が楽しみだ。

ガス山タンク『ペンと手錠と事実婚（ワッパ）』（原作：椹木（さわらぎ）伸一／白泉社ヤングアニマルC／現在一巻）は、探偵役の女子高生が、真相を見抜いても、それを言葉にせず、イラストで伝えようとする、という特異な設定に意表をつかれる。そのイラストがド下手なのだが、解決してみると的を射ていたことが分かるのだ。主人公の中年刑事が、この女子高生に求婚され、振り回されるラブコメでもある。

倉田三ノ路（みのじ）『ヘルマンさんかく語りき』（原作：さやわか／KADOKAWA BRIDGE C／現在一巻）は大正期の銀座のカフェを舞台にした倒叙物。探偵役のドイツ人・ヘルマンの気づきのポイントが「懐中時計は和服ではどこに納めるか」「喫茶店で砂糖は有料」というその時代らしい風俗を活かしている点は高評価。

篠原健太『ウィッチウォッチ』（集英社ジャンプC）は、ドジっ子魔女の若月ニコとガード役で鬼の末裔の乙木守仁が主人公のラブコメだが、十月発売の最新十三巻収録の百九話「ミスってるミステリー」は本格好きなら見逃してはいけない作品だ。雪の山荘での殺人、という典型的な設定の推理ゲームを守仁らがプレイする、という内容。ギャグを入れながら、ゲームだからこそ成り立つ仕掛けを盛り込んだ良質のミステリだ。『SKET

DANCE』『彼方のアストラ』（いずれも集英社）という高水準のミステリ漫画を生み出した篠原らしい一話である。

コミカライズの収穫としては、山田風太郎の原作を東直輝が漫画化した『警視庁草紙—風太郎明治劇場—』（監修：後藤一信／講談社モーニングKC）がある。東の筆により、主人公・千羽兵四郎らが生き生きと描かれている。原作の約半分を漫画化し、「芳幾・芳年」展とコラボした、二人の浮世絵師を主人公としたオリジナル作「異聞浮世絵草子」も盛り込んで全十三巻でまとめ上げた。

清原紘『medium 霊媒探偵城塚翡翠』（講談社アフタヌーンKC／全三巻）は、本ミスをはじめミステリランキングで五冠を獲得しドラマ化もされた、相沢沙呼の同題の小説の漫画化。清原の描く城塚翡翠は魅力的であり、またコマ割り、ページ割に工夫を凝らして、どんでん返しを効果的に見せている。

今年は、十七年ぶりに京極夏彦〈百鬼夜行〉シリーズ『鵼の碑』（講談社）が刊行されたが、志水アキ『中禅寺先生物怪講義録 先生が謎を解いてしまうから』（脚本：田村半蔵／講談社マガジンエッジC／現在八巻）は、同シリーズの公式スピンオフ作品。古書店「京極堂」を開く前、戦後すぐの高校教師時代の中禅寺秋彦を描いている。榎木津礼二郎、関口巽、木場修といったお馴染みの顔ぶれもシリーズと若干違う立場で登場する。青崎有吾『早朝始発の殺風景』（漫画：山田シロ彦／集英社ヤングジャンプC／上下巻）、結城真一郎『#真相をお話しします』（漫画：もりとおる／新潮社 BUNCH C／全二巻）の漫画化も収穫だった。

最後に、周辺書的な作品を紹介していく。カミムラ晋作『誠と黒〜本の雑誌を創った男たち〜』（双葉社／現在二巻）には、今年一月に逝去した目黒考二（北上次郎）が登場する。目黒が椎名誠らと共に現在も続く書評誌「本の雑誌」を創刊し、育んでいく過程はスリリングだ。

こちらは小説だが『謎尾解美の爆裂推理!!』（集英社）のおぎぬまXが『キン肉マン 四次元殺法殺人事件』（監修：ゆでたまご／集英社）を上梓した。ミートとキン骨マンのコンビが、超人が被害者や容疑者になる事件を解決する特殊設定物。おぎぬまは「このミス」新人賞最終候補に残った『爆ぜる怪人 殺人鬼はご当地ヒーロー』（宝島社文庫）も出版されるなど、活動の幅を広げつつある。

白泉社

KADOKAWA

集英社

講談社

京極夏彦

KYOGOKU Natsuhiko

interview

Man of the Year 2023

聞き手＝千街晶之

四回生まれ変わった『鵼の碑』

千街◆　『鵼の碑』の構想はいつごろに生まれたのでしょうか。また、シリーズ前作『邪魅の雫』から十七年空いた理由についてお聞かせください。

京極◆　すでに何十回も質問されているので新鮮味のない回答になりますが、十七年かかったわけでもなく、十七年何もしていなかったわけでもなく、単に順番がこうなったというだけで、ブランク自体に大きな意味はないです。構想に関しては、僕の場合タイトルを決めた段階で考える仕事は終わっているので、『邪魅の雫』に次回予告を載せた時点で完成してます。ただ今作は諸般の事情で三回頓挫していて、その度に構造を捨てているので、これは四つ目の『鵼の碑』になるのですが。

このシリーズの場合、タイトルのお化けの名前は作品に必要な素材・情報、漢字一文字が作品の構造、という仕組みです。〝碑〟に相当する構造を四種類設計したわけで、これは手間でした。変えちゃったほうがずっと楽です。『狂骨の夢』は、最初『黒塚の夢』だったんですが、シリーズ三冊目で人食い婆はないかと(笑)。そこで〝夢〟という構造は残して『狂骨の夢』に変えました。『絡新婦の理』は『絡新婦の鑑』で考えてたんですが、編集の宇山(日出臣)さんから「鑑と(『鉄鼠の檻』の)檻は似てるよね」と言われて、発表直前に構造の方を変えました。書く前ならどうとでもなるんですけど、今回は発表後の変更なので面倒でしたね。最初の『鵼の碑』は本作の最後に名前だけ出てくる有名人が軸になる展開で、もっと伝奇小説寄りでした。最後の参考文献に彼の著作が何冊かあるんですが、それは最初、その中に出てくる数式を元に構造を組み立ててたからです。それから、これはネタバレに近いんですが(笑)、本作には「巷説百物語」シリーズと関連する人たちが登場するんですね。ラストで中禅寺が「本当にそれだけか」みたいなことを言いますが、最初のかたちでは事件そのものが彼らの仕掛けだったからです。中禅寺のセリフはその名残です。

すぐに作品化できなかったのには、緒事情あるんですが、一番大きかったのは過労に因る体調不良です。『邪魅の雫』って、最初は中禅寺を出さない設計だったんです。ところが完成間際で出してくれという要望があって。丁度その時『姑獲鳥の夏』の映画の制作中で、小説での中禅寺は主役じゃないんですけど、映画だと主演になっちゃう。時期的にシリーズ最新刊に登場しないのはどうかと。やむなく構造を温存するかたちで作り替えを余儀なくされた。これ、手間がかかるうえに時間的制約がある。しかも『姑獲鳥の夏』の他に『妖怪大戦争』という映画も同時進行でやらされていて、『妖怪大戦争』の試写の時に血尿を出して倒れて、半年ぐらい仕事ができなかったんですよ。

その時僕は講談社の〈IN★POCKET〉で『豆腐小僧双六道中おやすみ』を連載してたんですが、それも中断しちゃった。その穴埋めみたいな形だったのか、再開時には『鵼の碑』の連載を、という要望が出た。でもこの「百鬼夜行」シリーズは連載に向かないんですね。短いページ数で刻むと、全く話が進まない。三回か四回は座敷に座って話してるだけという(笑)。それで設計し直したんですね。構造を分解して、まず〈IN★POCKET〉に『鵺』という単層構造のミステリを連載する。単行本化の際に偶数章として「碑」の章を挿入すると、全然違う『鵼の碑』という小説になるという、泡坂妻夫さん的なトリッキーな仕掛けにしようかなと。その『鵺』部分が、世界で一番古い『西遊記』の版本が日光東照宮にあるのは何故か、という書誌学ミステリでした。謎は解けるんだけど、「碑」の章を入れるとまるで別の解になるという、ある種の多重解もの。それが他社の仕事のかねあいも合ってスケジュール調整しているうちに、「やっぱり書き下ろしてくれ」という話になった。最初から単行本ならそんな仕掛けなんの意味もなくなる(笑)。

千街◆ 一時期、「百鬼夜行」シリーズを別の出版社に移すという話がありましたが、結局講談社から出したのは何故でしょうか。

京極◆ 講談社と揉めたとか喧嘩したとかいうことは一切ないんですけどね。講談社文庫が好調に版を重ねていたから、もう旧作のノベルスは出荷停止にしたほうがいいんじゃないかという提言はしました。文庫化の際に手を入れているわけだし、ワークフローが変わっているから初期のものは誤字の修正も難しい。文庫に絞った方が効率的じゃないかと。新規読者は2種類あると困惑するし。

一方、直木賞をいただいてしまったため、文藝春秋から〈オール讀物〉に連載を、という依頼があったんです。当然新シリーズを企画したわけだけど、編集サイドの思惑や方向性がつかめない（笑）。その時に考えたのが、〈文藝春秋〉に連載中の『病葉草紙（わくらばぞうし）』になるんですが、当時はどうもはっきりしなくて、ただ連載だけはしてくれというから、百鬼夜行シリーズのスピンオフ（『百鬼夜行――陽』）を書きましょうかということになって。ただ、単行本は出してもいいけれど、文庫は講談社でまとめてるので、文庫化の際は講談社から出したいという要望を出したんですけども。

そうしたら、単行本OKなら既刊の『百鬼夜行――陰』の単行本も出したいと言う。まあセットだから良いかなと。ノベルスを止めたところだったし、講談社でも『ルー＝ガルー』の続きを進める際に旧作を徳間書店から移してノベルスで出し直すことになっていたので、OKしました。で、それが叶うのであれば、ソフトカバーの新デザインで旧作の百鬼夜行長編も同じ判型で全作出し直したいと言われて。当然、書き下ろし予定の『鵼の碑』の単行本も同じ形で出したいと言う。その頃は、角川書店（当時）、中央公論新社、集英社と連載が重なっていて、そこに新潮社が加わって、講談社でも『死ねばいいのに』を書いていたので、すぐに書くのは無理な状況だったんですが、僕の手間は変わらないし、読者が喜ぶならどこから出てもいいかとは思ったんですけどね。

それで、文春用に三つ目の『鵼の碑』を考えた。最初の構造を組み建て直して「巷説百物語」シリーズvs「百鬼夜行」シリーズの構図をより明確にしてみたんですね。暴き立てると不幸になるものごとを隠蔽する化け物遣いと、憑き物落としの攻防です。でも謎を暴くと確実に罪に問われたり不幸になる人が出るわけで、どっちが良いのかという話。それがプルトニウムネタだったんです。

ただ、僕の場合フォーマットが決まっていないと執筆はできないんですよ。だから完成時期はわからないけど、とにかく版面のテンプレートをくださいとお願いした。それで、連載のかたわら書き始めたんですけどね。そのうち『百鬼夜行――陰／陽』の単行本が完成したんですが、表紙に「陰」「陽」という文字がデザインされてて、格好は良いんですが、『鵼の碑』は「鵼」という文字で行きますという。「でもシリーズで一文字のお化けは鵼しかいないんだけど……『姑獲鳥の夏』は「姑」？」と訊くと「ああっ！」と（笑）。全部揃えて出したいというのが先方の希望だったわけですけど、何も考えてなかったんですね。考え直すからちょっと待ってくださいということになって。

そこに東日本大震災です。一部でプルトニウムネタだから封印されたという風説がありますが、まあたしかにセンシティブな部分はあるんだけれど、配慮すれば書けないものでもない。むしろフォーマットの見直しがもたついたほうが大きい。待っているうちに講談社から『水木しげる漫画大全集』の監修をやれと命じられて、六年かかって、日本推理作家協会の代表理事を四年。気がつけば十七年です。文春さんはその間進捗がなくて、それなら別な作品にしましょうよ、と。そしたらすかさず講談社が「そろそろ代表理事の任期満了ですね」と言い出して。とはいえ、KADOKAWAの『了巷説(おわりのこうせつ)百物語(ひゃくものがたり)』も佳境だし、推協の仕事も引き継ぎを済ませるまでは気が抜けないしで、去年の秋ぐらいから書きはじめたんですけど、三分の一くらい渡したところで年が明けて、五月に退任してから残りを書いて、終わりです。

『鵼の碑』は、三種類の積み重ねを一回分解して再構成した部分もあり、幾つかの謎はオミットしています。例えば、何故女は夏でもないのに日傘を持っていたのかとか、『西遊記』関連の謎なんかは、この構造の『鵼の碑』には関係ないので書かなかった。伏線を回収していないと思われる読者もいらっしゃるかも知れませんが、ほんとに回収してないんですから仕方がない。

京極流の作品構造の組み立て方

千街◆ 先に〈オール讀物〉に発表した『鵼の碑』の外伝的な短篇「墓の火」「蛇帯」(『百鬼夜行——陽』所収)は、三つ目の構想の時ですか。

京極◆ そうです。三つ目の構想に直接関わるものとして書いたので、発表した以上は本編に絡ませないといけないわけで、そこの部分は残さなければいけなかったのはちょっと厄介でしたね。碑が燃えているというのは本当は違う真相だったんですが、その案は廃棄しました。

千街◆ 今年の七月三十一日に、京極さんデビュー三十周年のPVで刊行が公表されましたが、そのタイミングの理由は。

京極◆ 公開日は文三(講談社文芸第三編集部)が決めたんです。デビュー三十周年のPVを五月八日から毎週月曜にアップしていたんですが、『鵼の碑』のPVはもっとあと、発売日あたりに公開する筈でした。発売前に二カ月は宣伝期間が欲しいということでしょう。でも急に配信日が早まったので、ナレーションもギリギリまで決まらなくて、綿矢りささんに決まったのも公開二日前です。綱渡りですよ。その段階では本文は校了してませんでしたし。

千街◆ 警察組織の再編など、昭和二十九年である必然性が強い内容となっていますが、どの妖怪を選ぶかという問題と、シリーズ中の年代・時系列の流れとはどのように関連していますか。

京極◆ 今回かなり多くの取材にお答えして、つくづく僕の小説の作りかたは一般的ではないんだなと、改めて自覚しました。何だか申しわけない(笑)。

このシリーズに関していうなら、主役はお化けですから、まずお化けを構成するのに必要な情報を網羅的に揃えなくてはならないんですね。それを分解し、階層にして散らして、それぞれにトピック、キャラクター小説に近づける場合はキャラクターを配置します。これは何層にもなります。重ねて上から見るとそのお化けのかたちなんだけど、レイヤー一枚だと何だかわからない。

それから、舞台となる場所の地誌も同じように処理します。ちなみに舞台とお化けは関係しないようにしています。お化けというのは土地と非常に密接に関わりがあるものなんだけど、そこは敢えてはずしてるわけです。鉄鼠というのは三井寺の頼豪阿闍梨の話なので、本来なら滋賀ですよ。でも『鉄鼠の檻』は箱根。絡新婦だって勝浦とはなんの関係もない。そこを合わせてしまうとお化けが〝妖怪〟から伝説や怪談に近づいてしまうんですね。素材にしている〝妖怪〟はすでにキャラクターとしてアイコン化しているわけだから、それではいけない。関係する土地や伝説は情報として処理しなくてはいけないんです。鵼も、本当なら死体が流れ着いた芦屋か、さもなくば京都の御所ですよね。日光はまるで関係ない。

しかし無関係な土地の地誌も情報として分解してしまえばお化けの構成要素と呼応するポイントというのは必ずあるので、そこは合わせて重ねます。レイヤー自体はまるで違うものなので、当然ズレが生じる。そのズレを基調にして揃っているレイヤーもずらしていく。レイヤーを重ねてずらすと必ずモアレができますが、そのモアレがどう出るかが大事で。

簡単にいうなら、それらのレイヤーを部材にして、想定される構造体、鵼の場合は「碑」を作っていくわけですね。構造が脆弱な部分はその時代の社会情報などを柱として入れ込んで補強したり、飛び出たりしてしまう部分は削ったり曲げたり裏返したりしてかたちを整え、最後に俯瞰して平面に落とすんですね。側面で垂直になったレイヤーなんかはオミットされます。後は出力するだけ。

それで、部分だと何だかわからないんだけど、全体では昭和二十九年の日光に鵼がわいている、という図柄ができる。過去作だと現在進行形の犯罪を骨格に織り込んでいたので、憑き物落としの作法のスタイルと相まって図らずもミステリに近づいてしまっていましたが、今回はそれがないので、結果的に何もないという。まあ鵼なので仕方がない。

千街◆　事件はありますけど全部過去の出来事ですからね。

京極◆　鵼なので、何も起きてないのに何かが起きているように読めるような小説にしないと。もう一つ留意しているのは、お化けと社会の関わり方の変遷ですね。明確に作中の時代と対応するものではないんだけど。〝妖怪〟というのは、民俗共同体で醸造されたお化け的事象が都市部と往還することでかたちを整えていったものです。地方の村落のリアリティを持ったお化けと、都市部の半ばアイコン化したお化けが互いに干渉しあいながら〝妖怪〟的なものは醸成されてきたわけだけれども、社会構造の変化や技術革新によってそうした関係性は変質してしまうんですね。村落共同体が崩壊すると、常識的に培われていた理解も無効化されちゃうわけですし。ただ、それはドラスティックに変わったわけじゃなくて、ソフトランディングではあったし、地域ごとに進行速度はかなり違っていたわけ。そのギャップこそが、明治期以降の急激な近代化に即して、通俗的風俗史学なんかの手で〝みせしめ〟にされてきたわけですね。それって差別的なまなざしではあるんだけど、まず時代的ギャップ、技術的ギャップ、それが地域的なものに絞り込まれ、さらに「家」、そして個人に照準が合わせられていく。その名残が、現在の「因習村」みたいな理解に再利用されてるわけですけどね。そうした社会構造の変化は、お化けの理解にも濃い影を落としている。プロトタイプである『姑獲鳥の夏』はともかく、それ以降はそうした変化を細かく拾って反映させる設計にしているつもりではあります。『邪魅の雫』あたりで、いわゆる〝怪異〟の認識を個人レヴェルにまで解体させちゃったから『鵼の碑』はその先を書かなきゃいけないなと。地縁・血縁とは別に、実体のない情報共同体が仮想的に構築された場合、過去の民俗共同体が培ったようなお化けが醸成されていくだろうと。現代のSNSなんかはまさにそのかたちなんだけれど、それはあからさまに可視化したというだけで、分断による相互差別、陰謀論なんかは何十年も前からあったわけで。

属性が被っていない妖怪を選ぶ

千街◆ では、妖怪はどういう基準で選ぶのでしょうか。

京極◆ なるべく属性が被らないように選んでいます。死霊の伝統的なスタイルなのに、早くから錯綜した情報によってアイコン化してしまった姑獲鳥、大陸から情報として伝来した魍魎。狂骨は画像しかない。鳥山石燕の名づけですね。他の本だと釣瓶女だったりする。鉄鼠は実在の人物である頼豪阿闍梨なんですが、もちろん史実ではなく稗史ですよね。絡新婦は伝説や昔話にも出てくるわけですが、実はきちんとしたアイコンがない。ただ、お読み戴ければわかりますが、水怪系の蜘蛛は神話など別方向に接続していくもので。塗仏は現在では全くわからない。塗仏を筆頭にうわんだのおとろしだのはわからないものシリーズですね。陰摩羅鬼は、中国の説話を林羅山なんかが日本の説話に置き換えて、鳥山石燕が絵にしたものですが、いずれにも理趣経にありと書いてある。仏教説話なのかと思って中国語の原典をあたってみても同じことが書いてある。でもお経には、ない（笑）。邪魅にいたっては何もない。不明じゃなくてないんです。どうして『邪魅の雫』には妖怪の蘊蓄が無いんですかと聞かれることがありますが、無いからです。まあ邪な魅なんでしょうが。

そういうセレクトなんですね。鵼は『太平記』にも記されてるし、絵も沢山描かれてるし、謡曲にもなってる。なのに古来「なんだかわからん」と言われ続けている（笑）。最近では鵼レッサーパンダ説なんて奇説も出るくらい。鏑矢の音とトラツグミの声は、二十五年くらい前に小松和彦さんの研究会で聴き比べたことがあって、実際に似ていました。なるほどと思いました。

千街◆ 先ほど、土地は土地で別個の理由で決めているとおっしゃいましたが、今回の日光も含め、物語の舞台はどのように選んでいるのでしょうか。

京極◆ 扱うお化けとはなるべく関係な

い場所にする方針ではあるのですが、ランダムに選ぼうとしても恣意的になっちゃうもので。例えば赤・青・白の玉をランダムに並べようとした場合、赤・白・青・白・赤みたいになるわけですね。本当は赤・赤・赤・白・青・赤・赤・白みたいに偏って当たり前なのに、人間はどこかで法則性を求めちゃうものなんですよ。ならばむしろ無関係な法則を縛りにしてしまったほうがいいと思ったんですね。どうでもいいことですから他媒体のインタビューではあえてぼかしていたんですが、もう面倒なので言います。若い頃に仲間と旅行に出かけた際に撮影し、編集したホームビデオが何十タイトルもあって、それに準じているわけですね。

千街◆ そうだったんですか（笑）。

京極◆ 十巻めのタイトルが「歓喜日光」（笑）。その前が「全力大磯」。「爆裂伊豆」は二巻組でしたから、巻数の帳尻も合っている（笑）。しかも作中で榎木津にタイトルを言わせるという、誰の得にもならない決めごともしていて。「灼熱逗子」とか。次の『幽谷響の家』は東北です。予め決まっているので後続作に関する〝回収する必要のない〟伏線は張りやすいですね。時系列的に重なる『今昔百鬼拾遺』では鳥口が東北で何か起きているといってるし、緑川さんが青森に納骨に行くとか中禅寺は恐山で育ったとか、みんな書かれるかどうかすらわからない先の作品の伏線だらけ（笑）。そういうばかばかしい決めごとばかりで出来てるんですね。

ノベルスと単行本の違いについて

千街◆ 「百鬼夜行」シリーズの旧作はノベルスが先に発表され、その後単行本化されていましたが、今回のような同時発売の場合、執筆作業はどう進行させたのでしょうか。ノベルスが先で単行本をあとに執筆したのか、あるいは同時並行作業だったのでしょうか。

京極◆ ノベルスの版組で進めていたのでノベルス版を完成させてからの改稿が望ましかったんですが、印刷製本の都合で入稿は単行本が先だったんです。結果的にノベルスと単行本を同時進行で調整することになりました。今まではノベルス出版後に改稿していたので一方通行でしたが、今回は両方直せるから今までで一番差分が少なくなってはいます。ただ完全に同じには出来ないですね。どうしても改行せざるを得ないところなどがあるので、単行本のほうがほんのちょっと情報量が多いですかね。基本句読点や改行で調整していきますが、帳尻が合えばいいというものでもない。二段組と一段組では一行のストロークが違うし、スパンが違えばブレスも変わる。見開きのどこに位置するかで意味も変わってきます、時に言葉や表現も変えなくては、近い読み味になりません。

それから、今回日光に関する空海関係の情報は意図的に減らしているんですが、単行本では数行ですが復活させていますね。最初の設計では空海と摩多羅神が大いに関係していたんですが、最終的に捨ててしまったので。ただ常行堂があるかないかというのは天台宗にとっては大きいことだと判断したので、摩多羅神に関する一部は残しましたけど。

千街◆ ノベルスと単行本では、ページまたぎを防ぐための改行や一行追加とは違う意図によると推測される差異があります。例えば、細かいところですが、ノベルス七五四ページの「築山の法衣よりも玄い」という箇所は単行本一一五六ページでは「築山の法衣よりも猶玄い」となっていますし、ノベルス七五八ページの「頼政は弓の名人です」は単行本一一六二ページでは「頼政は、弓の名人です」と読点が追加されているなどの例ですが、その意図は。

京極◆「猶」なんて入ってても入ってなくても文意はあんまり変わらないんだけど、今いったように、版面が変わると目の動きも変わるし、見開きのレイアウトが変われば印象も変わるんですよね。一呼吸置くとか、間を空けるとかいう読むリズムの問題だけでなく、引っ掛かりや受け流しはページを開いた段階の目視である程度決まりますからね。ページを捲ったときの印象は、漢字一文字でかなり違ってくる。両方読む人も少ないでしょうから、異本の読み味を揃えようとするなら細かく見ていかなくてはなりません。ストーリーを追う読みかたをされる読者のかたにとってはどうでもいいことなのかもしれませんが。ただ書き手としてはストーリーは二の次三の次で、読書という体験自体を大事にしてもらいたいと考えているものですから、無駄な作業をします。

千街◆冒頭の「鵼　久住加壽夫の創作ノオトより」は、ノベルスと単行本ではかなり異なっています。単行本では偶数ページの最初が必ず「朔の夜である」「朔の夜である」「朔の夜である」「朔の夜だから」「朔の夜なのに」「朔の夜の中」「朔の夜は」……といった具合に「朔の夜」という言葉から始めていますが、この差異の意図は何でしょうか。

京極◆これ、実は十二年くらい前にイベント用の朗読原稿をどうしても書いてくれと星海社の太田（克史）くんから頼まれて、仕方なくその時書いていた文春の『鵼の碑』の作中作部分を抜き出して作ったものなんです。その時点では見開きごとに作中に散らす形で用意していたので、見開きの頭が全部「朔の夜」だったんですが、そのせいで朗読してくださった栗山千明さんが「めくってもめくっても朔の夜なのでどこまで読んだかわからなくなりました」と困ったらしい（笑）。今回はその全文を冒頭に配置したわけですが、単行本は一段組なので、元のかたちに近づけました。でもノベルスの版面だと長めに改稿しないと無理で、ただでさえ長いですから断念しました。

新キャラ・緑川佳乃の役割

千街◆今回、ノベルスで『姑獲鳥の夏』から再読したんですけれども、シリーズの最初のうちは章の最後、つまり奇数ページの下段の最後に空白がありますが、今は最終行までびっしり埋まっていますね。『鉄鼠の檻』だとまだ数行空白があったりしますが、『絡新婦の理』でほぼ現状と同じになっています。この意図は何でしょうか。

京極◆もったないな（笑）というのもあるわけですが、章と章のあいだに時間的・空間的インターバルがある場合は多少空いていたほうが落ちつく。今回はむしろ続いていたほうが混乱するだろうと。今回、章自体は時系列になっているんだけれども、進むにつれて章と章との時系列がズレて前後していくんですね。どっちが先なんだか、どうでも良くなるような効果を狙ったようなところはあります。全部終わったラスト前だけは空いている筈です。

千街◆「蛇」「虎」などと題された章は、普通なら（一）（一）（一）、その次は（二）（二）（二）……と規則的に並びそうなところ、（一）（一）（二）（一）……と必ずしも規則的に配置されているわけではないのもそういった効果を狙ったのでしょうか。

京極◆規則性は厳然としてあるんですけどね。俯瞰しないとわからないかも。通常は進行していくと収束に向かうもので、特にミステリの場合はそうなるべきですね。情報が少ないうちはわからないけど、情報が多くなると一つの線が見えてきて、それが整理されて結末にいたるという。拡散していくエントロピーが反転して収束していく快感というのはあるわけで。でも今回は普通のミステリでやってはいけないことをしてみようかなと思って。情報が揃うほどわからなくなる（笑）。

ミステリの場合、本筋と関係のない捨てキャラはそうだとわかるように書かなければいけないという暗黙の了解があるわけですが、今回は登場さえしない人物にもフルネームを与えてみたりしました。これ、いわゆるミスリードじゃないんですね。現実には端役も主役もないわけだし、作中の人物にとっては作中が現実。ミステリ的には要らなくても宿屋の親父にもフルネームはある。だからこそ整理整頓が必要になるんですが、混乱させるだけの関口とか、粉砕するだけの榎木津とか、糾弾するだけの木場だとか、そんなのしかいないから（笑）。緑川というのは極めて常識的に状況を整理整頓する役割なんですね。ただ、当事者ではあるんだけど、そもそも事件として捉えていないから解決する気はない（笑）。一方、徹底的に外部にいる中禅寺にとっては謎も何もないわけですね。そんな身も蓋もない話で、このページ数はないだろうと。ここまで引っ張ったら感動的なラストとかないのかよと。期待だけさせて、何もなしかよという、そういう小説です。

まあ僕の場合、過去作もそんなのばかりですけどね。でも、『鉄鼠の檻』だって中禅寺がくどくど語り倒すより榎木津が出てきて「お前だ馬鹿！」と殴って終わりくらいのほうが面白かったかなとは思うんですよ。解決二行とか。でも性格的に投げっぱなしというのが向いてないんです。僕の中にバルカン人が棲んでいて、それは非論理的ですとかゴーストのようにささやく。伏線は回収しろ、説明もしろ、ミステリとして読んでくださるかたに申しわけが立たないだろうと言うんですね（笑）。今回みたいにレイヤーごとオフにしちゃうならいいんですけどね。

千街◆今回、レギュラーキャラクターが大勢登場して、出てこない人でも名前くらいは言及されていましたが、どんどん増える登場人物の相関図みたいなものを書いたりするんですか、それとも全部頭の中に入っているんでしょうか。

京極◆メモとか一切しないですからねえ。そもそも僕の小説はプロットが書けないんです。平面的に記すのが無理なんで、立体に起こすか、高野（和明）さんの小説『ジェノサイド』に出てくるみたいな四次元モデルでも作らないとちゃんと説明できない。小説にした方がずっと早い。でも流石に三十年もやってるから、年表だけは作ってみたんですが。他のシリーズもあるので、四百年ぶんくらいですね。それはわりと綺麗に並んだんですよ、何も考えてなかったのに（笑）。相関図は書きたくないなあ。それ以前に、キャラクターという意識が希薄なんですね。ただの小説の部材ですしね。そろそろ面倒臭くなってきたから五、六人殺しちゃおうかな（笑）。

千街◆　でも緑川佳乃はいかにも再登場しそうですが。

京極◆　続きを書くなら緑川さんは出るでしょうね。高度経済成長期に適応しそうな登場人物が少ないから（笑）。台詞の中の外来語の含有量を見ると、誰がどのくらい時代に適応しているかわかるかと思いますが。緑川さんは平気で新しい言葉を使います。意外なことに中禅寺もわりと使うんだけど、ひねくれてるから素直には使わないですね。関口は精神医学用語など得意分野の横文字しか知らない。益田あたりは流行りものしか使わない。そういう意味で緑川さんは便利です。

人間の根本的な変わらなさ

千街◆　刊行のタイミングの世相と、作品の内容――今回で言えば陰謀論であるとか――がたまたま重なり合うことに関しては、もちろん意図して書いておられるわけではないと思いますが、どのように感じますか。

京極◆　おっしゃるとおり全然意図してなくて、出版時期も不可抗力的なものですし、決して現代の世相を反映した作品じゃないんですけどね。風刺をしようとか啓蒙しようとか、全然考えていません。でも『狂骨の夢』や『鉄鼠の檻』を書いた時もオウム真理教の事件なんかがあって、妙にシンクロしてしまったんですが、どちらも決してオウム事件で思うところがあって書いたわけじゃないんです。ただ、僕も一応現代人なので（笑）、まったく影響がないということもないんだとは思いますが。今回も、今の世相に噛んでますよね、みたいなことはすごく言われるんですが。昔の風刺漫画や時事ネタの漫画って、確かに古いネタなんだけど、「これって今のことじゃないの」というものがたくさんあって、それに近いんじゃないですかね。水木しげるさんの風刺漫画にも日米安保の話とか核の傘の話とか賃金格差の話とか物価が高いとかが描いてある。それって四十年も五十年も前の話ですよ。なんで今も変わらないのかなと。今、〈怪と幽〉に『了巷説百物語』という小説を書いてるんですが。

千街◆　ええ、あれは水野忠邦の天保の改革の時代が舞台ですが、平成・令和のことを書いているかのようです。

京極◆　そうなんです。そう受け取られることが多いんですが、別に世相を皮肉ったり特定の何かを批判したりしているわけじゃないんですけどね。その時代をそのまま書いてるだけ。一方で、読んで「ダメじゃん」と思えるのなら、それに比されるものも「ダメじゃん」なのかなとは思いますが。基本、何百年も前から抜本的には何も変わってないんだなとは思いますね。技術は進歩しているし、倫理観も変わってきていて、コンプライアンスもしっかりしてきているし、昭和よりは令和のほうが暮らしやすくはなってるんだけど、成長してないんですよ、人間が。悩むところも困るところも一緒じゃん、という。歴史は繰り返すと言いますが、繰り返すのじゃなく、いつまでも成長しないだけなんですよ。過ちは何度でも犯すというか、学習しないんですね、我々は。環境が変わっても同じ失敗をしちゃう。格差の問題にしても差別の問題にしても根っこは同じで、どういうかたちで表出するかが違うだけですよね。多様性が大事というわりに多様性を認めようとしない風潮ですし。分断して一方が一方を潰し合うような生きにくい世の中が長いこと続いてるわけで。抜本的改革というのは、難しいものなんでしょうね。

実際、その時代に確実に響く表現物というのはあって、そういう作品はヒットしたり称賛されたりするんだけれど、時代にマッチしていればいるほど、あっという間に古くなってしまうんですね。特に最近は時代の移り変わり自体が加速しているから、受け入れられるスパンはどんどん短くなっているわけです。それって、だから流行を追っかけるなとかいう話じゃないんですね。風俗や社会を色濃く反映しているからダメだというわけでもないと思う。実際、作られた当時の流行や社会状況を如実に反映している作品であったとしても、読まれるものは何十年たっても読まれるでしょう。五年後十年後、百年後にも受け入れられる。そうした普遍性のようなものは物語とは別にどんな作品にもあるわけで、そこが拾える構造になっているかどうかなんだろうという気もしています。古典になるような表現物というのは、最初から古典として作られているんですよね。

憧れのミステリについて

千街◆ 京極さんはミステリを書いているつもりはないということを以前からおっしゃっていますが、ミステリ、ことに本格ミステリとして読者に読まれていることについてはどのようにお考えでしょうか。

京極◆ 小説の読みかたは読者の自由です。十万人いたら十万通り、どんな読みかたも正解。ですからどれだけ多彩な〝読まれかた〟を用意できるか、異った〝読まれかた〟を生み出せるテキストを作れるかが、娯楽小説として目指すべき姿勢だろうと僕は考えていますし、つたないながら努力もしています。当然、ミステリとしての〝読まれかた〟をされることも大歓迎ですし、本格ミステリにおいてをやです。まあ本格観というのも人それぞれで明確な線引きは難しいわけですが。

一方で読者としては本格ミステリと呼ばれる作品群に対する指向性というのが大変に強いことはいなめないですね。作者の企みどおりに誘導されて、最後はびっくりさせられるわけで、しかもそれがフェアに仕組まれているわけですよね。途中で見抜いちゃったとしても、これは造られ方そのものが面白いですよ。そういう構築性の高い虚構って、憧れますよね。

顧みるに、たとえば今作にしても「ミステリではやっちゃいけないことをやろう」なんて発想をしてしまうわけだから、造りかたはともかく、どこかで意識はしているんでしょう。それに、伏線は回収しろとか、それは整合性がなかろうとか、心のバルカン人もささやくわけで（笑）、ジャンル小説を書いている自覚こそないけれど、やっぱりミステリの轍につながれてはいるんですよ。『魍魎の匣』にしても『鉄鼠の檻』にしても、本格ミステリを目指して書かれたものではないいんだけれど、どうしたってかたちは似てしまうわけです。ですから、本格ミステリとして評価されようと思ったことはないけれど、そう受け取ってもらえることに関しては光栄だと思うのみです。

　ならもっとちゃんとした本格を書けと言われそうですし、そんな野郎が日本推理作家協会の代表やってもいいのかと四年間ずっと苦悶してましたけどね。

千街◆　京極さんにとって「理想のミステリ」というイメージはありますか。そういうイメージがあるのであれば、いずれそういう作品を書きたいかをお聞きしたいです。

京極◆　理想といわれると難しいですが、子どもの頃に（横溝正史の）『本陣殺人事件』を読んで感心したことは覚えています。誤解をおそれずにいえば、トリックだけ取り出せばピタゴラ装置みたいな話なんだけど、すごいでしょ。謎は、密室に凶器がないという一点にほぼ絞り込まれているのに、小説全体としてはそんなことはなくて、紙背や行間にいくらでも汲めるものがある。だから映像化される際には旧家の血がどうの、母子や兄弟の葛藤がどうのというドラマ部分が強調されがちになるんだけど、原作は別にそのへんを掘り下げた小説じゃないんですよ。でも、そう読めちゃうんです。島田（荘司）さんの『斜め屋敷の犯罪』なんかもそうなんだけど、絵面だけだとコントみたいなトリックでもシリアスに成立しちゃう世界をいかにロジカルに〝創れる〟かですよね。それがきっちりできていれば、綾辻（行人）さんの『十角館の殺人』のように最後の一行でひっくり返るようなスタイルがすっと決まるわけで。あのかたちはミステリであってもなくても構造としてとても綺麗だと思う。まあ僕の資質としては泡坂先生の仕事なんかも魅力的ですし。先人の手になるお手本は無尽蔵にあるんですが、僕がブレンドすると何故かミステリから離れていくという不思議（笑）。竹本健治さんなんかはそのへんの手加減が絶妙ですが、でも僕のスタイルだと難しいでしょうね。まあ最近のミステリ、みんな面白いじゃないですか。若い人の書くものが。そういう意味でもう僕なんかの出る幕はないです。誰かが必ず書いてくれますよ理想のミステリ。

『幽谷響の家』はいつ出るか

千街◆　日本推理作家協会の代表理事の任期を全うされましたが、今後は執筆量が増えることになるのでしょうか。

京極◆　常に望みは引退というのが本音ですが（笑）。許してもらえません。デビュー三十周年ということもあり、仕事量はかなり増えてるんですが、代表理事は実務もあるし責任も大きかったので、どっちが楽かと聞かれれば仕事が多いほうかな……と思っちゃった段階で夢はついえていますね。それに僕は大沢在昌さんと宮部みゆきさんと三人で事務所を維持しているわけで、勝手に隠居するわけにもいかんのですよ。まあ自身の生活もありますからね。この物価高の時代に生きていくのは大変なことですよ。ですから微力ながらも続けていかなければならないんでしょうねえ。

千街◆　次作は『幽谷響の家』となっていますが、タイトルがあるということは、話は既に出来ているわけですね。

京極◆　そうです。内容はいくらでも話します。

千街◆　いえ、ネタばらしは困りますので……いつごろ刊行かという目処は立っている状態でしょうか。

京極◆　執筆の目処を立てる段階までには至っていませんね。まず「巷説百物語」シリーズ最終作の『了巷説百物語』の連載がもうすぐ終わるので、それを完結させて単行本化しなければいけないですし、〈文藝春秋〉に連載している『病葉草紙』もあと数回で終わるので、書籍化されると思います。「書楼弔堂」シリーズの最終巻も連載待ちなんですが、来年の九月に某所で企画展が予定されていて、それに合わせてシリーズ最終巻をというお話もいただいているんですが、集英社のワークフローに合わせるとかなり進行を早めなきゃいけなくて、少々現実的じゃないかなとは思うんですが、調整中です。その他の仕事もありますから、書き下ろしの割り込むすきはないですよねえ。それに今後どのような不測の事態があるかわからないので、時期を公言するのは不可能ですよ。ま、図らずも来年「巷説百物語」「書楼弔堂」という二大シリーズが終わるんで、三十周年はそれでいいでしょう、と。活動期間は三十年、『幽谷響の家』は予告はされたけどついに書かれなかったねえ、と後世の人に言われたい（笑）。

千街◆　いやいやいや、それで終わらせないでください（笑）。

京極◆　池波正太郎さんの『梅安冬時雨』とか国枝史郎さんの『神州纐纈城』のように未完という手もありますけどね。僕の場合、ボリュームに関係なく設計はすぐにできちゃうんですが、出力する時間はボリュームによって左右されるんです。長いものを書くにはそれなりにエネルギーが必要になるわけですよ。一方人間というのは老いていくし消耗もするわけです。発注の際はそのへんのことを考慮していただきたいですね。いや、予告を入れるというのは講談社の奸計ですからね。とはいうものの、予告しちゃった以上は冒頭三行だけになろうと絶筆になろうと、書かないということはありません。いつ死んでもいいように冒頭三行くらいは書いておこうかな。

（二〇二三年十月十三日、於京極邸）

COLUMN

ラノベミステリの春が来たか？

浅木原 忍

二〇二三年度は各社のライトノベルレーベルで同時多発的にミステリ作品が続々発表され、ラノベミステリブーム到来か？　とラノベ読者の間でも話題になっている。国内座談会と鷹城宏氏のラノベミステリ欄で取り上げきれなかった新作を中心に駆け足でまとめていこう。

今年度のラノベミステリを牽引したのがMF文庫J。『死亡遊戯で飯を食う。』『魔女の怪談は手をつないで』『シャーロック＋アカデミー』『魍魎探偵今宵も騙らず』と注目作を次々と送り出した。これらとGA文庫の『不死探偵・冷堂紅葉』が今年度のブームの象徴と言える。

スニーカー文庫でも、駄犬『誰が勇者を殺したか』が大きな話題を呼んだ。本格ミステリ的な謎解きにこだわらず、群像劇としてタイトルの含意に収束させた構成が大正解。ほか、新人の水鏡月聖『僕らは『読み』を間違える』はミステリ的構造の青春もの。鏑木ハルカ『異世界転生事件録　人見知り令嬢はいかにして事件を解決したか？』は刑事が令嬢に転生するTSファンタジーミステリ。

講談社ラノベ文庫も気を吐いた。新人のオーノ・コナ『勇者認定官と奴隷少女の奇妙な事件簿』はわりと昔懐かしいタイプのファンタジーミステリ。同じく新人の沙寺絃『デスループ令嬢は生き残る為に両手を血に染めるようです』はストレートな人狼ゲーム×デスループもの。どちらも新味は薄いがツボを押さえた手堅い作りの秀作である。一方、デビュー二作目の界達かたる『十五の春と、十六夜の花』は相当ユニークな恋愛伝奇ミステリ。トリッキーな捻りと挿絵の連携がしっかり取れているのが嬉しい。

『豚レバ』『ユア・フォルマ』などミステリ系作品のアニメ化が続く電撃文庫では、大賞金賞受賞作の四季大雅『ミリは猫の瞳のなかに住んでいる』がメフィスト賞系の怪作カオスミステリと話題。岩田洋季『ゲーム・オブ・ヴァンパイア』は単発特殊設定ミステリの佳品。

ファンタジア文庫では、橘公司『デート・ア・ライブ』のスピンオフ『魔術探偵・時崎狂三の事件簿』が出ている。

ガガガ文庫では、ロケット商会『魔王都市　―空白の玉座と七柱の偽王―』がバディもののファンタジーミステリ。特殊設定の消去法推理があるのに手がかり不足で本格になり損ねているのが惜しい。カミツキレイニー『魔女と猟犬』は期間内に出た四巻がシリーズ中もっともミステリ度の高いエピソード。これらのノワール系ファンタジー路線を代表する浅井ラボ『されど罪人は竜と踊るDD』が四年ぶりに再始動、三ヶ月連続で新刊が出たのも嬉しい話題だった。

その『され竜』の影響を強く受けたオーバーラップ文庫のメグリくくる『暗殺者は黄昏に笑う』は三巻で物語が一段落。この三巻は倒叙ミステリ仕立てで、強烈なホワイダニットが炸裂する。シリーズまとめて一気読みを推奨したい。

リの愉しみ

今年は江戸川乱歩のデビュー百周年だが、同時に「暗号解読を主題とした国産ミステリ」も百周年を迎えたことになる。それを記念して本誌では特集を組み、国産暗号ミステリの歴史をざっと振り返ってみたいと思う。

とはいっても、海外の前史を無視してその歴史は語れない。ここで簡単に触れておくと、ポーの「黄金虫」は、暗号ミステリの開祖であると同時に、解読の知的興味に焦点を当てた作品として最初から頂点を極めたと言えよう。続くコナン・ドイルの「踊る人形」は、暗号文の効果的な見せ方という点で、そう簡単には超えられない壁となってしまっている（この特集では図版を多数引用したのだが、読者の興味を惹くという点において、「踊る人形」のあの絵面の強さを改めて思い知る結果となった）。

それでも《江戸川乱歩》は果敢に暗号ミステリに挑み、暗号そのものの研究にも熱心に取り組んだ。戦前デビュー組では他に《横溝正史》と《小栗虫太郎》の二人が、暗号を作中で使いこなすのが巧かった。さらに昭和五十年代に相次いでデビューし、暗号ミステリ界に革命を起こした《竹本健治》と《井沢元彦》の二人を加えた五人を、作家単位で取り上げることにし

特集

奥深き暗号ミステリ

た。一方で暗号ミステリは、テーマ別に分類することも可能なように思われる。本特集では《謎解きゲーム》《楽譜暗号》《宛先不明メッセージ》《遺言・遺書》《宝探し》の五つの項目を立てて作例を紹介してみた（今回《ダイイング・メッセージ》に関しては、暗号ミステリとは別物として、分類からは外させてもらった。基本的には作中での暗号の扱いに拠った分類になっているはずだが、《楽譜暗号》だけは手法による分類になっている点はご了承されたい）。

最後の《周辺書》も含めて記事は十一本、言及したタイトルは七十余作にも及ぶ。それでも紹介しきれなかった秀作・力作はあるだろう。作品の性質上、暗号ものとしての紹介を見送ったケースもある。暗号ミステリとひと括りにしていても、その難度や魅力はさまざまであろう。難度が低くてフェアに書かれたものならば、解読に挑戦してみるのも一興だろうし、最後に明かされたメッセージに感動する系の作品であれば、作者が手の内を明かすまでじっと見守っているのが正解かもしれない。それぞれの作品に見合った読み方をするのが、上手な愉しみ方であるように思う。本特集がそのガイド役として、少しでも読者の役に立てれば幸いである。（市川）

江戸川乱歩

暗号ミステリでデビューした巨匠

エドガー・アラン・ポーと江戸川乱歩。後者のペンネームが前者のもじりであることはあまりにも有名であり、作風にも共通点は多いが、暗号マニアであり、その分類を試みていることも両作家に共通する。本稿では、暗号が登場する乱歩作品を紹介したい（なお、乱歩作品は光文社文庫の全集をはじめ各社の文庫で読めるため、版元名は省略する）。

一九二三年、乱歩は短編「二銭銅貨」で作家デビューしたが、その内容は暗号解読をメインに据えた探偵小説だった。ある電機工場から五万円を盗み去った「紳士強盗」が捕まったが、金の隠し場所は不明のままである。そんな時、「私」は友人の松村武から、机の上に置いてあった二銭銅貨はどこから持ってきたのかを問われる。煙草を買ったお釣りだと答えると、松村はどこかへ出かけて、すぐに戻ってきた。彼は二銭銅貨に秘められた暗号から、例の盗まれた金を見つけたという。

そこで松村が「私」に見せるのが、図版で示した「陀、無弥仏、南無弥仏、阿陀仏……」という暗号だ。ポーの「黄金虫」やコナン・ドイルの「踊る人形」に示唆を受けたものらしいが、日本的な文面の暗号を案出した点に乱歩の独創性が見られる。

明智小五郎が登場する短編「黒手組」は、神出鬼没の怪賊・黒手組が世間を騒がせている最中、資産家の娘が姿を消し、誘拐を示唆するような葉書が届く。この葉書が実は暗号文であることは冒頭の段階で示されている。「二銭銅貨」に比べるとマイナーな作品だが、近年になって思わぬところで再注目されることになった。日本テレビ系の連続ドラマ『真犯人フラグ』の中で、「黒手組」とそこで使われる「ポリュビオスの暗号表」が言及されたのだ。

ある会社の内気な事務員が、同僚の女子事務員に算盤に示した金額で恋心を伝えようとする「算盤が恋を語る話」と、死んだ弟の遺品から見つかった絵葉書に兄が不審を抱く「日記帳」は、ともに犯罪が絡まない話。恋を詠んだ平安時代の和歌は、迂遠すぎて現代人には暗号さながらに感じられる場合があるが、ストレートに恋情を伝えられないタイプの人間にとって、暗号が時代を超えた感情伝達ツールであることをこの二編は教えてくれる。

宝探しと暗号の相性がいいことは別項でも記したが、乱歩のジュヴナイル「少年探偵団」シリーズにも、この二つを結びつけた作品が散見される。『大金塊』はこのシリーズでは珍しく、少年探偵団の宿敵・怪人二十面相が登場しない作品。大富豪・宮瀬家に伝わる金塊の隠し場所を示す暗号文をめぐり、明智小五郎や少年探偵団と謎の盗賊が争奪戦を繰り広げる。「ししがえぼしをかぶるときからすのあたまのうさぎは……」と始まるこの暗号文は、有栖川有栖「英国庭園の謎」（別項参照）でも言及されているように、暗記しているミステリファンも少なくない筈だ。一方、『怪奇四十面相』は、黄金の骸骨のコスプレをした怪しい連中が、それぞれが持つ黄金髑髏に刻みつけられた「ゆなどき　んがくの　でるろも」といった意味不明のひらがなの意味を解き明かそうと相談する怪奇ムード満点の場面が印象的。ただし『大金塊』と違って語呂がいいわけではないので、こちらの暗号を全部暗記している人は多くなさそうだ。

陀、無弥仏、南無弥仏、阿陀仏、
弥、無阿弥陀、無陀、
弥、無弥陀仏、無陀、陀、
南無陀仏、南無仏、陀、無阿弥陀、
無陀、南仏、南陀、無弥、
無阿弥阿仏、弥、無阿陀、
無阿弥、南陀仏、南阿弥陀、阿陀、
南弥、南無弥陀、無阿弥陀、
南無弥陀、南弥、南無弥仏、
無阿弥陀、南無陀、南無阿、阿陀仏、
無阿弥、南阿、南阿仏、陀、南阿陀、
南無、無弥仏、南弥仏、阿弥、
弥、無弥陀仏、無陀、
南無阿弥陀、阿陀仏、

　大人向けの長篇でも、『孤島の鬼』や『幽霊塔』（黒岩涙香作品の翻案）に宝の在り処を示す暗号文が登場する。『黄金仮面』では、事件現場で発見された紙片に記された数字と渦巻模様から、明智小五郎がある秘密に到達する。『化人幻戯』には、被害者が遺した暗号日記が登場する。『悪霊』の謎の記号も暗号の一種だという可能性が存在するが、未完作品なので何とも言いようがない。

　江戸川乱歩と暗号といえば欠かせない話題が、小説以外での研究の結果だ。彼は学生時代に暗号の分類を試みたことがあり、それを一九二五年に雑誌《探偵趣味》に発表し、後に随筆集『悪人志願』に収録したが、更に補綴した決定版が『続・幻影城』所収の「類別トリック集成」のうち「暗号記法の分類」と題された箇所である。

　その冒頭で乱歩は「戦争のおかげで、暗号記法が非常に進歩し、自動計算機械で複雑な組合せを作るようになったが、こうして機械化してしまうと、以前、暗号というものに面白みを与えていた機智の要素が全くなくなって来るので、小説の材料には適しなくなった。現代から暗号小説というものが殆ど影を消した所以である」と記している。これを信じるなら暗号ミステリに未来はないように思えるけれども、ハワード・ヘイクラフトの昔から密室トリックが袋小路扱いされていたのと同じようなことと考えればいい。その証拠に、暗号の専門家である長田順行の『暗号と推理小説』（現代教養文庫）など、その後の研究で乱歩への反論が行われているし、何よりも今回の暗号特集の別項で紹介されている数多くの作例が、その後も暗号ミステリの豊饒な歴史が続いたことを証明している。それを知ったならば、あの世の乱歩は自分の予測が外れたことをむしろ喜ぶのではないだろうか。（千街）

横溝正史

暗号を巧みに織り込むストーリーテラー

江戸川乱歩の「二銭銅貨」に先駆けること二年、一九二一年にデビューした横溝正史の作品にも暗号がしばしば登場するので、紹介していく（なお、横溝作品は角川文庫等で読めるため、原則として版元名は省略する）。

初期の短編「悲しき郵便屋」に登場するのは楽譜暗号だ。

音楽家である医師の令嬢が恋人との連絡手段に使っていたものだが、葉書を盗み見た主人公の郵便配達夫は暗号を解読。自ら暗号で葉書を書き、令嬢に思いを告げようとするが……という物語。その暗号は図版のとおりで、音符をモールス信号に変換することで解読できる。暗号の内容は「昨夜は失礼致しました」なので読者の方々も解読に挑戦して欲しい。

ところで、角川文庫緑三〇四の『恐ろしき四月馬鹿』で「悲しき郵便屋」を読まれた方は「図版はなかったはず」と思われたろうが、その記憶は正しい。本編の図版は初出誌ではあったが、初刊本収録時に省略され、以降はそれで流布していた。そこで二〇〇四年に未収録作品を集成した『赤い水泳着』（出版芸術社）が編まれた際に既収録作品だが図版を含めて採録されたのだ（二〇一七年刊の柏書房版『恐ろしき四月馬鹿』でも、図版は掲載されている）。筆者は、本稿執筆を通じて、その経緯を知った。そこで、横溝ファンへの注意喚起の意味合いで、この楽譜暗号を掲載したのである（ご存知の方には失礼しました）。

「悲しき郵便屋」がそうだったように、暗号は秘めたる恋情を伝えるのに、適したツールと言えよう。これも初期作だが「悲しき暗号」（論創社『横溝正史探偵小説選Ｉ』収録）は、内気な会社員がタイピストを食事に誘うメッセージを残したところ、タイプ音でモールス信号の"yes"という返信があった……という、江戸川乱歩「算盤が恋を語る話」を想起させる掌編である。

楽譜暗号では、戦後の長編『蝶々殺人事件』のものが記憶に残る。ソプラノ歌手・原さくらは公演を終え東京から大阪へ移動する際に、急遽東京へ引き返した。その原因とされる楽譜暗号だ。こちらも「悲しき郵便屋」の暗号と同様シンプルなものだが、それに対して名探偵・由利麟太郎は「（音楽の専門家の）さくら女史ともあろうものが、どうしてこんな簡単な暗号で満足していた」のかと疑義を呈する。そして、その疑問は事件解決へのひとつの足がかりとなるのである。

音楽絡みでいえば、今年、片岡千恵蔵が金田一耕助を演じた映画の十六ミリフィルムがヤフオクに出品され騒然となった『悪魔が来りて笛を吹く』も忘れるわけにいかない。椿英輔元子爵は「これ以上の屈辱、不名誉に耐えていくことは出来ない」という遺書を遺して自殺した。自死の前に椿英輔は「徹頭徹尾、冷酷悲痛そのもの」な印象を与えるフルート曲「悪魔が来りて笛を吹く」を作曲していたのだが、この曲は、実際に演奏をすると「悪魔」の正体が明らかになる、というもので本編の幕切れを印象的なものにしている。横溝は、この曲の作曲を依頼し、楽譜を掲載する構想を抱いていたのだが、実現しなかった。

別項に「宝探し」というテーマがあるように、暗号と「宝探し」は親和性が高い。戦前の長編『夜光虫』には、拇指大の観世音像の台座に刻まれた呪文が登場する。それは財宝のありかを記したもので、暗号というには極めて分かりやすいものだが、観世音像が二体揃って初めて完全な回答になるという点がミソである。

金田一物の長編『八つ墓村』では、主人公寺田辰哉の守り袋に入っていた、鍾乳洞の地図が登場する。図版が作中に掲載されていないのが残念だが。「竜の顎」「狐の穴」「鬼火の淵」といった地名と、そのそばに書き添えられた短歌は、読者の好奇心をそそる。辰哉は、この地図に導かれ、鍾乳洞での冒険を繰り広げるのである。

長編『女王蜂』で模様編みの符号を用いた暗号が登場したのは、横溝の趣味の一つとして編み物があったことが影響していようか。ヒロイン大道寺智子の家庭教師・神尾秀子が遺した模様編みの符号表。そのなかの一枚は編むことができないものであった。金田一は、事前に受け取っていた符牒と首っ引きで、秀子の告白文の行方を突き止める。また、『女王蜂』には「蝙蝠の写真をとってきた」と言いながら、映っているのは旅芝居の一座十二、三人だった、という謎めいた言葉が出てくるが、これも一種の暗号と言えようか。そのように考えれば長編『獄門島』で了念和尚が思わず口にした「気ちがいじゃが仕方がない」もその範疇と言えよう。また、長編『犬神家の一族』で「斧琴菊（よきこときく）」の見立て殺人が続くなか、湖畔の逆立ち死体を見た金田一が、被害者はスケキヨで、それが逆立ちしてヨキケスで、半分湖水に埋まっているからヨキ＝斧だと、見立ての意図を見抜く件りも、また暗号解読では、と考えだすと興味の尽きないところだ。（廣澤）

小栗虫太郎

反暗号学者（アンチクリプトグラファー）が書いた暗号小説

小栗虫太郎の小説作品に出てくる暗号については、長田順行「小栗虫太郎と暗号」（一九七五）で詳述されている。同エッセイの冒頭には「暗号を扱った作品の数においても、また使われている暗号の形式の多様さにおいても、わが国では小栗虫太郎の右にでる作家はそんなにいない」と書かれ、続いてあげられている作品は、デビュー作の「完全犯罪」を初めとして「寿命帳」（の第二篇「告げ口幽霊」）『黒死館殺人事件』「W・B・会綺譚」「オフェリア殺し」「潜航艇『鷹の城』」「魔童子」『二十世紀鉄仮面』「皇后の影法師」「爆撃鑑査写真七号」「地中海」『女人果』など多数にわたる。

もっとも、長田はそれらの作品に扱われている暗号の中には、アナグラムや字謎、語呂合わせのような言葉遊びも多いと述べ、「本格的な暗号」が使われている作品としては『黒死館殺人事件』「寿命帳」「皇后の影法師」「爆撃鑑査写真七号」の四編に絞っている。このうち、「爆撃鑑査写真七号」には暗号文となる一連の数字そのものは示されず、解読に必要な鍵語が示されるに過ぎない。長田によればこれは、フランスの原著を英訳したものから重訳された海軍省教育局発行の『趣味ノ暗号』（一九三〇）に紹介されたものの流用だそうだ。「皇后の影法師」に登場する暗号も『趣味ノ暗号』からの流用だそうだが、そのためかあらぬか、暗号解読の手順は描かれず、暗号の専門家があっという間に答を提示している。「寿命帳」第二篇に登場する暗号は小栗のオリジナルのようで、鍵語を使って換字表を作り、それを数字列に当てはめて読み解くという解読法が検事の手紙の中で示される。長田によれば、本来こうした暗号は、ポオの「黄金虫」のように演繹的に解読されるべきなので、解読の方法論に問題があるとのことだが、小栗が示した直感的な解読法は、かえって探偵小説らしいといえるかもしれない。「寿命帳」第二篇の創意は、同じ暗号をダイイング・メッセージとして援用した点にあるが、これが真犯人の意図した偽の手がかりなのかどうかが曖昧なあたり、作品の評価を左右するところだろう。

小栗はエッセイ「反暗号学（アンチクリプトグラフィー）」（一九三七）で「未だ曾て、私は暗号で解決する小説を一篇すらも書いていない」「探偵小説の、一要素としてそれほど重要にも考えていない」と書いているのが興味深い。同エッセイの記述を踏まえ、長田は自身が編んだアンソロジー『ワンダー暗号ランド』（一九八六）の解説で「装飾としての暗号」と定義している。「皇后の影法師」や「爆撃鑑査写真七号」での暗号の扱いを見ると、「装飾としての暗号」ということが実感される。ただし「寿命帳」第二篇は例外的に、小栗が否定した「暗号で解決する小説」に近い。

長田のいう「本格的な暗号」ではない作品の方が、小栗の暗号趣味が奈辺にあるのかを示しているように思われる。小栗が暗号にこだわったのは、自分を取り囲む世界から何らかの意味を見出そうとする嗜好性によるものではなかったか。それは、たとえば「完全犯罪」に出てくる「観無量寿経」の左のような一節

　仏手一。浄指端。一一指端有梵
八万四千情画。如印珞。一一画有
八万四千色。

をザロフが暗号とみなして「エストニア辺りの農婦らしい服装（なり）の女」の写真の隠し場所を導き出す方法からもうかがうことができる。「観無量寿経」という現実に存在する大乗仏教の経典から、ローレル夫人の父親が暗号を見出すというありよう（ただしザロフによれば経典そのままではなく「二、三、加筆した個所（ところ）」があるらしい）は、世界は意味に満ちているという記号論的世界観にも通ずるところがあると同時に、陰謀論的世界観に傾斜していく惧れも併せ持つ。要するに恣意的に傾く嫌いがあるといいたいわけだが、ザロフの、発見した農婦の写真に記された女性名から異人館の各室の扉に彫られている装飾花の名称を導き出す推理が、その恣意性をよく示している。本来なら読み取れないところから隠された秘密を読み取るという行為は、それが恣意的であるが故に、かえって解読の結果が真実ではないかという印象をもたらすと同時に、強烈な印象を読み手の中に残すことになる。小栗の暗号趣味はそうした阿片のような魅力に取り憑かれたようなところがあり、それに読者をも巻き込んでいくところに、小栗作品を読む快感があるといえるかもしれない。読み手に解き明かそうと思わせるのではなく、謎が存在しないところに謎の存在をうかがわせた上で解読するパフォーマンスを示す。このような振る舞いのエンターテインメントというべきものが、小栗が書いた暗号小説の特色である。それを余すところなく耽読させてくれるのが、大作『黒死館殺人事件』だといえようか。本項では同書から図版として最も見栄えがする（参考書でもよくアップされている）ものを掲げた。

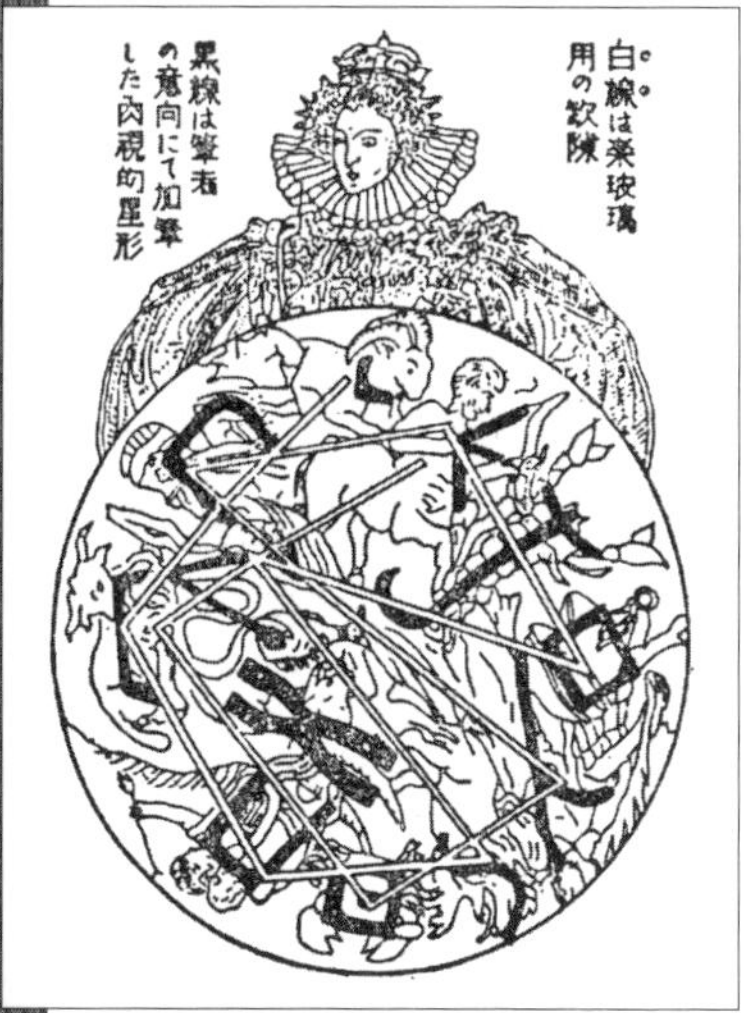

小栗の作品に出てくる暗号としては、「源内焼六術（むじゅつ）和尚」の暗号が、作品中に解読が示されないという意味で特異なものである。この作品の暗号については、実際のその解読に挑んで成功した読者がいることも与って（『ワンダー暗号ランド』の解説で長田が紹介している）、「装飾としての暗号」としては究極のものといえるかもしれない。（横井）

竹本健治

難度の限界に挑み続ける奇才

日本の暗号ミステリの歴史を振り返ったとき、泡坂妻夫の短編「掘出された童話」が果たした役割の大きさは異論を俟たない。意味のある文章が実は暗号文であり、それを解くことでまた別の意味のある文章が現れる、のみならず、問題文のすべての文字が解読に使われる（飛ばして読む等の方式ではない）点がミソであり、この「無駄な文字がひとつもない変換」によって二種類の意味のある文章同士が繋がる暗号は、それまでの本邦のミステリ史上類例のない、画期的なものであった。

同作は雑誌《幻影城》一九七七年三月号に掲載されたが、その翌月から、同誌で大長編『匣の中の失楽』の連載を開始し、作家デビューを果たしたのが、竹本健治である。四月号の連載第一回には早くも「欲望は下か」で始まる例の暗号文が、怪しげな八角形の図（本記事の図版参照）とともに誌面に登場している。この暗号文は半年後の十月号掲載分で解読されるのだが、それが凄かった。意味のある文章が、別の意味のある文章に同じ文字数で変換され、そのルールも自由度が非常に制限されていて、そもそも日本語でこんなことが出来るとは思ってもいなかった大多数の読者の度肝を抜いたのである。泡坂妻夫が三月号で作った新記録を、翌月には早々に塗り替えたと言っても過言ではない。しかし竹本健治は、続くゲーム三部作で、暗号ミステリ界にさらなる進化・深化をもたらすのだ。

男子体操の鉄棒の技のひとつ、月面宙返りが、塚原光男によってミュンヘン五輪の場で披露された時には、当時の最高難度Cを超える「ウルトラC」だと絶賛されたものである。しかし誰かが実際に成功させると「人間に出来る技なんだ」という前提で練習するようになり、やがて多くの人が同じ技を習得し実演できるようになる。一人の天才がその世界全体の水準を引き上げるのだ。男子鉄棒ではその後、D難度、E難度と次々に新技が開発されてゆき、現在ではI難度の技まで登場している。そういった新難度の技の開発を、暗号ミステリの世界で一手に引き受けてきたと言えるのが、竹本健治という作家なのである。

生来的にパズル作家としての資質を持つ竹本は、『囲碁殺人事件』では詰碁の大作を、『将棋殺人事件』では詰将棋を作中で披露している（「珍瓏」や「香歩問題」など、既存の趣向・ルールに則って自作している）が、さらに『囲碁』作中では碁盤と碁石を使ったオリジナル性の高い暗号作りにも挑戦していて、そもそも「そういうものを作ろう」と思い付くこと自体が高難度であると言えるだろう（その上でさらに、誰も類例作りに挑戦していないので、同暗号は類例が作れないという意味でも「高難度」である可能性がまだ残されている）。『将棋』ではあからさまな「暗号」は出てこないものの、途中で解明されたと思った「言葉の謎」が逆に深化し、闇が一瞬にして世界を覆い尽くすような異様な感覚を読者にもたらす場面が出てくる。この「言葉の謎」も一種の「暗号」と見做すことができよう。

だがゲーム三部作で特記すべきは『トランプ殺人事件』であろう。『匣』で見せたテクニカルな暗号が『トランプ』ではさらに方向性を変え、難度を上げている。「問題文」の実用性がハンパないのだ。本稿の筆者は学生時代、暗号文を含んだ同書の「ルールブック」を用いて、友人たちとコントラクト・ブリッジを覚え、遊んだものである（友人たちは手渡された「ルールブック」のコピーに暗号文が含まれていたことを、今も知らないままかもしれない）。

その他、『ウロボロスの純正音律』では舞台となる「玲瓏館」を現代版「黒死館」に見立て、小栗虫太郎の『黒死館殺人事件』ばりに暗号・暗合に満ちた作品世界を作り上げていた（得意の囲碁の盤面を使って、今度は「純正音律」というタイトルにふさわしい暗号を作っていたりする）が、著者の暗号ミステリの集大成といえば、『涙香迷宮』を挙げざるを得ないだろう。

同作中で超絶的な暗号を作ったとされている黒岩涙香は、そもそも自身が社主を務めていた《萬朝報》紙上で「新いろは歌」を募集した張本人であり、長い年月を通じて唯一性を誇示してきた「いろは歌」を「月面宙返り」レベルの難度にまで引き下げさせた、斯界における一種の「画期的人物」であった。そんな黒岩涙香に、稀代の暗号作家である竹本健治が共鳴した結果が、あの四十八文字それぞれから始まる四十八首の「いろは歌」であり、また「いろは歌」にして暗号だとか、「いろは歌」にして○○（ここは伏字にします。読んでビックリしてください）という超絶技巧作の数々であり、それらを長編ミステリの形にまとめ上げた『涙香迷宮』は、第十七回本格ミステリ大賞を受賞し、《このミス》でも一位を獲得するなど、多くの識者・読者に支持されている。

日本語は世界の中でも「読み・書き」の習得が難しい言語だと言われる。ひらがな・カタカナ・漢字・アルファベットを自在に使いこなす柔軟な言語であるからこそ、独特の暗号ミステリが生まれてきた。それらは多くが外国語への翻訳が不可能であり、日本人に生まれたということは、日本語で書かれた世界でも高水準の暗号ミステリを（他言語の習得を経ずに）読むことができる特権を有しているということでもある。『涙香迷宮』はそんな日本人ならば読むべき「暗号ミステリ」の、現時点での最高峰であろう。心して読むべし。（市川）

井沢元彦

暗号ジャンルの再活性化『猿丸幻視行』

井沢元彦は暗号と歴史ミステリを絡めた『猿丸幻視行』で一九八〇年の江戸川乱歩賞を受賞、デビューした。そして暗号ミステリジャンルのために孤軍奮闘した作家でもある。全作最初に暗号文を提示し、愚直に解読過程を明かしていく古典的スタイルを墨守した。

暗号ミステリは、換字しない特殊なものやベルヌの『ジャンガダ』とマクロイの『牧神の影』を除くと、単一換字式暗号である。それはポーの「黄金虫」のように頻度表を中心に据えて演繹的に推理するか、ドイルの『踊る人形』のように暗号文の中にあるはずの語を推測して帰納的に推理するかのどちらかである。

ドイルの方法は想像力にたよった非論理的な方法に見えるかもしれないが、実際の諜報の場では、敵にこうした「仮定語」を含んだ暗号電報を無理やり打つように仕向ける策略が仕組まれるくらい有効な方法なのである。大戦中イギリスの暗号解読の中心にいたチューリングは空軍に頼んでドイツの港に機雷を敷設してもらった。するとドイツの港湾責任者が打つ暗号文には「機雷」「避ける」などの単語が入るはずである。アメリカも日本の暗号(サイファー)を解読して、次の大規模攻撃が迫っているのは分かっても、地名がXなどとコード化されていて、何処だか分らなかった。そこでミッドウェーから「水が足りない」という電報を打ってみると、日本軍が「Xでは水が足りないらしい」と暗号で電報を発信した。Xがミッドウェーと判明し、迎撃準備に入った。その結果、日本海軍が太平洋戦争初の大敗を喫することとなった。

井沢も、一九九二年の『謀略の首 織田信長推理帳』で、森蘭丸が信長に〈書いてある内容がわかれば、そこから「逆算」して暗号がわかる〉と言い、ドイル・チューリング的発想をする。同年の「明智光秀の密書」(自薦短編集にも収録)でも、光秀の名が末尾にあるはずと見当をつけるところから黒田官兵衛の解読が始まる。

これらと違って『猿丸幻視行』は、ポーのようにオーソドックスな論理的解読で一貫している。

時は明治、若かりし時の折口信夫が探偵役となって、友人の柿本英作の生家、猿丸宗家に伝わる「猿丸額」の暗号に挑む。キーになるのは『百人一首』にも採られた猿丸大夫の歌「奥山に紅葉踏み分け鳴く鹿の声聞くときぞ秋はかなしき」と「いろは歌」の関連づけである。こうなると歌人で万葉学者で民俗学の開拓者でもある折口信夫以上の探偵役はない。

宗家では猿丸額の伝授に幾重もの段階を踏む。前段階で「人丸額」の下部に記された「手習い歌」を覚えさせられるのだが、代々の言い伝えでは、どうしても十二の文字が覚えられない時の心覚えだという。十二文字が欠けたグリルが連想され、折口と柿本は正方形の枠を切り抜くグリル式暗号に違いないと確信する。

柿本家が神官をしている猿男神社の祭礼のために帰郷した柿本に呼ばれて折口が猿丸村へ出向くと、柿本が祭礼中に唐突に首吊り自殺する事件に遭遇する。それは、かつて洋行から戻った父英次郎の事件に酷似していた。猿丸一族には何があるのか？　折口は柿本の妹悦子の案内で「奥神宮（おくかみや）」の祠を見て、謎が解けた。

井沢は折口にオーソドックスな方法で暗号を解読させるが、実は、グリル式暗号と決まれば、すぐその時点でホームズや蘭丸や官兵衛の方法で、書かれているはずの語の見当をつけて、グリルの穴がどこにあるか推理することができる。私も探偵役の解読の50ページ手前でグリルの配置が解けた。

ポーはこういう解読を「こじ開ける」と表現した。猿丸額のグリルが「こじ開けられる」ということは、ある意味暗号文がフェアで、きちんとできている証左でもある。

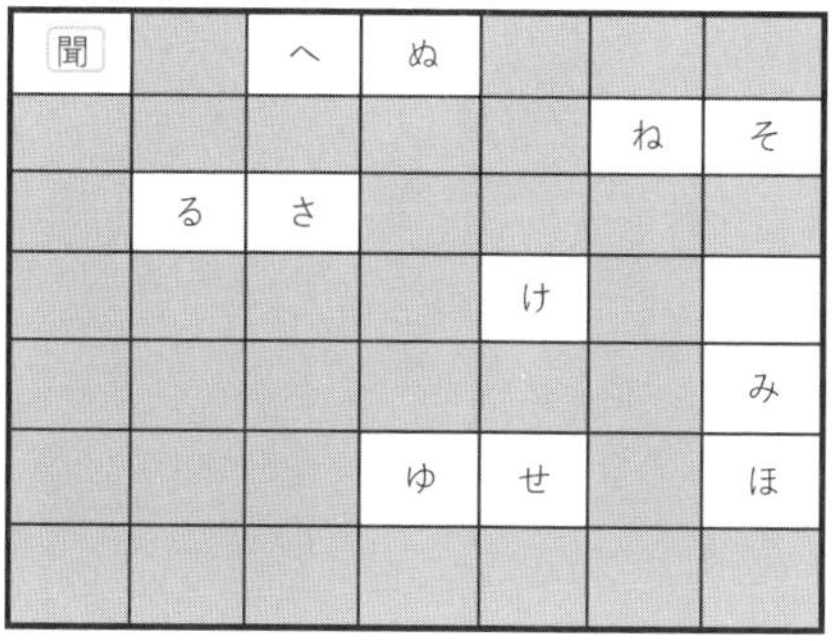

なお、現代人の語り手が新薬の被験者となって、折口の意識に同化するというやや余計な設定は、梅原猛の『水底の歌』と猿丸大夫＝柿本人麻呂説に作中で言及するためのツールである。

猿丸と戦国物の間に書かれた井沢の長編『ダビデの星の暗号』（一九八八）は、芥川龍之介が探偵役になって伊達綱宗筆の掛軸の暗号を解き伊達騒動に新解釈を提出する訳だが、暗号文を隠した掛軸が二幅ある点で猿丸額の裏面が人丸額という『猿丸幻視行』の仕掛けを引き継ぎ、暗号文字の扁旁（へんつくり）形成法という点で「明智光秀の密書」に先行する。自選短編集に収録された「オクタビアヌスの手紙」（一九八六）と「マダム・ロスタンの伝言」（一九八七）は現代口語文に沓冠を使って、サイファーでもコードでもない、傍流（マイナー）の暗号を材料にして物語を面白く膨らませることに軸足を移しているが、欧米の一部現代作品のような「ストーリーを面白くする、単なる装飾としての暗号」に堕してはいない。（波多野）

表（猿丸額）

於曾久耶彌本乃
多禰餘不己萬耳
千爲利計衣勢乎
奴阿毛圓天喩津
反女佐之須惠那
和加流伎比伊止
圓呂波連良有牟

奥山丹黃葉踏
別鳴鹿之音聞
時曾秋者金敷

裏（人丸額）

在爾度日乃晩去
之如照月乃雲隱
如奥津藻之名延
之妹者黃葉乃過
伊去等玉梓之使
乃言者梓弓聲爾
聞而將言爲便世

わたるひの
くもがくれせし
おくつきは
あづさゆみいろはの
つかひにあり

グリル第4図

聞		へ	ぬ			
					ね	そ
	る	さ				
				け		
						み
			ゆ	せ		ほ

謎解きゲーム

暗号制作者VS暗号解読者

二〇一二年一月、英語圏最大の匿名画像掲示板4chanに、一枚の画像が投下された。それは画像に隠されたメッセージを見つけ出すことを求める暗号クイズ。掲示板住民たちがさっそくそれに挑み解読すると、また新たな暗号が出現する。そうして解読を続けていった先に発見されたサイトには、世界十四カ国の座標が提示され、そこには出題者のシンボルらしきセミのイラストとQRコードが貼り出されていた――。通称「Cicada3301」と呼ばれる謎の集団が、二〇一二年から二〇一四年にかけて三度にわたって出題したこの謎解きゲームは、インターネット上で半ば都市伝説めいた謎として語り継がれている。

その「Cicada3301」が元ネタであると著者自身が語るのが、似鳥鶏『夏休みの空欄探し』(ポプラ社)。オタク少年とクラスの人気者が、喫茶店で出会った姉妹に協力して様々な暗号解読に挑む。暗号解読をゲームとして楽しむことを通して、現代の高校生らしい人間関係やアイデンティティの悩みが描かれ、そしてこの謎解きゲームの真相が明らかになったとき、出題者の切実な想いが浮かび上がる。瑞々しい傑作青春ミステリだ。

本作に限らず、青春と暗号は相性がいい。簡単には解かれたくないが、解き明かしてほしい。出題者のアンビバレントな想いが暗号に仮託されたとき、暗号ミステリは青春の煌めきを映し出す。その一例が、玩具堂『子ひつじは迷わない』(角川スニーカー文庫)の二巻に収録された短編「VSかぐやテスト」。国語の試験問題がきっかけで親しくなったカップル未満の文芸部員が、交際するか否かを彼女の作った現代文の読解問題を解けるか否かで決めることになったのだが……。一見して解答に必要な情報が欠落して見えるテストが、視点を変えることで論理的に筋の通った問題に変貌していく過程はすぐれて暗号解読的な楽しみがある。同時に、このテストに秘められた出題者の真意はホワイダニットの一撃としても強烈な傑作である。

簡単に解かれては困るが、解かれなくても困る――そんなメッセージとしての暗号から始まり、それが懸賞つき謎解きゲームへと転調するのが、泡坂妻夫「カップと玉」(創元推理文庫『奇術探偵曾我佳城全集〈上〉』収録)。機巧堂の社家のもとに届いた、奇妙なカップエンドボウルの奇術についての原稿。社家と曾我佳城は、これを暗号と考えて解読を試みるが……。このページに掲げた図は、そのボウルの移動を示したものである。

暗号とは本質的に、鍵を持つ者同士の間で通信の秘密を保つためのものだ。しかしそうであるが故にこそ、暗号解読には秘密を覗き見るような隠微な楽しみがある。だからこそゲームとしての暗号解読には、人を惹きつける抗いがたい魅力があるのだろう。児童向けのミステリでは暗号ものが定番だし、現代のリアル脱出ゲームなどの謎解きゲームも暗号解読の要素が非常に強い。週刊少年ジャンプでは、原作・西尾維新、作画・岩崎優次の『暗号学園のいろは』が連載中で、現代はひょっとしたら史上稀に見る暗号解読ブームの時代なのかもしれない。

　とはいえ、暗号解読に人が魅了されるのはいつの時代も変わらない。山田風太郎「明治バベルの塔」（ちくま文庫『明治バベルの塔 山田風太郎明治小説全集12』収録）は、明治三四年、黒岩涙香の発行する新聞・萬朝報が部数拡充のために始めた、懸賞金つき暗号クイズを題材にとった暗号ミステリ。この企画が、同時期に起きていた足尾銅山鉱毒事件と田中正造の天皇直訴事件に意外な形で関わっていく。鍵を持つ者同士でのみ通じる秘密の通信、という暗号の本質をクイズの形に落とし込んだ罠を仕掛ける涙香の企みも秀逸だが、暗号において別解が生じてしまう問題を逆手に取った幸徳秋水の企みは、現代の多重解決ミステリに伍しても遜色ない。

	右ポケット	右手	カップ C	カップ B	カップ A	左手
一	○	●	○	○	●	●
二	○	○	●	○	●	●
三	○	○	●	●	○	●
四	○	○	○	●	●	○
五	●	○	●	●	●	●
六	○	●	●	●	○	○
七	●	○	○	○	○	●
八	○	○	○	○	○	●

　暗号クイズで多重解決といえば、乾くるみ「過去から来た暗号」（光文社文庫『林真紅郎と五つの謎』収録）。小学校時代、友人に送った年賀状の暗号。今や解読表も失われたそれを、作成者である真紅郎自身が解読を試みる——という、過去の自分から現在の自分への出題という変則的な暗号ゲームだが、真紅郎の解読が導き出した思わぬ展開と、最終的に読者自身に委ねられた解読で露わになる文章の落差は一読忘れがたい。

　しかし結局のところ、暗号解読の魅力とは解読の試行錯誤の過程であって、結果として浮かび上がる答えが何であるかというのは、実はそう大した問題ではないのかもしれない。そんな風に思わせるのが、青崎有吾「11文字の檻」（創元推理文庫『11文字の檻 青崎有吾短編集成』収録）。言論統制国家で反政府的として収監された作家が、当てれば釈放されるという十一文字のキーワードの解明に挑む。十一文字の日本語をノーヒントで当てるという気の遠くなるようなゲームに、舞台となる監獄のシステムから仮説を立てて検証し挑む、そのロジックの面白さ一本で極めてソリッドな傑作たり得ている希有な一作だ。（浅木原）

楽譜暗号の変遷

演奏できない暗号から演奏できる暗号へ

日本の探偵小説における楽譜を利用した暗号として最も有名なのは、横溝正史の「蝶々殺人事件」（一九四六〜四七）に掲げられたものだろう。横溝は、そのデビュー初期に発表した短編「悲しき郵便屋」（一九二六）でも楽譜暗号を取り上げており、こだわりぶりがうかがえる（本特集「横溝正史」の項を参照）。

日本における楽譜暗号の系譜において、横溝の短編を第一号としたとき、続いて俎上にあがるのは管見の限りだと木々高太郎の「人生の阿呆」（一九三六）になる。作中で志賀博士が娘のピアノ教師に演奏を請うた際、その外国人音楽教師は、かつてコナン・ドイルから暗号楽譜を見せられたことがあるというエピソードを披露する場面がある。木々流の探偵小説読者に対するくすぐりだが、トリックはできてもモチーフがなければ小説にならない、というコナン・ドイルの言葉は、木々の創作方針を示したものともいえる。それはそれとして、「人生の阿呆」に登場する楽譜暗号は、解読されると奇妙な日本文が見出されるという二重暗号だが、その第二の暗号は楽譜暗号以前に作中に提示されており、これを構成の歪みと見るか、暗号解読自体を楽しんでもらおうとしたと見るか、微妙なところだ。後者と見なせば、小栗虫太郎のいわゆる「装飾としての暗号」と類似した趣向とみなせよう（本特集「小栗虫太郎」の項を参照）。「悲しき郵便屋」の暗号と同様に、実演には向かない楽譜だが、解読すると日本語の仮名文字による不思議な文章が現出し、それがまた暗号になっているという趣向は注目される。ちなみに「蝶々殺人事件」の暗号もまた、演奏できない暗号だ。

史上初の演奏できる楽譜を暗号として掲げたのは大谷羊太郎の『旋律の証言』（一九七二）となる。その暗号は初版本カバーの装丁にも使用され、カバー袖には「カバー音符　大谷羊太郎作曲」と書かれていた。大学在学中にプロのミュージシャンとしてデビューしたという経歴が活かされている。大谷作品が演奏できる楽譜暗号を扱っていることを自分が知ったのは、中学生の頃に獅騎一郎『スパイ暗号ゲーム』（KKベストセラーズ、一九七三）を読んでのことで、当時は初刊本を読みたくてしょうがなかったものだ。同書は講談社の〈新鋭推理作家書下しシリーズ〉の一冊として刊行され、その後、集英社文庫に収められている。第三章第三節では登場人物の一人が暗号論を語る場面があり「暗号文というのは、それが暗号らしいと見破られては、すでに完璧とはいえない」と述べた上で、「暗号楽譜も、一目でそれと気付かれては弱い」という趣旨の説明がされる。戦前であれば楽譜自体を理解する人々が少なかっただろうが、戦後の現代っ子は楽譜には慣れているから、不自然さには気づくだろう。だから「楽譜の通り演奏してみても、どこにも異常は感じられない。しかしある特定の人物には、暗号文が伝わる」ものでなくてはならない。大谷作品以降、暗号楽譜に挑戦するのであれば、楽譜として演奏できるものでなければならない、というハードルが課せられたわけだ。

このハードルの高さ故に、楽譜暗号の作品系譜は途絶えたかに見えたが、一九八一年に連城三紀彦が「敗北への凱旋」で取りあげ、続いて一九八五年に森雅裕が江戸川乱歩賞受賞作『モーツァルトは子守唄を歌わない』でそのハードルを一気に飛び越えた。連城作品は、ピアニストの夢破れた軍人が作曲した楽曲や、同人が編曲したショパンの葬送行進曲（ピアノ・ソナタ第2番「葬送」第3楽章）の中間部（トリオ）分「天使の慰めの歌」など、複数の楽譜暗号が絡み合う超絶技巧が目を惹く（上掲図版）。森作品は、モーツァルトの遺品に含まれていた疑作（旧K（ケッヘル）350）そのものを暗号に仕立てただけでなく、ベルハント・フリースの作と目されている研究史上の知見も盛り込んでおり、歴史的暗号楽譜という意味では、これもまた超絶技巧といえよう。その暗号を解読するのがベートーヴェンとその弟子チェルニーというのも楽しい。森雅裕は不定期にバンドで演奏していたという。その意味ではプロのミュージシャンだった大谷羊太郎の系譜にあるといえるが、ジャズを援用した暗号からクラシックを援用した暗号へと変化を遂げたのは、ある意味、『蝶々殺人事件』への先祖返りといえるかもしれない。

いわゆる新本格ムーヴメント以降になると、一九九八年に尾崎諒馬の横溝正史賞佳作『思案せり我が暗号』が出版され、本格ファンからの注目を浴びる。尾崎作品では冒頭に「ワルツ　思案せり我が暗号」の楽譜が掲げられており、それが幾通りにも解読可能であるという趣向には瞠目させられた。続いて藤木稟が、探偵・朱雀十五の少年時代を描いた連作『黄泉津比良坂、血祭りの館』（一九九八）『黄泉津比良坂、暗夜行路（あんやのみちゆき）』（一九九九）で楽譜暗号ならぬ「旋律暗号」を取り上げている。こちらは作品全体が小栗虫太郎『黒死館殺人事件』を髣髴させるところがあるものの、残念ながら楽譜が掲げられていない。（横井）

楽譜3

ショパンの楽譜

寺田武史の遺品にあった楽譜

宛先不明メッセージ

秘密の伝言を覗き見て

暗号解読というものは、それが自分に宛てられたメッセージでない場合、誰かの秘密の通信を覗き見ようとする行為に他ならない。日本国憲法第二十一条第二項にて「通信の秘密は、これを侵してはならない」と定められているように、他人の通信の秘密を暴こうとするのは、不道徳の誹りを免れない。

しかし、郵便法第四十一条にて「差出人に還付すべき郵便物で、差出人不明その他の事由により還付することができないものは、会社において、これを開くことができる」と定められているように、その必要がある場合は例外が認められる。暗号もまた、その宛先が不明であり、差出人に確認を取ることもできないならば、誰から誰に届けるべきメッセージかを知るためには解読するしかない。

そんな宛先不明のメッセージが見つかる場所は、やはり本の間からというのが定番だ。買った古書に妙なものが挟まっていた、という経験は本好きなら誰しも一度はあることだろう。古書、蔵書、時を経た書物から不意に発掘された過去のメッセージ。そんな暗号ミステリといえば、坂口安吾「アンゴウ」が原点にして頂点というべき作品だ。古書店で見つけた、戦死した旧友の蔵書に挟まっていた数字の暗号。解読してみると、それは恋人との逢瀬の約束のようだった。矢島はそれが、戦火で失明した妻の書いたものではないかと疑うが……。哀切極まりない真相は一読忘れがたい。

暗号の見つかった場所が古い本の間であればミステリアスだが、道ばたに落ちていた紙切れではいささか風情がない。ところが、それが事件現場となれば話が変わってくる。島田荘司「ギリシャの犬」（講談社文庫『御手洗潔の挨拶』収録）では、依頼人の家の盲導犬が殺され、隣のタコ焼き屋が盗まれたという事件の現場で奇妙な紙切れが見つかる（図版参照）。これに興味を惹かれた御手洗潔が現場に向かうと、依頼人の家で誘拐事件が起きていた……。ややネタバレだが、解決編で御手洗はこの紙切れを「あれは暗号なんかじゃない」と言う。しかし前提を共有する当事者以外には一見して意味が伝わらないメッセージという意味では、これもまた暗号の一種と言うべきだろう。

これらの暗号が、あくまで個人間の通信が外部に漏洩してしまったものであるのに対し、大っぴらに公開されたものに特定の誰かへと向けたメッセージが隠されている、というものもある。その代表はやはり、泡坂妻夫「掘出された童話」（創元推理文庫『亜愛一郎の狼狽』収録）になるだろう。実業家が自費出版した童話「もりのさる　おまつり　の」。その文章にはところどころ誤字があるが、出版社が勝手にその誤字を直したところ、著者は怒り狂い、わざわざ誤字に戻して刷り直させたという。この童話に隠された暗号とは……と紹介しようと思ったら、まさかの竹本健治の項で本作の暗号ミステリとしての魅力を先に言い尽くされてしまった。市川さん、そりゃないっすよ。ま、泡坂妻夫が進捗を聞かれて「二行書くとふらふらになります」と答えたという伝説も残るこの傑作を万が一にも未読の方は、ただちに『亜愛一郎の狼狽』をポチるべしである。

仕方ないのでその市川尚吾、もとい乾くるみ「《せうえうか》の秘密」（講談社ノベルス『北乃杜高校探偵部』収録）を取り上げる。北乃杜高校に伝わる「逍遥歌」――生徒たちの間では旧仮名遣いの表記そのままに「せうえうか」と呼ばれる――の歌詞は、二番の最後の部分がかつては違っていたという。なぜ歌詞が変更されたのか？

ὁ ποταμός.

その謎を調べ始めた生徒たちは、この歌詞が実は暗号なのではないかと考え始める……。様々な解読法が提示される推理合戦の果て、意外なほどシンプルな解読法で浮かび上がるメッセージは、幾重にも折り重ねられた祈りが込められている。

逍遥歌の暗号は不特定多数へと向けた宛先のないメッセージだが、大っぴらにすることのできない重大な告白を、いつか誰かに解読してもらうことを願って作成される暗号もある。連城三紀彦『敗北への凱旋』（創元推理文庫）が典型だが、楽譜暗号の項で扱われているので、ここでは「アンゴウ」の哀切や「《せうえうか》の秘密」の祈りと併せて読むことで、『敗北への凱旋』の叫びもまた感興が深まるのではないだろうか、と触れるに留めておこう。

しかし結局、どんな意味やメッセージが隠されていても、誰にも解読されない暗号はただの落書きだ。だが、それを解読することが、必ずしも人を幸せにするとは限らない。澤村伊智「笑う露死獣」（双葉文庫『アウターQ　弱小Ｗｅｂマガジンの事件簿』収録）では、子供時代に遊んだ公園の奇妙な落書きをＷｅｂライターの湾沢が調査する。それが暗号であることに気付き、解読を進める湾沢だが、取材の過程で、かつてこの公園で一緒に遊んだ旧友が自殺していたことを知る……。宛先を定めないメッセージが導く暗澹たる真相は、あるいはどんなに壮大な暗号の秘密よりも怖ろしいものかもしれない。（浅木原）

遺言・遺書

死者からの暗号メッセージ

大谷羊太郎の乱歩賞受賞作『殺意の演奏』（講談社文庫）は、密室内でガス自殺を遂げた司会業の男が、死に至るまでの日記を暗号で残していた、というエピソードで幕を開ける。生前には舞台芸のひとつとしてクイズを試行しており、その研究成果を人生の最後に活かしたい、この遺書日記で有名になってやろうという狙いで書かれたらしく、日付の後に続くのは「流れ　井戸　愛情　打率……」といった単語の羅列であった。警察は解読に成功し、事件は自殺として片がつく（無事ニュースにもなった）。だが十年後、弟が、その暗号文に秘められたもうひとつの含意に気づく。これは二重暗号だったのではないか。そして兄の死は、巧妙に偽装された他殺だったのでは。

　クイズ研究家の他にミステリ作家なども登場し、密室の謎も二つ出てくる。最終的には三人の主要登場人物がそれぞれ違った真相を信じるという（ポストトゥルースの時代にこそ再評価されるべき）読みどころの非常に多い作品なのだが、物語の前半部分を引っ張る最大の仕掛けは、何よりこの二重暗号の謎である。どうやっても解けそうにない謎――底抜けの闇がぱかっと口を開ける瞬間を、読者は味わうことができるのだ。

　自殺の動機（遺書）を暗号文で書こうとする気持ち（死後に残したいが簡単には読まれたくないというアンビバレントなそれ）はわからなくもないし、解けなくてもおおよその内容は推察が可能だろう（遺族にとっても、まだ始末が良いほうだと思う）。一方で法的に有効な遺言状を暗号で書いたよ、とか遺言状のありかを暗号にしてみたよ、といった故人の茶目っ気は、遺族からしたら大迷惑でしかない。光原百合『遠い約束』（創元推理文庫）に登場する主人公の大叔父にあたる人物は、ミステリマニアが高じて、遺言状の隠し場所を暗号化してしまったのだ。といってもまあ、一定の配慮はしたのだろう――難度は抑えめで、遺言状は何とか見つかって遺族に公開されるのだが、しかし故人が主人公に本当に遺したかったものがわかるまでには、もう一段階の謎解きが必要となる。

　安達征一郎《少年探偵ハヤトとケン》シリーズ第五作『暗号がいっぱい』（偕成社）では、遺言書の一部（宝石の隠し場所）を「わたしがつくった暗号のなかにしめしておいた」ので解いてほしいと、これまた遺族に対して無茶なお願いをする元宝石商の故人が登場。「コハダマグロミルガイネギトロ……」と寿司ネタの羅列からなる暗号文であり、寿司屋の息子でもあるケンに解読の依頼が来るのである。ジュブナイル作品とあなどることなかれ、この暗号がなかなかの優れもので感心する。しかもダミーの暗号あり、第二第三の暗号ありで、非常に凝った作品に仕上がっており、絶版本だが探してでも読む価値はあるだろう。

　絶版本の紹介が続くのは心苦しいが、さらにもう一作、秋生めぐむ『ディアレスト ～君に捧ぐM～』（新風社文庫）も遺言がらみの暗号ミステリの小品としてここで紹介しておきたい。こちらも亡くなった宝石商が遺族や知人に暗号文を残していたという設定で、黄道十二宮になぞらえた十二の客室のある別宅を舞台に、宝探しのゲームが始まる。ひとつ解くとまた次が現れるといった形で、各暗号文の難度もほど良く、中編サイズの短い一冊を通して暗号趣味がずっと味わえるのが嬉しい。またそれが遺族への優しさに満ちたメッセージも兼ねている（ので「宝探し」や「謎解きゲーム」ではなく「遺言」の項目で紹介した）。

　斎藤栄の『日本のハムレットの秘密』（講談社文庫）はやや異色で、一九〇三年に華厳の滝で自殺した一高生・藤村操が残した有名な遺書「巌頭之感」を、暗号として解いてしまおうというのだ。暗号ミステリは基本、作家が自分で問題文を作って自分で解くので、その点では書くのが比較的簡単だが（難度の設定にもよる。また簡単な場合には、読者に筋を楽しんでもらうための工夫が別途必要になるが）、所与のテキストを暗号として解くという試みはより難しく、作例は限られている（他には井沢元彦『猿丸幻視行』などがある）。テーマ的に藤村の人物像を追う流れになる同作は、一種の歴史ミステリとしての側面も持つ。

　最後に大村友貴美『奇妙な遺産』（光文社文庫）の表題作を取り上げる。「村主准教授のミステリアスな講座」と副題のついた短編集の掉尾を飾る一編で、主人公が仲良しだった叔母から遺産として贈られたのは、何とも予想外のものだった（笑）。実はそこに暗号が隠されていて、解読すると本当の贈り物が見つかる形になっている。姪への洒落っ気たっぷりの誕生日プレゼントとして用意したものだったが、急死してしまったので、図らずも遺産となった形であり、予定では自分は生きており、ヒントも出せるはずだったので、暗号文が相当難度の高いものになってしまっている。という次第で博覧強記の村主准教授に出番が回ってきたのであった。作中では何種類もの暗号方式が図解入りで紹介されており（本記事で引用した図版を参照）、暗号ミステリと言われたときに読者が期待するあれやこれやが詰まっている。最後に「本当に贈りたかったもの」が届くところなど、この記事で紹介したいくつかの作品とも共通しており、簡単に入手できる同作は、暗号ミステリの入門編としても最適であろう。（市川）

図2　上杉暗号

	い	ぬ	ほ	ゆ	こ	あ	ま	り	え	し
も	さ	は	あ	め	こ	ね	る	へ	む	と
そ	り	た	を	そ	う	ら	か	れ	く	×
め	に	ゆ	す	み	ち	き	ん	い	よ	×
ろ	ほ	お	の	わ	ぬ	も	つ	え	な	×
す	ま	せ	や	て	ろ	ふ	け	し	ひ	×

例：おはよう → ぬろぬもえめこそ

図3　シーザー暗号

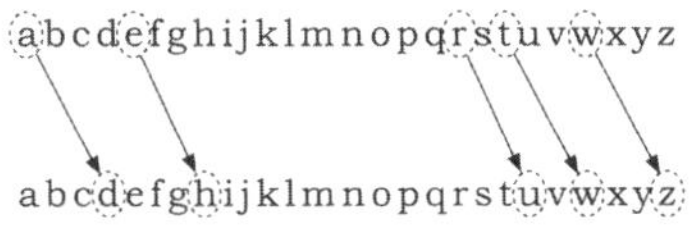

abcdefghijklmnopqrstuvwxyz

abcdefghijklmnopqrstuvwxyz

例：water → zdwhu

宝探し

財宝の前に立ちはだかる難関

諜報の世界を別にすれば、現実に暗号が使われる最も主要な舞台は宝探しだろう。海外・国内を問わず、暗号が記された財宝の地図や古文書は伝承によく出てくるし、簡単な暗号を参加者に提示する宝探しイヴェントの類も各地で開催されている。

ミステリの世界でも、宝探しと暗号を組み合わせた作品は多い。そもそも、海外と日本それぞれの暗号ミステリの嚆矢と言っていいエドガー・アラン・ポーの「黄金虫」と江戸川乱歩の「二銭銅貨」はどちらも広義の宝探しの話だった。モーリス・ルブランの作品に登場する、さまざまな財宝を狙う怪盗アルセーヌ・ルパンが、暗号解読の達人として描かれているのも当然のことと言えよう。

本稿では、そんな「宝探し＋暗号」ミステリから数作を紹介したい。その種の作品の中でも知名度が高いのが、中津文彦の第二十八回江戸川乱歩賞受賞作『黄金流砂』（講談社文庫）だ。一一八九年、奥州藤原氏は源頼朝によって滅ぼされたが、一族の中でも知恵者として知られた忠衡（ただひら）が書いたらしい古文書が、ある神社から発見される。そこには得体の知れない文字が記されていた。高校教師の広瀬孝介は、それが古代文字であることを突きとめるが、それに則って解読しても、意味のある文章は浮上して来ない。更にそこから暗号を読み解かなければならない——という二重底の作りになっているのだ。奥州藤原氏をめぐる歴史の謎と、現代の連続殺人とを絡めた盛り沢山な長編である。

別項で乱歩の『大金塊』『怪奇四十面相』を紹介したけれども、ジュヴナイルには宝の在り処を示した暗号がしばしば登場する。その代表として、はやみねかおる『オタカラウォーズ』（講談社青い鳥文庫）を挙げておこう。小学生の遊歩、千明、タイチは、夏休みに訪れた神社で、四百年間解かれなかった宝の「地図」を見せてもらう。そこには数多くのひらがなと少数の漢字から成る文字列が記されていた。遊歩が古い賽銭箱の中から発見した、銀色の円盤のようなものが手掛かりらしいのだが……。文字なのに何故か「地図」と呼ばれている点がこの暗号のポイントだ。

文字通りの地図に暗号が秘められているのが、鳥飼否宇『密林』（角川文庫）である。沖縄のある島を訪れた昆虫採集家の松崎秀一（ひでかず）と柳澤裕三は、脱走中の米兵から財宝の地図を手に入れる。地図自体はボールペンで書かれたシンプルなものだが、あちこちに意味不明のアルファベットの羅列が書き込んである。果たしてこの地図が示す宝とは何なのか？

『パチンコと暗号の追跡ゲーム』で第八

回『このミステリーがすごい！』大賞優秀賞を受賞してデビューした伽古屋圭市の第二作『21面相の暗号』（宝島社文庫）では、前作に登場したパチプロの山岸卓郎とその相棒となった謎の美女シエナが、稼いだ金がすべて偽札だと気づく。一見、本物と全く見分けがつかないほど精巧な偽札なのだが、本物ならば絶対に使われない記番号が印刷されているのだ。二人はその番号が、一九八〇年代に世間を騒がせた「グリコ・森永事件」の犯人である「かい人21面相」による暗号だと確信し、謎解きを開始する。

　冒頭に記したように宝探しのイヴェントは実際に行われているけれども、その種の遊びが殺人事件にまで発展してしまうのが有栖川有栖「英国庭園の謎」（同題短編集収録、講談社文庫）である。資産家の緑川は宝探しゲームの暗号を関係者たちに配ったが、そのゲームの最中に緑川は他殺死体となって発見される。臨床犯罪学者・火村英生と相棒の作家・有栖川有栖は、犯人探しとともに暗号の解読にも挑むことになる。なお著者はあとがきで、「作中の暗号を創るのは大変だったでしょう、と言ってくれる方が何人かいたけれど、勘違いをしておられるのだろう。実際に創ってみると判るが（中略）、あれほど簡単にできる暗号もない」と言明している。

　大正時代を背景とする夕木春央『サーカスから来た執達吏』（講談社文庫）では、ある華族の当主が宝の在り処を記した暗号を遺すも、関東大震災で一家は全滅。暗号は別の華族の手に渡ったが、解読されない状態で歳月が流れる。主人公たちはまず、百字から成る暗号文を手に入れる（図版１）。やがて、全滅した華族の別荘に貼られた壁紙の模様が解読の手掛かりらしいことが判明するが、それは割れた瓦か出来損ないの星座のような奇妙なものだった（図版２）。暗号解読というと煩雑な手続きが必要になることが多いけれども、本作の場合、説明されれば誰もが一瞬で納得できる作りとなっている。しかも、解読作業はそこで終わりではなく、まだその先が待っているのだ。暗号ミステリの歴史に残る秀逸な作品と言えよう。（千街）

図版1

とじらちわゐなへゐだをむよゑたとえさせちゐむゑてゑたこゐたゑゑりいふるとにたてのひたさけ
ゐゆわへたへやふへほあかろさごまるりあすめるくき寶ちきけなきたゑりのふとけふちこりなへゑ
むひゐだなよひもえよな

図版2

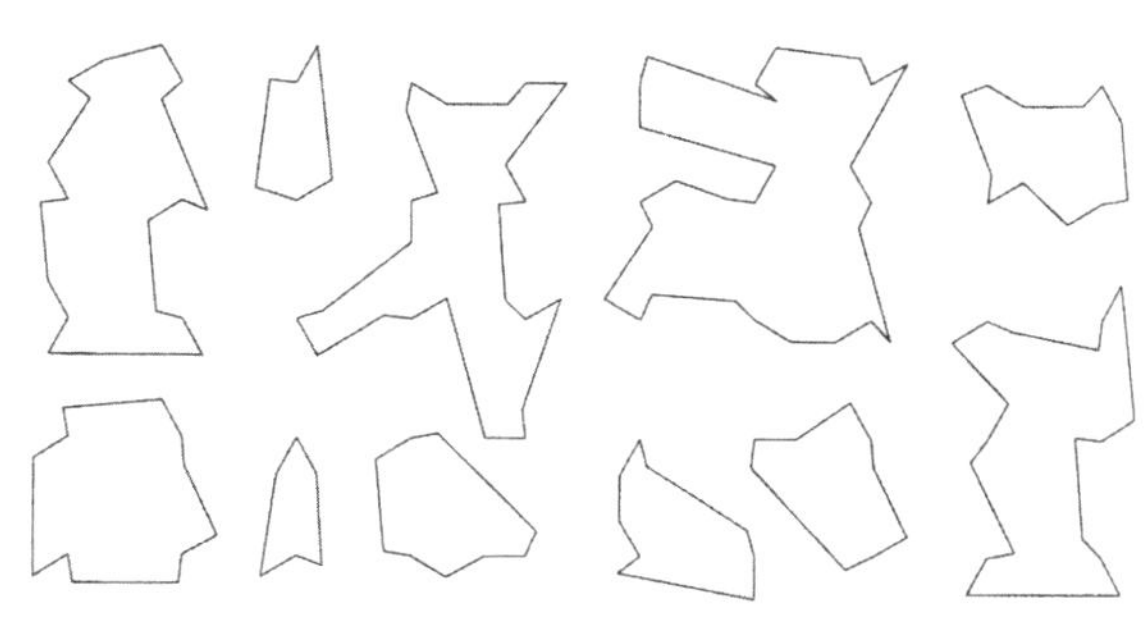

周辺書

暗号の愉しみを伝える伝道書

ここまで暗号をテーマにした小説を紹介してきたが、最後に選集等の周辺書を紹介しておくこととする。

選集では、渡辺剣次編『13の暗号』（講談社）が嚆矢となろう。江戸川乱歩「二銭銅貨」など十三編を収録。渡辺はダイイング・メッセージも「暗号の変型」と考え、同テーマの作品を三編（鮎川哲也「砂の時計」、大阪圭吉「闖入者」、仁木悦子「粘土の犬」）選定している。収録作の佐野洋「三億円犯人の挑戦」と幾瀬勝彬「紙魚の罠」はともに「二銭銅貨」を強く意識しており、改めてその存在の大きさを実感させられる。

そして、ミステリと暗号というテーマは、長田順行を抜きにして語れない。

長田は、一九二九年広島県呉市に生まれた。一九五五年防衛庁（当時）の暗号専門機関に入り、その後海上自衛隊の暗号専門部隊に転じた。暗号理論の研究及び解読に従事していた専門家である。一九八三年に退官、一九八六年に日本暗号協会（現在は休会中）を設立する。『暗号大全　原理とその世界』（講談社学術文庫）、『ながた暗号塾入門』（朝日新聞社）など暗号関連の著作を上梓。『推理小説と暗号』（ダイヤモンド社）は第三十三回日本推理作家協会賞の評論その他部門の候補作となった。二〇〇七年七十八歳にて逝去した。

長田が監修で関わった『秘文字』（社会思想社）は、暗号を題材とした三本の短編ミステリ（泡坂妻夫「かげろう飛車」、中井英夫「薔薇への遺言」、日影丈吉「こわいはずだよ狐が通る」）の全文を暗号化した奇書である。本書は、長らく絶版であったが、二〇一〇年に復刊ドットコムにより復刊された。また、海外の選集“Famous Stories of Code and Cipher”を再編集した『世界暗号ミステリ傑作選』『続世界暗号ミステリ傑作選』（いずれも番町書房）を上梓した（なお、同原書の完訳版は創元推理文庫から『暗号ミステリ傑作選』として出版された）。

長田が編纂した選集『ワンダー暗号ランド』（講談社文庫）は江戸川乱歩「黒手組」等十編を収録。収録作品の間に読者向けの懸賞暗号を創作し、挿入したのは暗号を解く愉しみを伝えたい長田の思いからだろう。また、作中で未解読のまま終わった、小栗虫太郎「源内焼六術和尚」の暗号を解読した二瓶寛の論文も収録されているという暗号づくしの一冊となっている。

ここで紹介した書籍は、復刊された『秘文字』を別にして、いずれも絶版だ。しかし、ウェブで検索すれば入手は可能である。『秘文字』は値段が張るが、それ以外は適価で購入できるので、手を伸ばして頂ければ幸いである。（廣澤）

interview 注目の気鋭2023 方丈貴恵

HOJO Kie

聞き手＝浅木原忍

ミステリとの出会いは『怪盗ルパン』

浅木原◆ 今年の気鋭インタビューは、初の連作短編集となる『アミュレット・ホテル』が話題の方丈貴恵さんです。まずは子供の頃の読書歴、ミステリとの出会いについてお聞かせ願えますか。

方丈◆ 三歳くらいの頃に絵本から入り、一番好きで長く読み続けていたのは原ゆたか『かいけつゾロリ』シリーズでした。いわゆる探偵と呼ばれるキャラクターが登場する作品との出会いは、矢玉四郎『メカたんていペンチ』が最初だったと思います。これはミステリというよりは、SF味が強い奇想天外な作品だったのですが。

浅木原◆ ミステリというジャンルを認識したのはどのあたりでしょうか。

方丈◆ ミステリだと自覚して出会ったのは、ポプラ社から刊行されていたジュブナイル版の『怪盗ルパン』シリーズです。

浅木原◆ いわゆる南洋一郎版ですね。

方丈◆ 最初に読んだのは、確か小学校中学年くらいで。ルパンが好きすぎて、後で新潮文庫版と創元推理文庫版も買い集めて何度も読み直して、宝物みたいに大事にしていました。シリーズで特に好きだったのは、謎解き要素が多めの連作短編集『八点鐘』と『バーネット探偵社』でした。

浅木原◆ 方丈さんの世代だと『金田一少年の事件簿』や『名探偵コナン』がミステリとの出会いという人も多いと思うのですが、そちらは。

方丈◆ 漫画だと『金田一少年の事件簿』は読んでいました。でも、当時はまだ本格ミステリだとか、そういうことを意識しては読んでいなかったかも。

浅木原◆ デビュー作の『時空旅行者の砂時計』はタイムトラベルSFと本格ミステリの組み合わせですが、SFの読書体験も教えていただけますか。

方丈◆ 胸を張って読んでいるといえるほどの読書量はなくて、古めの海外SFを少しかじっているという程度なんですけども。アルフレッド・ベスターの『分解された男』と『虎よ、虎よ！』は、無性に好きですね。他には、古典の有名どころが多くて恐縮なんですが、コードウエイナー・スミス『スキャナーに生きがいはない』とか、ロジャー・ゼラズニイ『伝道の書に捧げる薔薇』。あとは、ジャック・ヴァンス『宇宙探偵マグナス・リドルフ』あたりが好きですね。

京大ミステリ研で小説を書き始め、就職してから投稿生活へ

浅木原◆ 京都大学では推理小説研究会に入られていたんですよね。その時すでに小説は書かれていましたか。

方丈◆ 大学に入るまではまったく書いていませんでした。京大ミステリ研名物(?)の犯人当てを書いたのが初めてで。京大ミステリ研に入りたかったから京大を目指したというような志が高いタイプではなくて、同じ授業を選択していた同級生が会員で、その紹介でおそるおそる入会したという流れでした。私などは読書量も知識も完全に初心者で、ミステリ研では犯人当てや読書会で鍛えていただいて、先輩方の白熱したミステリ議論を聞かせてもらって色々と学んでいったような感じです。なので、私の本格ミステリに対する姿勢や書き方は、全てミステリ研で教えてもらったことがベースになっています。

浅木原◆ 大学を卒業した後は就職されたんですよね。

方丈◆ ゲーム会社に勤務して、そこで九年ほど営業や事務系の仕事をしていました。

浅木原◆ 新人賞に投稿を始めたのは。

方丈◆ ミステリ研在籍時に犯人当てを三つ、短編を一つ書きはしたんですけど、その当時は小説を書き続けたいという意思は特になくて。社会人になってからも、しばらくは全然書いていませんでした。けれどサラリーマンを続けるうちに段々と、誰も見たことがない面白いミステリを書いてみたいという思いが湧いてきました。なぜそんな欲求が生まれてきたか、自分でもよくわからないんですけど。仕事終わり、土日に長編ミステリをちょっとずつ書いて、出来上がったら新人賞へ応募するというのを繰り返していました。

浅木原◆ 第二八回鮎川哲也賞で『遠い星からやって来た探偵』で最終候補にな

り、その翌年に『時空旅行者の砂時計』で鮎川哲也賞を受賞されました。鮎川哲也賞に応募した理由は何かありますか。

方丈◆　八年くらい投稿して、横溝正史ミステリ大賞、アガサ・クリスティー賞、カッパ・ツーなど色々と応募したんですが、実は鮎川哲也賞に『遠い星からやって来た探偵』を送るまでは、本格ミステリ色がそんなに強くないものを書いていたんですね。大学ミステリ研に在籍した経験があると、本格ミステリを書くことに対して、自分の中でハードルが上がりすぎてしまう――ということが割とあるんじゃないかと思うんですが（笑）、私には本格ミステリは書けない、無理だと思いこんでしまっていた部分がありました。ですが、ある時知人から「鮎川哲也賞に向いていると思うから応募してみたら」という言葉をいただいて、自分を縛りつけていた枷が外れたような気分になったんです。それで、自分には無理だという考えはいったん捨てて、自由に思い切って本格ミステリを書いてみようと決めて出来上がったのが、『遠い星からやって来た探偵』でした。応募した後で、自分でもちょっとやりすぎたかと不安になったくらい、ある意味振り切った物語でした（笑）。

浅木原◆　どんな作品なのかとても気になります（笑）。鮎川賞に応募したのは『遠い星～』が初めてでしたか。

方丈◆　本格ミステリでもなんでもないような中途半端なものを何年か前に応募したことがあったんですけど、東京創元社は気づいていないと思います。私の黒歴史ですね（笑）。

各作品のアイデアの発想元、〈竜泉家の一族〉シリーズについて

浅木原◆　方丈さんというと特殊設定ミステリの印象が強いと思います。スーパーナチュラルなものであったり、変わったシチュエーションであったり、いろいろな状況設定が登場しますが、これらの設定はどういう風に発想したり、組み立てたりしているんでしょうか。

方丈◆　自分が今まで接したエンタメ全てがアイデアの源になっています。比較的、洋画特にハリウッド映画がベースになることが多い感じですね。アイデアを練る時は、思いついた題材を本格ミステリと組み合わせる上で、どうやったらその題材が最も上手く活かせるか、どうやったら読者に最も楽しんでもらえるかを優先して決めていきます。ここからはとても地道な作業で、紙とペンを持ってひたすら考えてガリガリ書いては消し書いては消しを繰り返して、アイデアをまとめて細かいところを詰めていく。一〇個考えたうちの一個を使えたらいいくらいのレベルになる時もありますけど、今までなかったような変わった味わいが出たり、自分でも予想外の方向に話がふくらんだり、プラスの効果が出ることも多いので面白かったりします。

　個別の作品について言うと、着想元となった作品が明確に存在しているものと、そうでないものの両方がある感じですね。例えば『時空旅行者の砂時計』は、明確にこの作品から着想を得たというものはなく、特殊設定ミステリを書くなら一度はタイムトラベルを扱ってみたいという思いから書きはじめたものです。

　一方『孤島の来訪者』は、某有名ＳＦ

ホラー映画、某古典SF小説などなどアイデアの源泉となったものはたくさんあるんですけど、ネタバレなしで語るのが難しいという問題が。

『名探偵に甘美なる死を』は私がゲーム会社で働いていたので、一度はゲームを題材にした特殊設定を、やるんだったらVRゲームを扱ってみたいという思いがあって生まれたものです。

『アミュレット・ホテル』はアイデアの着想元がはっきりしていて、ウィリアム・アイリッシュの「ただならぬ部屋」に登場するホテル探偵ストライカーや、レイモンド・チャンドラーの『黄色いキング』など、海外の作品に出てくる「ホテル探偵」という存在がとても魅力的だなと思ったのが一つ。更に、映画『ジョン・ウィック』シリーズのコンチネンタルホテル——あれは殺し屋が主に利用するホテルなのだと思いますが、そういった犯罪者だらけの特殊なホテル、そこに本格ミステリを組み合わせたら面白い化学反応が生まれるんじゃないかなと思って。

浅木原◆ 二作目の『孤島の来訪者』を出された時に、完全に独立した新作や、〈マイスター・ホラ〉シリーズではなく、〈竜泉家の一族〉というシリーズ名にしたのはどういう理由でしょう。

方丈◆ 別に〈マイスター・ホラ〉シリーズという名前にしてもよかったんですけど、なんとなく〝一族〟とつけたかったのですよね（笑）。シリーズ化したのも、最初からサーガ的な作品にしようという野望を持っていたわけではありません。

ただ、単発の作品だとどうしても一話でやれることに限界が生まれてしまうので、せっかくだから大きな話をやる余地や可能性を残したくて。

また、作者的に特殊設定と読者への挑戦を組み合わせることに面白みを感じていたのですが、特殊設定ミステリには読者に『何でもあり』と感じさせてしまいやすいという、デメリットもあります。そうならないように、メタ的な視点から作中の特殊設定のルールが正しいことを保証し、本格ミステリとしてフェアにできてますよ、と保証する存在が必要だったんですよね。二作目でもその役割をマイスター・ホラに担ってもらいたいと思って、彼を再登場させました。

特殊設定ミステリって、一作ごとにその設定を使い倒した方が読み応えが出ますし、ミステリとしての精度も上がるので、やはり作品ごとに新しい特殊設定を登場させたいんです。けれど、普通にシリーズ化すると、前作の特殊設定の存在が足枷になってしまうことも多い。なので、あえてシリーズとしての縛りを緩くすることで自由度を高くしようと、編集者とも相談してできあがったのが『孤島の来訪者』でした。

もともとSFって常識で凝り固まった頭がほぐされて、まったく新しい風景が見えてくるところが楽しみであり醍醐味でもあると思うんですよね。私の特殊設定ミステリはSF要素を含んでいることが多いので、もっとSFらしく自由奔放であってもいいんじゃないか、一般的なミステリのシリーズがもつ常識に縛られすぎて、本来の面白さが発揮できなくなるのは本末転倒なんじゃないか、というような考え方に至った訳です。その結果、「竜泉家の関係者の誰かが主人公になること」、「マイスター・ホラが狂言回しとして登場すること」、この二つだけが固定されている、〈竜泉家の一族〉シリーズが生まれました。

誰も読んだことがない物語を書きたい――特殊設定ミステリに関するあれこれ

浅木原◆ 特殊設定ミステリや特殊状況ミステリを書き続けていらっしゃいますが、こうした作品にこだわる理由は。

方丈◆ 読者としてSFやファンタジーの設定がある物語の方が血わき肉躍るから、自分もそういった要素のある話を好んで書いている、という面が一番強いかもしれないです。

誰も読んだことがない物語を書いてみたい、最初はそういう気持ちで小説を執筆しはじめたような人間なので、そういう意味でも性に合っていたのかなと思います。特殊設定ミステリは本格ミステリの新しい可能性を探ることもできるものですから。

浅木原◆ 特殊設定ミステリというジャンル自体についてはどうお考えですか。

方丈◆ 特殊設定ミステリの定義は作家ごとに違っていていいと思うんですけど、私の場合はミステリに軸足がある作品でSFやファンタジー要素、いいかえれば特殊設定のルールですかね、それをロジカルな謎解きに組み込んだ作品かなと思っています。

ミステリがメインで、SF・ファンタジー設定がミステリとしての面白さに貢献・寄与するような形で、組み込まれているものというイメージです。

浅木原◆ 『名探偵に甘美なる死を』のVR自体は現実に存在する技術ですし、『アミュレット・ホテル』は舞台が特殊という形ですが、そちらも方丈さん的には特殊設定という認識でしょうか。

方丈◆ 『名探偵～』では、今はまだ存在しない技術が登場するので、あれは特殊設定だという認識です。もちろん、近未来SFというほどの技術ではないと思いますし、かなり近い将来実現されてもおかしくないものだと思いますが、あの精度のVR技術が今はまだないのは事実ですから。

『アミュレット・ホテル』はシチュエーションが変わっているだけなので、特殊設定ではないかな。SF・ファンタジー要素はないですし。もともとこの作品は光文社の『ジャーロ』に掲載するために書いたのですが、その時編集者から超常現象、超能力が出てこない、今までの特殊設定の作品とは違う方向性でいきましょう、ただし舞台では思いきり遊んでいいです――という要望を受けて執筆したものなので、自分の中では特殊設定とは違うかなと思っています。もちろん、読者の皆さんがどう感じるかはわからないですが。

浅木原◆ 方丈さんのオススメの特殊設定ミステリは何がありますか。

方丈◆ 自分の好みが全開になってしまうんですけども、市川憂人の『ジェリーフィッシュは凍らない』が本当に好きです。このシリーズは全作品をおすすめしたい。

世界観に惹かれたのは斜線堂有紀の『楽園とは探偵の不在なり』。あの世界観は鮮やかで凄みもあって、ほかの特殊設定ミステリとは一線を画する雰囲気があってよかったと思います。

新たな傑作としてあげたいのが、厳密には特殊設定ではないかもしれませんが、青崎有吾の『11文字の檻』の表題作。展開の切れ味といい何もかもが素晴らしかった。

加害者の属性を持つ探偵役

浅木原◆ 今回このインタビューのために方丈さんの作品を一通り読み直して感じたのですが、方丈さんの作品の探偵役は多くが「加害者」の属性を併せ持っているなと。『名探偵に甘美なる死を』は、名探偵をターゲットにした壮大な計画が背景にあるわけですが、「名探偵」という概念について何か思うところは。

方丈◆ 私自身は名探偵という存在や、ワトソン役に特別な愛着があるタイプではないんです。自分が本格ミステリを読む上でも書く上でも、探偵役が全身全霊をかけて謎を解く行為そのものが好きなんですよね。なので、「名探偵」という特殊な存在だから事件に巻き込まれるという風な理由づけはあまりしたくなくて、私が描く探偵役は基本的に、何らかのやむを得ない事情で謎を解く必要に迫られることになった人が多いです。明確なワトソン役もほとんど登場しません。

安全な第三者的な立場で事件に関わることも許されず、望まないけれど降りかかってきてしまった事件に全力で立ち向かうしかない。そういった探偵役は間違いも犯しますし、推理することで冤罪を生んで、よけい事態が悪くなったりすることもあるんですが、それがわかっていても推理をやめることだけはできません。翻弄される運命の中で必死にあがき続けるしかない、みたいな。そこから生まれるドラマがとにかく好きですね。

探偵役が「加害者」の属性をもっているというご指摘は今回初めていただいたんですが、これは本当にその通りで、私は子どもの頃から『怪盗ルパン』シリーズが好きだったように、どちらかというと、探偵より犯罪者やアウトローが大好きな人間なんですよね。

なので、一番好きなのはアウトローの探偵役です。探偵役は基本的に頭脳派キャラが多いと思うんですけど、そこに最も近いのが知能犯としての犯罪者じゃないかなと、自分は思っていまして。両者の差ってほとんどなくて、ほんのちょっとした運命のいたずらで切りかわったりすることもある。私はその間を行き来するタイプの人間に魅力を感じてしまうんですよね。犯罪者になるか探偵役になるかは紙一重だ、みたいなことを描きたがるタイプの作家です。

『アミュレット・ホテル』で犯罪者御用達ホテルが舞台になっているのも、犯罪者という属性をもつアウトロー探偵を描いてみたかった、という思いが込められています。

浅木原◆ アウトロー探偵的な作品ではどんなものがお好きですか。

方丈◆ エドワード・D・ホックの『怪盗ニック』ものみたいな洒脱なものも好きですし、貴志祐介の『硝子のハンマー』

などの〈防犯探偵〉シリーズも大好きで。ちょっと悪いやつだけど、頭がめちゃめちゃよくて、探偵役としてもすごい、というようなキャラクターにものすごく魅力を感じてしまいます。都筑道夫の『なめくじに聞いてみろ』のような、殺し屋頭脳バトル的な要素を含む物語も好物ですね。

本格ミステリを書く時、「名探偵」という特別な存在を重んじて書くタイプの方もいらっしゃると思うんですけども、私はちょっと違う方向から攻めようと思っています。「名探偵」ではなくどちらかというと犯罪者を推すような書き方をする本格ミステリももっとあっていいのかなと勝手に思っていますので、自分なりのやり方で、本格ミステリの新しい可能性を探っていけたらと考えています。何作品も書いていると、そういった私の癖のような部分まで見抜かれちゃうものですね（笑）。

浅木原◆『怪盗ルパン』がミステリの原体験、というところからずっと繋がっているんですね。

方丈◆ ルパンもそうですし、『かいけつゾロリ』もある意味、いたずらしまくりのキャラなので、ずっと好きなものは繋がっているのかもしれません。

今後の予定について

浅木原◆ 最後に、今後の予定を教えてください。

方丈◆ 幽霊が主人公の、恐らくはノンシリーズになると思うんですけど、本格ミステリ長編を執筆中です。これはクローズドサークルが舞台の今までの作品とは、また違う読み味のサスペンスフルな話にできたらいいなと思っています。

『アミュレット・ホテル』シリーズの続編も来年には書きはじめるつもりでいます。今回も犯罪者御用達ホテルが舞台の、同じく中短編集になると思います。まだ具体的にちゃんと決めてはいないんですけど、前作以上に賑やかでバラエティのある事件を登場させたいと考えています。

また新作ではないんですが、来年の上半期には〈竜泉家の一族〉シリーズの『孤島の来訪者』と『名探偵に甘美なる死を』の文庫版が連続刊行される予定です。

浅木原◆ 文庫版に三部作と書かれていましたけど、第四弾を書かれるつもりはあるんですか。

方丈◆ もちろんあります。『名探偵に甘美なる死を』で第一シーズンが終了、みたいな感じです。このシリーズはとにかく、いい特殊設定を考えないことには面白くなりませんからね。引き続き、本格ミステリと組み合わせた時に最大限に魅力を発揮できるような特殊設定を頑張って探していこうと思っています。

（二〇二三年一〇月三日　於Ｚｏｏｍ）

2023年のミステリ演劇

日本三大名探偵・神津恭介シリーズが初の舞台化！

羽住典子

謎解きを主体する本格ミステリ演劇は、今年度も目白押しだ。

ふじしろやまと（城島和加乃＋かとうだい）がトリックを作り、城島が企画・原案・構成、かとうが原案・脚本を主に手掛けるE-Pin企画は、本ランキング上位常連の今村昌弘とタッグを組み、大阪・東京・福岡の三ヶ所でミステリーナイト2023『DECEPTION～彼が騙された夜～』（舞台脚本／佐野バビ市、舞台演出／早船聡）を開催した。殺人を題材にした舞台劇の問題編を鑑賞し、会場内で手がかりを探して指定時間以内に自分の推理をまとめて提出後、解答編で答え合わせをおこなうといった大人気の観客参加型推理イベントである（今年度の宿泊付きは大阪のみ）。日帰り企画は『三越劇場怪事件推理～幻の着物と三つの思惑』（演出／早船聡、舞台監督／佐上優、森下紀彦）も大盛況だった。三越劇場で開かれた着物ショーで殺人事件が発生するという内容で、「花」「風」「月」の三編を上演。物語の背景や人間関係、被害者は統一されているが、犯人とトリック、結末はまったく異なる。一編だけでももちろん、三編の違いも楽しめる快作で、正解率の偏りがないのも見事だった。

劇団G−フォレスタが主催する「洋館ミステリ劇場」も観客参加型の恒例となっている。昭和初期に建築された本物の洋館を使って昭和初期の探偵小説を再現し、観客は犯人や手がかりを推理する趣向だ。今年度は神戸市の舞子公園内にある孫文記念館（移情閣）で『顔のない死体』（構成・演出／丸尾拓）、幾度も開催されている大阪市中央区の青山ビルと、初開催の中央電気倶楽部では『闇を這うもの』（構成・演出／丸尾拓）が上演された。いずれも江戸川乱歩原作で、目前で事件を鑑賞し、役者たちと各部屋をまわる演出によって、物語と一体化したように錯覚させられる。ぜひとも観光がてらに現地参加してほしい。

　大阪を中心に活動するP・T企画は、「ミステリー名作選」をシリーズ化して体験演劇に力を入れている劇団だ。今年度は、大阪市福島区にあるビストロバーのヴェルベット・ヴァーゴにてエラリー・クイーン『嘘だらけの殺人現場』（脚本・演出／和泉めぐみ）を企画し、チケットは即完売になった。DVD化されている有栖川有栖原作の火村英生シリーズVol.9『切り裂きジャックを待ちながら2022』（脚本・演出／和泉めぐみ）は、配信講座「学ント」による『有栖川有栖ミステリー倶楽部～英国庭園の謎～』と併せて視聴するとより楽しめる。

　声優・浪川大輔が率いる新感覚朗読劇プロジェクト「READING MUSEUM」第七弾『デッドロックド・D・ランカーズ　百万探偵都市の最後のヨスガ』（脚本／amphibian、上演台本・演出／村井雄）は、観客の投票によって物語が分岐する異色作だ。住民全員が探偵の都市で、四人の探偵が公衆トイレに閉じ込められる事件が発生する内容で、温水洗浄便座が決め手となる殺人トリックにのけぞる観客は多かっただろう。

　第一六回ミステリーズ！新人賞受賞者の床品美帆が監修を務める、デストルドー9製作委員会企画制作の朗読劇『二階堂優の事件簿～プロクルステスの寝台』（脚本・演出／渡辺流久里、舞台監督／森貴裕・新原ちゆみ）は、無職でニートときどき探偵の主人公と、一度見たものは忘れない超記憶症候群のある男子大学生のコンビが殺人事件に巻き込まれるクローズド・サークルものだ。ガジェット満載で、読者ならぬ「観客への挑戦状」のようなセリフを挟んでから解決編に移る。『ラビュリントスの迷宮』で初公演、マーダーミステリー化された第二作となる今作からシリーズ化された。

　アナログゲームとのコラボ作も増えてきている。演じるミステリーVol.01・テーブルアクト編『迷宮の孤島～labyrinth island へようこそ～』（企画・脚本／城島和加乃）はミステリーナイトと同様の主旨に加え、マーダーミステリー専門店Rabbitholeで実際に遊ぶこともできる（ただし、観劇後はゲームマスターにしかなれない）。舞台『LIAR GAME murder mystery』（企画・ゲーム監修／

三越劇場 怪事件推理～幻の着物と三つの思惑

闇を這うもの

嘘だらけの殺人現場

二階堂優の事件簿

眞形隆之、脚本／眞形隆之・しゃみずい、演出／扇田賢）は、前半で甲斐谷忍原作のコミックに登場するゲームが舞台上で繰り広げられ、後半はマーダーミステリーをおこなう役者たちを観客が見守るという二展開が楽しめる。E-Stage Topiaプロデュース『将棋図巧・煙詰—そして誰もいなくなった』（脚本・演出／太田守信）は、かつていじめにあっていた少女が当時の同級生たちを孤島のホテルに呼び出して復讐する物語だ。煙詰とは、盤上に配置された駒が煙のように消え失せて最後の詰み上がりとなる詰将棋の総称で、舞台を将棋盤、一人ずつ殺害される少女たちを将棋駒に見立てる演出が見事だった。

原作付きの作品に移る。今年度も海外作品はアガサ・クリスティ原作が目立った。俳優座劇場プロデュース No.119『検察側の証人』（翻訳／小田島恒志・小田島則子、演出／高橋正徳）は、緊張感に満ちた空気に人間の素の姿を時折混ぜることで観客に安心感を与え、真相の説得力にも結びつけていた。G-フォレスタ主催『Murder on the Nile～ナイル河上の殺人～』（翻訳／長沼弘毅、演出／丸尾拓）、演出家の野坂実が率いるノサカラボ主催・企画・製作『ホロー荘の殺人』（演出・構成／野坂実、翻訳／小田島雄志・小田島恒志）は、登場人物からエルキュール・ポアロが削除された脚本によって、原作を知っている者でも初見のような高揚感を得られた。後者のノサカラボでは、朗読劇の「シャーロック・ホームズ」シリーズと「アルセーヌ・ルパン」シリーズの新作が順調に公演を重ね、新たに「名探偵の継承」朗読劇『モルグ街の殺人～最初の探偵デュパンの物語～』（構成・演出／野坂実、脚本／望月清一郎）が上演された。声と影で表す事件の再現場面は、原作では得られない迫力があった。

国内では、Team337 第5回公演柴田よしき原作『3つの符号～猫探偵正太郎シリーズより～』（脚本／鮎豆、演出／嶋尾康史）がようやく上演された。主人公の女性作家が同じマンションに住む顔も知らない老人の失踪事件に巻き込まれるワンシチュエーション・コメディで、役者たちの絶妙な掛け合いに目を奪われる。湊かなえ原作の朗読劇『Nのために』（脚本／荒川絵理、上演台本・演出／小野真一）は誰がどのように嘘をついているのかという謎が探りやすくなっている群像劇であった。有栖川有栖原作の本格ミステリー歌劇『46番目の密室』（脚本／石井幸一、演出／志賀亮史）では歌を用いることで、複雑な推理過程を華やかな見せ場に変貌させていた。

日本三大名探偵の一人・神津恭介のシリーズがノサカラボによって初舞台化されたことも特筆すべき出来事である。第一弾は『呪縛の家』（演出・構成／野坂実、脚本／須貝英）。神津はジャニーズJr.の林一敬、助手の松下研三は濱田龍臣が演じた。連続殺人事件が発生し、神津が聞き込みをしている傍らで、松下が他の関係者と陽気におしゃべりをしている光景が、笑いを誘う。複数人物のバラバラな動きを同時進行で表現できる、舞台ならではの演出が功を奏する。犯人を黒子で表した解決場面も見応えがあった。

生誕一二〇年の横溝正史原作作品は、上田市で『犬神家の一族』の朗読劇が開催されるほか、ミステリー専門劇団回路R&こってこ帝国喜劇団によって、ようやく『不死蝶』（脚本・演出／森本勝海）が上演された。金田一耕助役の林正樹は、西浅草にあるカフェ「黒猫亭」の横溝ファンの集いに毎回羽織袴と下駄で参加するほどの愛好家だ。配信のみの回路R朗読サスペンス劇場Special『扉の影の女』（脚本・演出／森本勝海）でも、佇まいと語りのみにもかかわらず、独特の存在感を醸していた。

江戸川乱歩原作作品は、彼の生誕地である三重県名張市においてリーディング公演『ココカランポ』が始動した。第一回朗読劇は「赤い部屋」。あわせて名張の旧町の散策ツアーも開催され、町おこしイベントとなっている。ほかにはシアワセナゲキダン『朗読劇 江戸川乱歩『初期』傑作短編集』（上演台本／丸尾拓・演出／瀧井ラム善）、MAパブリッシングとサンライズプロモーション東京による江戸川乱歩名作朗読劇『孤島の鬼』（構成・演出／深作健太）が上演された。深作演出作品は「江戸川乱歩の美女シリーズ」を意識した謎解きが印象深い。

物語の決め手は演出だと実感させられたのは、ノサカラボ『黒蜥蜴』（脚本／穴吹一朗、構成・演出／野坂実）と劇団東京ミルクホール第二七回本公演『黒蜥蜴』（脚本・演出／佐野バビ市）だ。前者は明智小五郎と黒蜥蜴の悲恋を美しく描き、涙を誘っていた。後者は「本当にこの物語が黒蜥蜴なのか」と仰天するほどトリックとユーモアが満載で、本格ミステリの形に仕立て直している。石渡真修演じる明智は、歴代役者のなかでも、もっとも強烈なインパクトを残す。他の人物にもそれぞれエピソードがあり、主役である黒蜥蜴の影が薄く感じられたが、黙って立っているだけでも確実にこの人物が黒蜥蜴だと分かる演出は度肝を抜く。

もっとも異色作は、ヨーロッパ企画25周年ツアー『切り裂かないけど攫いはするジャック』（作・演出／上田誠）だろう。住民の連れ去り事件について、井戸端で素晴らしい推理合戦がおこなわれるが、真相は何の関連もなく、観客には一瞬で提示される。推理をする物語ではあるけれど、その推理に意味はあるのかと考えざるを得ない。対極的に、東京E-Do motions. vol.6『ネオ芥川―その夜の結末―』（脚本・演出／森田陽祐）は「大型古書店の棚卸しの日に事件が起きる」という設定の群像劇だと思わせて、関連性のなさそうな雑談もすべて伏線になっている本格ミステリ形式の倒叙作品だった。

3つの符号

呪縛の家

黒蜥蜴

ネオ芥川

歴史・時代ミステリ 2023

有望な新人が続々とデビューした嬉しい一年

末國善己

時代ミステリでデビューした新人が多かったので、その紹介から始めたい。

第九九回オール讀物新人賞の受賞作を含む由原かのん『首ざむらい　世にも快奇な江戸物語』（文藝春秋）は、奇妙な味系の短編集。どの作品も意表をつく展開の中に伏線を隠し、終盤にどんでん返しを作るので最後までオチが読めない。

江戸の女性貸本屋を探偵役にした高瀬乃一『貸本屋おせん』（文藝春秋）は、貸本屋の仕事や江戸の出版事情が謎解きにからむビブリオ・ミステリである。

麻宮好『恩送り　泥濘の十手』（小学館）は、第一回警察小説新人賞の受賞作である。岡っ引の利助に育てられたおまきは、絵が得意な亀吉と目は見えないが嗅覚が鋭い要の協力を得て、付け火犯を追う途中で行方不明になった利助を捜すことになる。足の捜査で手掛かりを集める展開が続くが、断片が集まって真相を浮かび上がらせる終盤は鮮やかだった。

岡本好貴『帆船軍艦の殺人』（東京創元社）は、第三三回鮎川哲也の受賞作。フランス革命戦争時の英国軍艦ハルバート号をクローズド・サークルにし、営倉に入れられた者は呪われる怪談がある船内で、営倉に入った経験がある水兵が連続して殺される。フランス海軍との戦闘を乗り切った後も、密室状態で男が射殺されてしまう。歴史小説と海洋冒険小説の比重が大きいが、水兵の仕事や帆船の仕組みが事件解決の鍵になり、この時代の帆船でしか成立しないトリックもあるので本格としての完成度も十分だった。

実在した作家の田中古代子と娘の千鳥を探偵役にした三上幸四郎『蒼天の鳥』（講談社）は、第六九回江戸川乱歩賞の受賞作である。関東大震災後の世相をからめながら、岡山を舞台にした横溝正史の金田一耕助シリーズを思わせる鳥取の寒村で、乱歩の通俗長編のような事件を描いており、そのギャップも面白い。終盤になると畳みかけるようにトリックが連続するだけに、冒険活劇が好きでも、本格ミステリが好きでも満足できるはずだ。

第一八回ミステリーズ！新人賞を受賞した表題作を含む柳川一『三人書房』（東京創元社）は、二人の弟と古本屋を始めた頃の平井太郎（後の乱歩）を探偵役にしている。太郎は、島村抱月を追って自殺した松井須磨子の手紙は本物か、宮沢賢治に頼まれ、有名な浮世絵研究者が贋作事件の首謀者かを調べ、岡倉天心は「化け物」との噂もある秘仏の調査で金銭を受け取ったのかなどの事件を、論理的な推理で解明していく。その先に、実際に起こった浮世絵贋作事件で拘留された笹川臨風がモデルと思われる研究者の冤罪を晴らし、晩年の動向が不明な葛飾北斎の娘が何をしていたのかに迫るなど、歴史の謎に独自の解釈を提示しているので歴史ミステリとしても楽しめる。

大正時代が舞台の作品を続けたい。

青柳碧人『名探偵の生まれる夜　大正謎百景』（ＫＡＤＯＫＡＷＡ）は、岩井三郎探偵事務所を訪ねた平井太郎が、入所試験として失踪したインド独立の闘士ボースを探す、星一（星新一の祖父）が野口英世の娘が本物かを調べる、鈴木三重吉の話を聞いた芥川龍之介が、ある事件の真相を見抜き短編小説を完成させるなど、実在の作家や芸術家を登場させて虚実の皮膜を操る手腕も見事だった。

伊吹亜門『焔と雪　京都探偵物語』（ＫＡＤＯＫＡＷＡ）は、病弱な露木が、頑強な肉体の鯉城から聞いた話で推理する安楽椅子探偵ものの連作短編集で、最終話「青空の行方」になると、探偵とワトソン役の特異な関係性と露木が謎解きをした意外な理由も判明するので、探偵論、推理論としても興味深かった。

冤罪で収監された元数学教師の弓削と元印刷工の羽嶋が脱獄計画を進める和泉桂『奈良監獄から脱獄せよ』（幻冬舎）は、二人が仲を深めるプロセスが丹念に描かれるだけに、ミステリとしてはもどかしかった。だが終盤になると、脱獄を成功させるための伏線の存在が明かされ、シンプルで効果的なトリックも使われるので、謎解きのパートも評価できる。

続けて昭和ものを見ていきたい。

内田百間（内田百間が昭和初期に使っていた筆名）を探偵役にした三上延『百

東京創元社

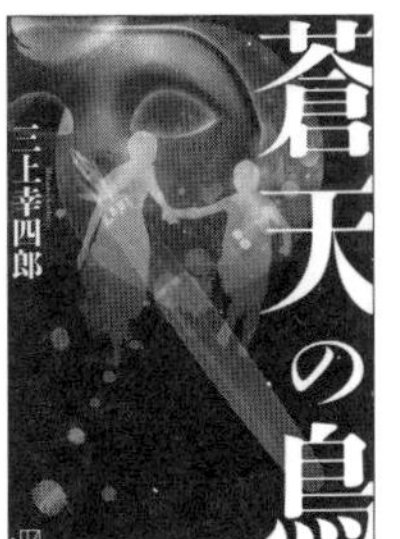

講談社

東京創元社

KADOKAWA

鬼園事件帖』（ＫＡＤＯＫＡＷＡ）は、大学で百間にドイツ語を学ぶ甘木が巻き込まれた怪談めいた事件を、百間がロジカルに解明していく連作短編集だが、後半の「竹杖」「春の日」になるとドッペルゲンガーを題材にした幻想小説になる。ただ幻想譚を通して、百間と芥川龍之介の予想外の関係性が浮かび上がるので、文芸歴史ミステリといえるだろう。

岩井圭也『楽園の犬』（角川春樹事務所）は、南洋庁サイパン支庁で働く麻田が、海軍少佐の命令で諜報活動にかかわっていく。自殺した鰹漁の大船長はアメリカのスパイだったのか、沖縄の男性とチャモロの女性の心中事件が、島民の学校で働くローザと、その父のスパイ疑惑へと発展するなど謎解きの要素が満載で、調査対象にスパイと見抜かれた麻田が嵌まった罠から逆転しようとするスパイ小説的な頭脳戦も盛り込まれていて、スリリングな展開に圧倒された。

古処誠二『敵前の森で』（双葉社）は、著者の戦争小説には珍しく戦闘シーンが重要な役割で出てくる。失敗が濃厚なインパール作戦の敗軍を後方に移送していた見習士官の北原は、英印軍との戦闘で瀕死のインド兵に懇願されとどめを刺し、日本軍に協力していた少年モンテーウィンに逃走された。戦後、捕虜の処刑と民間人虐待の戦犯容疑で訊問を受けた北原は、英国軍の語学将校と息詰まる心理戦を繰り広げながら、あの時の真相を推理していく。極限状態の最前線でしか成立しないトリックも、謎が解かれるにつれ明らかになる日本人論も質が高い。

戦国ものでは、戸次道雪に城を譲られ立花宗茂を婿に迎えた誾千代の一代記ながら、道雪が幼い頃の誾千代と宗茂に逃げた三毛猫を探すように命じた動機、情け深い道雪が、母の最期を看取るため無断で前線を離れた駕籠かきを斬首し、上役に切腹を命じた理由といったホワイダニットを織り込んだ赤神諒『誾』（光文社）、徳川家康の命令で豊臣秀吉を暗殺した犯人を捜すことになった棋士の日海（本因坊算砂）が、一種のダイイングメッセージの謎を解き、恨みを持つ者が多く増えていく容疑者の中から犯人を絞り込む坂岡真『太閤暗殺　秀吉と本因坊』（幻冬舎）が印象に残っている。

今年の江戸ものは、激戦区になった。

芦辺拓『大江戸奇巌城』（早川書房）は、暗号解読、人間消失などの謎解きを通して出会った五人の少女が、実在した佐藤信淵の思想がベースの巨大な陰謀に挑む伝奇小説＋本格ミステリである。冒険活劇の中に本格の要素を織り込んだところは、角田喜久雄の伝奇小説や乱歩の通俗長編が好きな読者は特に楽しめる。

平谷美樹『虎と十字架　南部藩虎騒動』（実業之日本社）は、南部藩で徳川家康から拝領した二頭の虎が脱走した史実を基にしている。南部藩は二代直政が死亡したばかりで、虎が死ねば責任問題にもなる。さらに虎籠から餌だった切支丹の死体が消え、単純な切腹とは思えない虎籠番の死体が見つかる。時代考証と謎解きの融合も、伏線回収も秀逸だが、黒幕の意外性はまさに驚天動地だった。

高田崇史『江ノ島奇譚』（講談社）は、著者初の時代ミステリである。お初の間夫になった元僧の勝道は、お初が見る悪夢を祓うため江島明神の弁財天詣でに誘う。悪夢の謎が解かれるにつれ、二人の稚児が投身自殺した稚児ヶ淵の知られざる真相も明らかになるので、ミステリ好きにも、歴史好きにもお勧めできる。

　青山文平『本売る日々』（文藝春秋）は、農村を廻り本を売る「私」が、常連客の家で買い手が決まっている絵画の教本を盗まれる、隣藩に不老不死の八百八比丘尼の伝説があるのに誰も詳細を知らないなどの謎に挑む。『半席』の著者らしく、ホワイダニットに捻りがある。

　蝉谷めぐ実『化け者手本』（ＫＡＤＯＫＡＷＡ）は、贔屓に足を斬られた名女形の田村魚之助と鳥屋の藤九郎が怪事件に挑んだデビュー作の続編である。『仮名手本忠臣蔵』を上演中の中村座の桟敷席で、耳の穴に棒が差し込まれた男の死体が見つかる。これは何の見立てで、犯人の目的は何か。著者は丹念な時代考証で化政期の歌舞伎界を再現しつつ、それを伏線に使って入り組んだ見立ての謎を解明しているので、緻密な計算が光る。

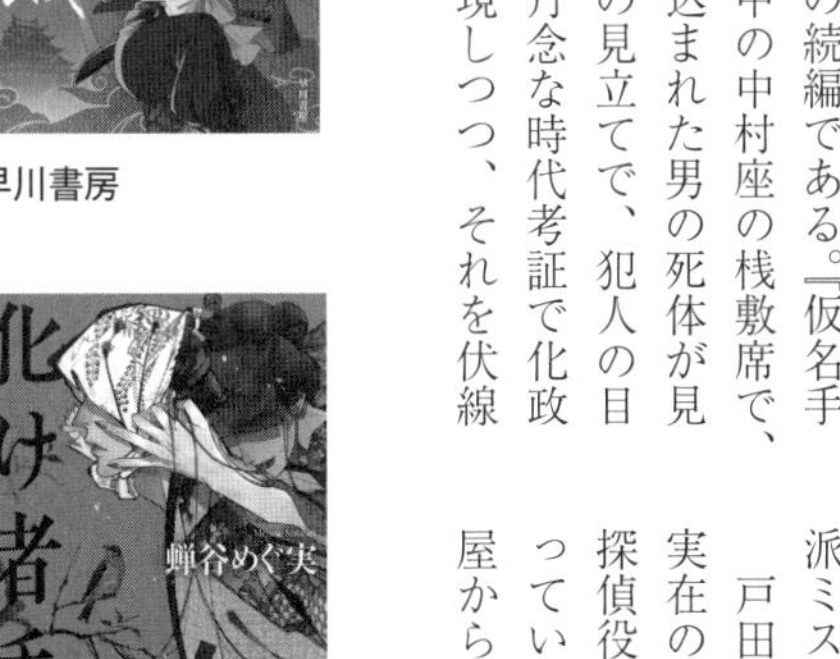

　砂原浩太朗『藩邸差配役日日控』（文藝春秋）は、架空の神宮寺藩の江戸藩邸で差配役を務める里村五郎兵衛を探偵役にした日常の謎ものである。同じく砂原の『霜月記』（講談社）は架空の神山藩を舞台にしたシリーズの一作。一八歳で町奉行を継いだ総次郎が町人の男が殺された事件を追うのだが、総次郎が捜査をすることで成長する青春ミステリ、殺人事件が藩の上層部もからむ陰謀に繋がる社会派ミステリとしての広がりもある。

　戸田義長『虹の涯』（東京創元社）は、実在の水戸藩士で天狗党の藤田小四郎が探偵役である。父・東湖の死の真相を知っているらしい男が密室状態の二階の部屋から転落死する、浄瑠璃に熱中していた名主が『女殺油地獄』に見立てて殺される事件は、時代考証を活かしたハウダニットが読ませる。やがて決起した天狗党は、諸藩と戦いながら京を目指す。戦闘で重傷を負い余命わずかな男たちの腹を裂いて殺す連続殺人犯を追う最終話「幾山河」は、ホワイダニットが生と死の意味を問うだけに考えさせられた。

　最後に西欧史ものを。第一次大戦を舞台にした月原渉『すべてはエマのために』（新潮文庫ｎｅｘ）は、著者の時代ミステリのシリーズを読んでいる読者ほど驚きが大きいだろう。一二世紀のバルト海周辺を舞台にした皆川博子『風配図　ＷＩＮＤ ＲＯＳＥ』（河出書房新社）は、ヘルガと義妹のエルガという二人の少女の成長を軸に進むが、随所にミステリ的なエピソードがちりばめられていた。

早川書房

KADOKAWA

講談社

東京創元社

復刊ミステリ2023

本格ファン待望の復刊が相次ぐ

嵩平何

今年は多くの本格ファンが探し求めていた作品の復刊が集中した年だった。大幅な改稿で本格としての練度がより増した大山誠一郎『仮面幻双曲』（小学館文庫）、スーフィズムを扱った古泉迦十の伝説的メフィスト賞受賞作『火蛾』（講談社文庫）、新本格前夜の異色メタミステリ・橋本治『ふしぎとぼくらはなにをしたらよいかの殺人事件』（ホーム社）などのほか、芳林堂書店限定増刷扱いながらゴシック本格の怪作・飛鳥部勝則『堕天使拷問刑』（早川書房）の復刊は最重要であろう。書下ろし冊子付き版も同時発売。

徳間文庫の「トクマの特選！」からは梶龍雄のトリッキーな本格『清里高原殺人別荘（ビラ）』『葉山宝石館の惨劇』や『若きウェルテルの怪死』のほか、山田正紀の超絶本格『神曲法廷』や『ＳＡＫＵＲＡ　六方面喪失課』、笹沢左保の代表作群『結婚って何さ』『後ろ姿の聖像　もしもお前が振り向いたら』『アリバイの唄』『シェイクスピアの誘拐』、『泡の女』、都筑道夫の異色スパイものの『三重露出』、中町信『十和田湖殺人事件』の改題版『告発〈accusation〉　十和田湖・夏の日の悲劇』などが刊行され、存在感を示した。

春陽堂書店の合作探偵小説コレクションシリーズは、戦後の江戸川乱歩が絡んだ二巻・耽綺社関係の三巻・山田風太郎が執筆した四巻を刊行した。各巻関連資料も充実していて満足度が高い。

また春陽文庫では時代小説・伝奇小説を対象として、山田風太郎『女人国（ありんすこく）伝奇』『いだてん百里』『白波五人帖』、松本清張『天保図録』全四巻、高木彬光『妖説地獄谷　新版改訂版』の上下巻、角田喜久雄『髑髏銭』の上下巻など、大々的な過去の名作大衆小説の復刊を始動している。三巻まで刊行中の横溝正史時代小説コレクション『菊水兵談』『菊水江戸日記』『矢柄頓兵衛戦場噺』は出版芸術社のコレクションの文庫化といえる内容だが、現在のところ一部の短編が割愛され、解説がないのが残念。とはいえ、初文庫化ではあるので、今後の展開に期待である。

単行本では松本清張『任務　松本清張未刊短篇集』（中央公論新社）がイチオシ。中には自伝的エッセイも含まれているが、清張でもこれだけ未収録短編があるのかと驚かされる。その他の復刊に、執筆資料などを含む米澤穂信『愛蔵版〈古典部〉シリーズ』（KADOKAWA）全二巻、付録本付きの湊かなえ『告白〈限定特装版〉』（双葉社）、西村京太郎『殺しの双曲線　愛蔵版』（実業之日本社）、陳舜臣『青玉獅子香炉』（P+D　BOOKS）、石川真介『全訂決定版　不連続線』（アドレナライズ）のオンデマンド版、『押川春浪幽霊小説集』（国書刊行会）、木ノ歌詠『幽霊列車とこんぺい糖　新装版』（星海社FICTIONS）などがある。文庫では望月諒子が『殺人者』（新潮文庫）『呪い人形』（集英社文庫）『最後の記憶』（徳間文庫）と三社から出たのが目立つ。

論創社は連載から七十二年後の初単行本化となる覆面冠者の特殊状況本格『八角関係』が大収穫。少年ものの川野京輔初単行本化作品『竜神君の冒険』（論創社）のほか、論創海外ミステリの翻訳セレクションとして、横溝正史が訳したA・A・ミルンの長編本格『赤屋敷殺人事件』と、武田武彦がホームズを訳した北原尚彦編『名探偵ホームズとワトソン少年』が刊行された。ミルン作品に登場する名探偵アントニー・ギリンガムは金田一耕助のモデルといわれており、金田一登場以前の横溝自身の手によりギリンガムが描写されるというのは興味深い。

変わり種として、未完に終わった乱歩の「悪霊」と、その続きを自身で創作した部分を併せて刊行した今井K『江戸川乱歩『悪霊』〈完結版〉』（文芸社）を取り上げておこう。きちんと伏線や布石を回収した力作だと思う。著者によるオリジナル短編「鈴蘭荘事件」も収録。

国内外の著作権切れ作品を、上製本にて分冊百科型式で月二回発売する「江戸川乱歩と名作ミステリーの世界」（アシェット）の刊行も始まった。今は乱歩などの国内戦前探偵小説が中心である。ミステリ関係ではあまりなかった企画だが、現段階では珍しい作品はあまり刊行されておらず、有り難みは少ない。全百巻の

小学館文庫

講談社文庫

早川書房

中央公論新社

予定であり、現在十八巻まで刊行中。

　盛林堂ミステリアス文庫では、未発表原稿を纏めたふしぎ小説集・三橋一夫『新ふしぎなふしぎな物語』、新聞連載を纏めた大下宇陀児最後の推理長編『女性軌道』、慰問用に作られた春陽堂文庫の稀覯本を復刊した渡辺啓助『密林の医師』、希少な刊本を復刊した『ガールフレンド　伊藤人誉ミステリ作品集』などを刊行。また河出書房新社から刊行された芦辺拓編・西條八十著『あらしの白ばと』は以前盛林堂ミステリアス文庫として刊行されたシリーズの第一巻にあたるパートを商業出版で復刊した本だ。

　東都我刊我書房は山中峯太郎『武俠少年の七日間』、江戸川亂歩『柳香書院版陰獣』、濱尾四郎『博士邸の怪事件』などを出したほか、短編集として『倉田啓明文集　附一圓タクシー』、片倉直弥・善渡爾宗衛編・倉田啓明『嬰児虐殺』、渡邊文子『りお・で・じゃねいろ　巷夜譚（ちまたのよばなし）』、伊藤鋏太郎『闇に浮かぶ顔』を刊行した。

　ヒラヤマ探偵文庫からは森下雨村の少年もの『二重の影』、三上於菟吉『血闘』のほか、翻訳家に着目した復刊に、エドウィン・ベアード『林檎の種』（馬場孤蝶訳）、ヘンリー・レヴェレージ『囁く電話』（加藤朝鳥・平山雄一訳）がある。

　湘南探偵倶楽部からは楠田匡介『少年少女探偵冒険小説選５』などが刊行されている。

　大陸書館からは郷警部も登場する大庭武年の未完作『曠野に築く夢』が刊行されたのが嬉しい。捕物出版は『角田喜久雄捕物小説集』一〜三巻、水谷準『瓢庵先生捕物帖』全四巻、九鬼紫郎『稲妻左近捕物帖』四〜六巻、村上元三『加田三七叢書』全九巻などを刊行した。いずれも単行本未収録作品を含んでいる。

　アンソロジーとしては、解説も充実している北上次郎・日下三蔵・杉江松恋編『日本ハードボイルド全集７　傑作集』（創元推理文庫）が貴重。千街晶之編『密室大全　密室ミステリーアンソロジー』（朝日文庫）、佳多山大地編『大逆転　ミステリーアンソロジー』（朝日文庫）、山前譲編『文豪たちの妙な旅』（河出文庫）などのオリジナルアンソロジーのほかに、再刊の仁木悦子編『不思議の国の猫たち』（Gakken）も出た。また雑誌の復刻として『占領後期「宝石」　復刻版』（三人社）なども刊行されている。

　最後に文庫ごとの主な復刊本を挙げていこう。

　ちくま文庫からは日下三蔵の編著が三冊出ている。初めてシリーズを一冊に纏めた佐野洋『見習い天使　完全版』、山川方夫のショートショート集成『箱の中のあなた』『長くて短い一年』と、いずれも優れたコレクションであった。

　角川文庫からは横溝正史のジュブナイル『怪獣男爵』『真珠塔・獣人魔島』『まぼろしの怪人』『幽霊鉄仮面』の改版、江戸川乱歩『魔術師』、小栗虫太郎『黒死館殺人事件・完全犯罪』、夢野久作『人間レコード　夢野久作怪奇暗黒傑作選』、松本清張『内海の輪』、西村京太郎『一千万人誘拐事件』が出たほか、山前譲編『最後の矜持　森村誠一傑作選』も編まれた。初文庫化となる久生十蘭『あなたも私も』が珍しい。

　光文社文庫からは日下三蔵編の久生十蘭短編集『肌色の月』のほか、鮎川哲也の「三番館」全集として『竜王氏の不吉な旅』『マーキュリーの靴』『人を呑む家』

が刊行された。有栖川有栖の短編集『白い兎が逃げる』『妃は船を沈める』『長い廊下がある家』が新装版で出た。

　創元推理文庫からは紀田順一郎の古書ミステリである、初文庫化の『神保町の怪人』と、以前創元推理文庫から刊行されていた『古本屋探偵の事件簿』を分冊した『古本屋探偵登場』『夜の蔵書家』が刊行された。笠井潔『オイディプス症候群』の一巻本や、泡坂妻夫の短編集『ダイヤル7をまわす時』『折鶴』『蔭桔梗』、樋口有介『ぼくと、ぼくらの夏』のほか、辻真先『仮題・中学殺人事件』『盗作・高校殺人事件』の新装新版も刊行された。

　実業之日本社文庫からは辻真先の初文庫化作品『赤い鳥、死んだ。』『村でいちばんの首吊りの木』が出たのが収穫。知念実希人『天久鷹央の推理カルテ　完全版』は掌編書き下ろしを加えた天久鷹央シリーズ完全版の第一弾。他に東野圭吾の『白銀ジャック』『疾風ロンド』『雪煙チェイス』や恩田陸『いのちのパレード』も新装版で出た。

　中公文庫は悪夢的な連続見立て殺人が発生するジュブナイル本格の鈴木悦夫『幸せな家族　そしてその頃はやった唄』、連城三紀彦最後の単行本未収録短編集『黒真珠　恋愛推理レアコレクション』、『橘外男海外伝奇集　人を呼ぶ湖』、日下三蔵編の黒岩重吾『心斎橋幻想　関西サスペンス集』と今年も貴重な復刊企画が並ぶ。

　文春文庫からは光原百合の単行本未収録作品集『やさしい共犯、無欲な泥棒　珠玉短篇集』や、初文庫化の小森健太朗『駒場の七つの迷宮』のほか、平岩弓枝『セイロン亭の謎』や本格ミステリ大賞候補作で全面改稿された天祢涼『葬式組曲』が刊行された。

　講談社文庫からは東野圭吾の『どちらかが彼女を殺した』『私が彼を殺した』と法月綸太郎『雪密室』・伊坂幸太郎作品の新装版が出た。

　双葉文庫からは単行本初収録のデビュー作を含む長岡弘樹の傑作集『切願　自選ミステリー短編集』が刊行された。短編の名手の入門に最適な一冊だ。

　河出文庫からは『帰去来殺人事件　山田風太郎傑作選　推理篇』が刊行されたほか、五十嵐貴久交渉人シリーズ三作が『交渉人・遠野麻衣子』『交渉人・遠野麻衣子　爆弾魔』『交渉人・遠野麻衣子　籠城』として現代版に改稿された上で刊行された。

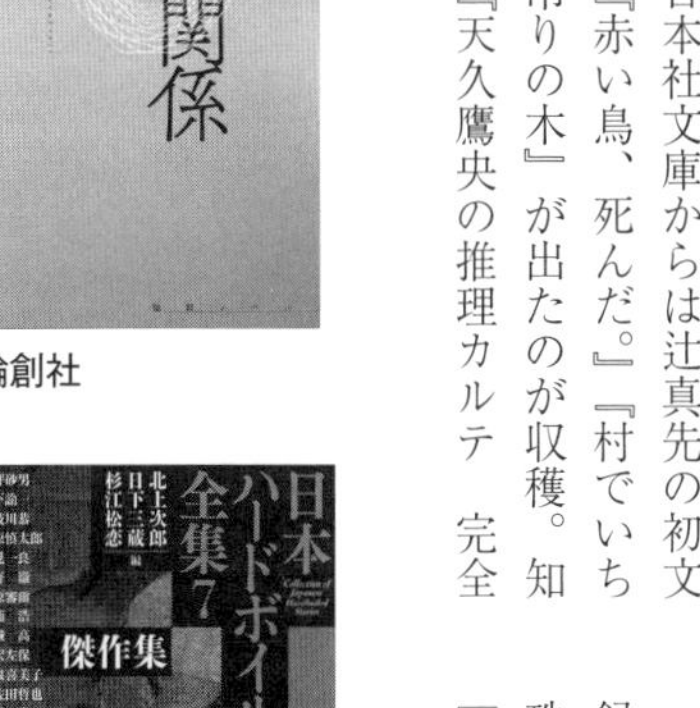

論創社

創元推理文庫

中公文庫

中公文庫

第二十七回 装幀大賞 選考座談会

第27回装幀大賞の審査対象は、2022年11月〜2023年10月に出版された、広い意味でのミステリの装幀です。国内、翻訳、周辺書（評論書等）の別を問わず、また文庫化などに伴って新装幀で刊行された書籍も対象になります。（編集部）

司会・構成／千街晶之　選考委員／喜国雅彦　国樹由香

喜国◆ コロナ禍でずっと寂しい思いをしておりましたが、やっと出版社のパーティーが復活して、ミステリ系の友人たちとも会えるようになりました。

国樹◆ ちょうど先日、鮎川哲也賞が終わったところで、明日は江戸川乱歩賞と日本推理作家協会賞の贈呈式ですね。

千街◆ 出版界もその意味で活気を取り戻してまいりましたが、今年は装幀もパッと目につくものが多いです。

喜国◆ 驚いたのは真梨幸子『ノストラダムス・エイジ』。五島勉の『ノストラダムスの大予言』の表紙みたいなこの顔。

千街◆ そっくりのデザインですね。同じ祥伝社だから許されるというか。

喜国◆ 元のデザインと比べると、顔がシュッとしてイケメンになってます。時代ですね（笑）。元のままでやってほしかった気もするけれど、ノストラダムス世代直撃で、喜国賞にしたいと思います。

喜国雅彦賞

真梨幸子『ノストラダムス・エイジ』祥伝社
装幀・装画／岡孝治＋森繭

国樹◆ 私は澤村伊智『ばくうどの悪夢』が目に留まりました。そもそも澤村さんのこのシリーズは大好きで、それに相応しい素敵な装幀ですし、この立体も、写植の字の選び方も好きですね。

千街◆ タイトルの「の」の部分だけ箔押しなのが凝っています。

喜国◆ 「の」はデザイン的に遊びやすいんですよ。僕も「本棚探偵」シリーズを自分で装幀した時に、毎回「の」の書体を考えるのが楽しかった。

国樹由香賞

澤村伊智『ばくうどの悪夢』
KADOKAWA
装丁／大原由衣
造形制作／高橋まき子　撮影／吉澤広哉

国樹◆ この「ど」も変わっているから目を引いて、読めるギリギリのかっこいいバランスが成立しています。私は黒背景に、コントラストで浮かび上がるのが好きなんですが、これは色が多いようでいてちゃんと引き締まっていて、澤村さんの小説世界にも合っていると思います。カヴァーを取った時の黄緑色と紫も綺麗ですね。

国樹◆ 箔が押してあるといえば西村京太郎『殺しの双曲線　愛蔵版』（実業之日本社、装幀・写真コラージュ／坂野公一〔welle design〕、写真／Adobe Stock）ですが、王道のかっこよさで、欲しくなる愛蔵版です。これで読むと違って感じるかも。素敵な器だとご飯がより美味しく感じられるような。

喜国◆ 昔の名作をこうやってハードカヴァーで出し直すのは手だと思う。でも装幀は坂野公一さんなのか。改めて言っておきますが、坂野さんはこの装幀大賞では殿堂入り扱いで、賞は出さないことにしています（笑）。

国樹◆ あと目に留まったのが、神永学『火車の残花　浮雲心霊奇譚』集英社文庫（カバーデザイン／坂野公一〔welle design〕、イラスト／muttiy）。絵も素敵ですし、それに合わせての字の入り方も面白いです。私はタイトルが読みやすいほうが好みなのですが、読みづらくてもこれはかっこいい。

喜国◆ モノクロの装幀で、逆に目についたのは相川英輔『黄金蝶を追って』ですね。そして、これも坂野さん。

国樹◆ 同じ竹書房文庫の蔡駿『忘却の河』の装幀も坂野さん。

千街◆ 今回の最終候補に残った作品の三分の一くらいが坂野さんです（笑）。

喜国◆ その中でも特に竹書房文庫。この先も楽しみです。一体どこまで遊ぶのかと。

国樹◆ 同じ印象のものがなく、毎回わくわくさせてくれる。そこにすごい才能を感じます。『忘却の河』は上下巻で絵がつながっていますが、背でも遊んでいる。

喜国◆ 一般的に、文庫は背と裏表紙のフォーマットが決まっていて、装丁家の仕事は表1だけですが、坂野＋竹書房文庫はフォーマットなし。予算のかけかただけでも意気込みを感じます。井上雅彦監修『異形コレクションLV　ヴァケーション』（光文社文庫、カバーデザイン／坂野公一、カバーアート／Q－TA）は書店で目に留まった本ですが、こちらは「異形コレクション」のフォーマットに則った上でかっこいい。この両者の対比も素晴らしいです。

千街◆ 坂野さん装幀では、講談社編『ミステリースクール』（講談社、ブックデザイン／坂野公一〔welle design〕）もありました。もとがLINEの連載なので、もっとカジュアルな本で出ると予想していたら、結構豪華で驚きました。

喜国◆ LINEで連載していたものを本にする。前例がないから、どういうのが出来るか予想もつかない。忙しいはずの坂野さんがそういうものに取り組む。もう感動しかありません。

千街◆ 坂野さんは殿堂入りですが、今回とても活躍してらっしゃるので、何かさしあげませんか。

国樹◆ そうですね。「かっこいいから仕方がないで賞」とか。

千街◆ ではそれで行きましょう。全部の書影は紹介できないので、『黄金蝶を追って』と『忘却の河』を代表として使わせていただきます。

かっこいいから仕方がないで賞

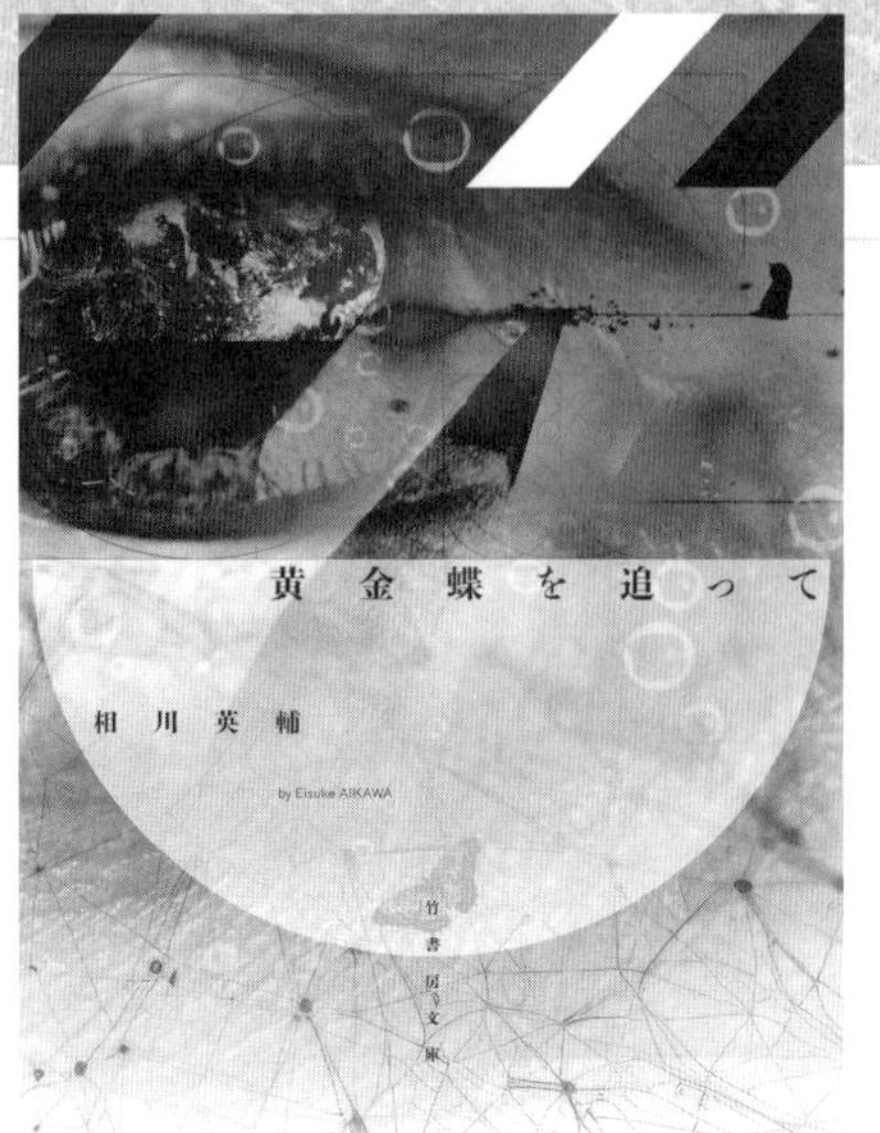

相川英輔『黄金蝶を追って』竹書房文庫
装幀／坂野公一〔welle design〕

蔡駿『忘却の河』竹書房文庫
デザイン／坂野公一〔welle design〕　イラスト／もの久保

国樹◆ 風間賢二『ホラー小説大全 完全版』の装幀は水戸部功さんですか。重厚で、帯やカヴァーを外しても素敵ですね。角背なのもかっこいいし。

喜国◆ 作家になったら一度はこういう装幀で出してもらいたい。これが大賞でもいいかな。

千街◆ トム・ミー

ド『死と奇術師』はポケミスでは六十四年ぶりの袋とじ本ですが、こちらも水戸部さんです。

喜国◆ 最近のポケミスはかっこいいですよね。創元推理文庫もだけど。

国樹◆ このイラストでTシャツが欲しいです。水戸部さん、まとめて大賞にしましょうか。

千街◆ 今回、文字が特徴的な装幀が多かったです。米澤穂信『可燃物』(文藝春秋、装幀/野中深雪、写真/Jose A.Bernat Bacete)とか、柊サナカほか『名著奇変』(飛鳥新社、装丁/野条友史・小原範均〔BALCOLONY.〕、装画/ろるあ、挿画/旭ハジメ)とか。

国樹◆ 大島清昭『最恐の幽霊屋敷』(KADOKAWA、装丁/原田郁麻、装画/いとうあつき)は、幽霊屋敷なのにイラストがポップで面白いですね。

千街◆ デイジー・ジョンソン『九月と七月の姉妹』(東京創元社、装幀/岡本歌織〔next door design〕、装画/榎本マリコ)は、表紙の少女が二人とも後ろ向きなのが不穏な印象です。恩田陸『夜果つるところ』(集英社、装丁/須田杏菜)は、その前に恩田さんが出した『鈍色幻視行』という小説の中で、飯合梓という作家が書いた設定の作中作をそのまま本にしたものです。なので、表紙や扉の著者名は「恩田陸」ですが、二つ目の扉やカヴァーの裏は著者名が「飯合梓」となっています。

国樹◆ なるほど。出版社名まで変えている。これも面白いですね。

喜国◆ リバーシブルになってますが、本屋に行ってカヴァーを裏返しちゃ駄目ですよ。こんな出版社はないから(笑)。作中作の架空の版元といえば『迷路館の殺人』の「稀譚社ノベルス」を思い出しますが、もっと徹底されてる。電子書籍流行りの今だから、こういう仕掛け本に存在価値が生まれる気がします。

千街◆ 仕掛け本といえば、杉井光『世界でいちばん透きとおった物語』もあります。これは電子書籍が出ていません。何故かというと……ううん、これは何も言えませんね。読まなければわからない仕掛けとだけ言っておきます。

喜国◆ 読まなきゃわからないのは装幀大賞始まって以来。気になりすぎます。

何も言えないで賞

杉井光『世界でいちばん透きとおった物語』
新潮文庫nex
カバーデザイン/**川谷康久**〔川谷デザイン〕
装画/**ふすい**

千街◆ 下村敦史『逆転正義』(幻冬舎、ブックデザイン/鈴木成一デザイン室)と神永学『ラザロの迷宮』の二冊ですが、おわかりになりますか。実際に手に取ってもらえば気づくと思いますが。

国樹◆ 帯が上なんですか？
千街◆ そう見えますが、拡げていただくと……。
国樹◆ え、どういうこと？　帯じゃないんですか？
千街◆ 帯に見えたものも、拡げると全部カヴァーの一部だとわかります。
喜国◆ 装幀は同じ人ですか？
千街◆ いえ。出たのは『逆転正義』が一カ月先で、全くの偶然だと思います。パッと見ただけだと帯付きの本にしか見えないですね。実際に手に取った人にしか伝わりません。
喜国◆ これ、普通の帯みたいに下に来るようにすることも可能だけれど、それだと帯を取ろうとして破っちゃう粗忽者がいそうなので、敢えて上にしたのでしょうか？　あと、二冊とも角背なのは、丸背だと綺麗にカヴァーがかけられないからかもしれません。いろいろ発見があって楽しいですね。
国樹◆ この二冊、拡げて裏を見てみると実に面白いです。『逆転正義』もいいのですが、『ラザロの迷宮』は拡げると表紙と違う絵が出てきて、更に裏には私の大好きな見取り図があるという。表紙の裏に何かあるというのは今までにもあったけれど、これほどのはなかった。結構いろんな本を見てきていますが、びっくりです。こちらを大賞にしましょう。
千街◆ めでたく大賞が決まりました。……ところで、大賞候補だった水戸部さんの二冊はどうしましょう？
喜国◆ ああ、悩みます。僕の好みはこっちなのですが、準大賞で「本棚に並べておきたいで賞」とか。
国樹◆ 本棚に挿すと表紙が見えないから、「机の上にポンと置いておきたいで賞」かな。

机の上にポンと置いておきたいで賞

トム・ミード『死と奇術師』ハヤカワ・ミステリ　装幀／水戸部功
風間賢二『ホラー小説大全　完全版』青土社　装幀／水戸部功

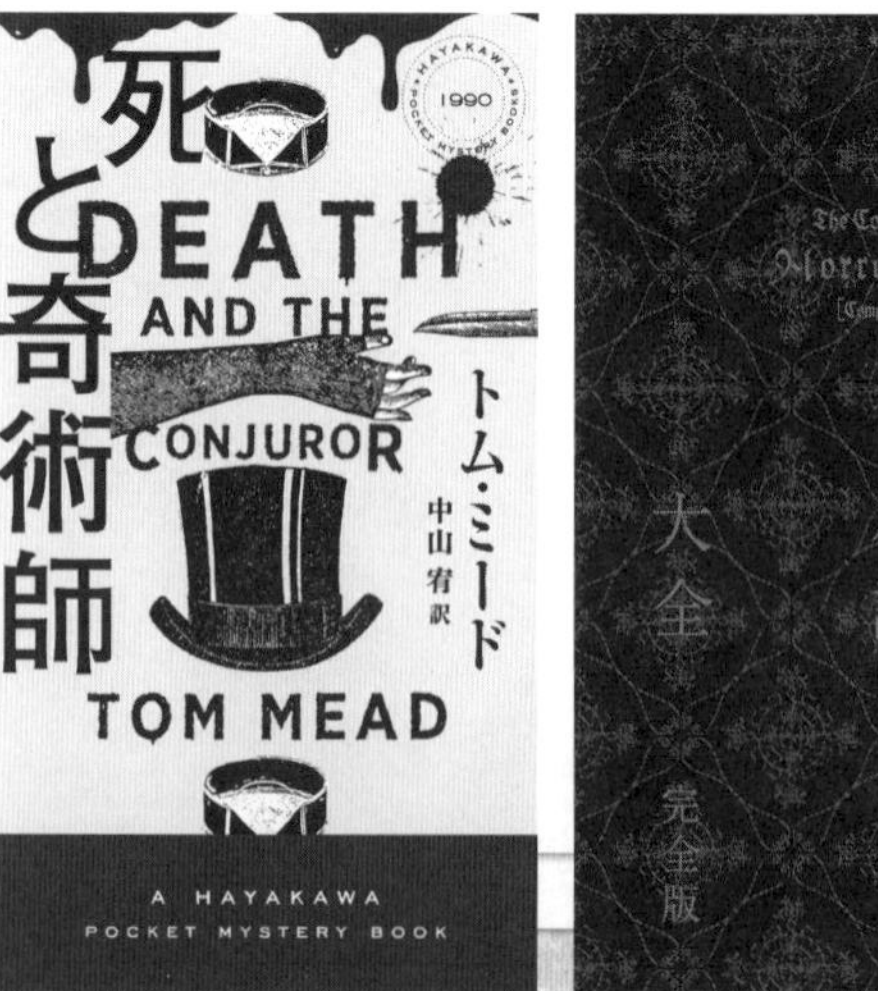

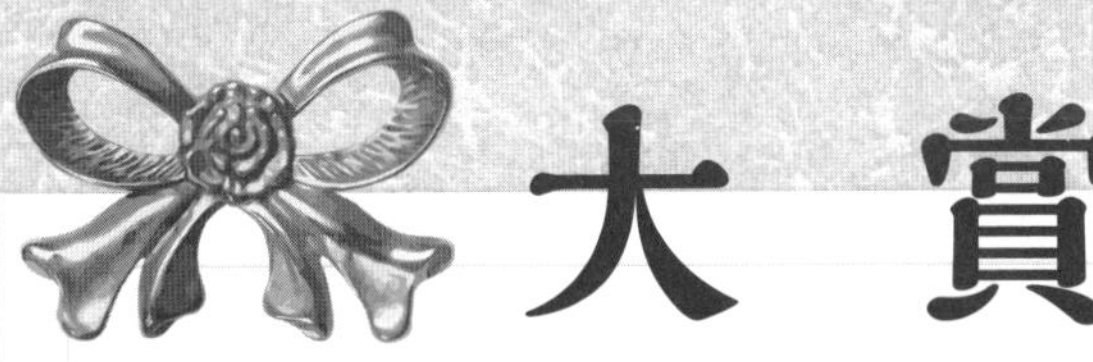

大賞

神永 学『ラザロの迷宮』新潮社　装幀／新潮社装幀室　装画／青依 青

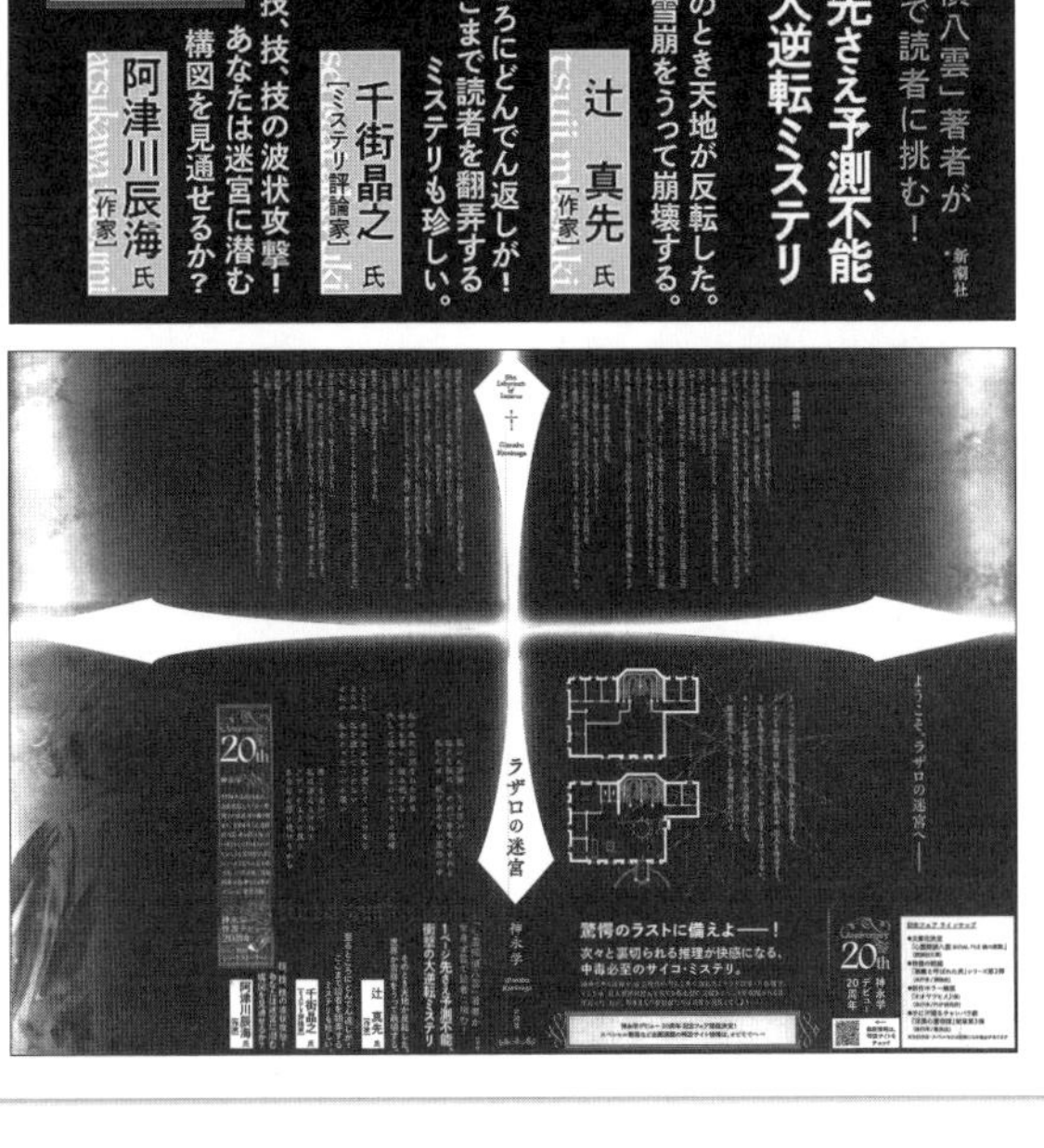

千街◆　締めの言葉をお願いします。

喜国◆　今回は紙の本じゃなきゃ出来ない仕掛けが多かった。電書と棲み分けをするなら、確実にそのほうがいい。あと、技術の進化で、昔より出来ることが多くなっているのも楽しい。

国樹◆　本屋さんで手に取って確認したら驚けるような本が多いのは、いい意味で出版側の努力を感じます。書店が少なくなっている現状を打破しようとしているかのような。『ラザロの迷宮』の仕掛けにしても現物を見なければわからないし、『殺しの双曲線　愛蔵版』や『ホラー小説大全　完全版』の重厚感も現物を見なければ伝わらないでしょう。

喜国◆　僕は老眼だから電書で読みますが、いい装幀の本は紙でも買います。出版社にとっては市場拡大のチャンスです（笑）。

（二〇二三年十月三十一日、於喜国邸）

COLUMN

国内ミステリ周辺書2023（同人誌・私家版編）

嵩平何

横溝系は今年も大豊作。イラストで金田一もの全作品を紹介する探偵堂『K77　七十七の事件簿　二』、探偵堂『横溝作品私的論考集』は家紋・接吻・生人形などユニークな切り口の論考集。風々子『ネタバレ全開！　横溝正史読書会レポート集3』は読書会六回分の記録。木魚庵文・YOUCHAN画『金田一耕助用語事典』は『金田一耕助語辞典』の補遺&追補。『康綺堂の推察ノート』3～4号は各々ジュブナイル&『女王蜂』を特集した分析本。たぬ斧（よき）発行の『広報信州那須』は『犬神家の一族』の雑誌風ファンブック。「『新青年』趣味」23号の特集は横溝正史で、編集者としての横溝など様々な視点の研究考が掲載。松本健男『金田一シリーズからの市川崑入門』は上下巻の大著で、市川版金田一映画解説・市川組のスタッフ&俳優列伝や関連年表にて構成。松本健男編『映画編集者・長田千鶴子が語る　市川崑×金田一映画の思い出』はその市川組・編集担当者に聞く秘話満載のインタビュー。ヒノキ『とある金田一耕助の事件簿Vol.1』は吉岡秀隆版金田一ドラマ作品の詳細な絵付き感想集。近藤弘子・品田亜美・山口直孝編『横溝正史『犬神家の一族』草稿（二松学舎大学所蔵）翻刻』は大学所蔵の犬神家関係草稿を集成した本で、原稿写真に翻刻を添え、解題も附せられている。

『YOUCHAN個展図録　本を巡る冒険3』は探偵小説の名探偵たちの絵や本の装画を纏めたカラー画集で、創作ノート付き。清原紘『DAHLIA』は自身がコミカライズを担当した『十角館の殺人』などのカラー画集&設定資料。トマリ『INTO THE LIGHT』は自身がイラストを担当している『スパイ教室』関連のカラー画集。京アニ公式で『氷菓　公式設定集』『氷菓画集』も刊行された。

本の雑誌編集部編『目黒考二　北上次郎　藤代三郎　傑作選』は北上次郎名義の書評を中心に再録した追悼集。

佐賀ミステリファンクラブ「雨中の伽」5号は薗田竜之介による鮎川哲也論から、格闘ミステリガイド、ボードゲーム、カーまで盛りだくさんの内容だった。

週末倶楽部からは作り方・仕切り方を示したマダミス本が二冊刊行された。

『書肆盛林堂 2012-2022 & 2023.1』は盛林堂ミステリアス文庫などの出版総目録で、ミステリの復刻同人界の十年間の記録として、とても重要な資料だ。

松坂健『健さんのミステリアスイベント体験記』は長年にわたるミステリ系イベントのルポを纏めた貴重な記録で、楽しさを永久保存してくれる。

奇想ミステリ特集の「月猫通り」二一八二号や、令和ミステリ批評座談会が目玉の「ボクラ・ネクラ」第六集などは、読み応えあり。

浅木原忍『秘封倶楽部のゆっくりミステリ語り【2022年版】』。短編特集の「CRITICA」18号。岡本正貴『平井和正著作目録2023年版』なども出た。

2024年 ミステリ作家新作近況会

青井夏海
Aoi Natsumi

昨年来、文学フリマ（東京）に、ここ四年ほど乗っているスーパーカブについての日記を出品しています。この原稿を書いている時点で第三作を準備中です。写植が新しかった時代で止まっていた冊子作りの知識はＰＤＦデータ入稿くらいにまで進化しました。お客様に手に取っていただくにはどのようなことをすればよいかも少しずつわかってきたので、小説本の制作に取りかかるつもりです。完成にこぎつけた暁にはまたここでご報告させてくださいね。

ささやかなお知らせとしては二〇〇三年放送の拙著原作ドラマ「赤ちゃんをさがせ」のワンシーンがＮＨＫアーカイブスにてご覧いただけます。ＮＨＫオンライン→アーカイブス→人物→高野志穂さんのページを探してみてください。主人公を演じてくださった高野さんのひたむきな姿に、私も初心に返り、臆せず書いていこうと思いました。

青崎有吾
Aosaki Yugo

2023年は『アンデッドガール・マーダーファルス』がアニメ化し、『ノッキンオン・ロックドドア』も同時期にドラマ化するという、何やら大変な年でした。ご視聴いただいた皆様に感謝を。

さて来年は。まずオリジナルゲーム連作短編『地雷グリコ』が発売中です。また週刊ヤングジャンプにて『ガス灯野良犬探偵団』という漫画が始まっていまして（原作青崎・作画は松原利光先生）、こちらもそろそろコミックス1巻が出ます。シャーロック・ホームズのベイカー街イレギュラーズに焦点をあてたお話。ミステリ部分にもこだわっているので、ぜひご一読を。おまえに週刊連載ができるのか？　わからん、何も……。

多忙につき止まってしまっていた『空蟬島の推理』と裏染シリーズの続きも進めたいと思います。ほか、実業之日本社さんの「百合小説アンソロジー2」などにも短編を書く予定です。

麻見和史

Asami Kazushi

麻見和史です。二〇二三年はようやく執筆作業のペースを元に戻すことができました。シリーズものとしては〈警視庁文書捜査官〉の『琥珀の闇』を二月に上梓しました。また、〈警視庁捜査一課十一係〉の『鴉の箱庭』が十二月に発売される予定です。どちらも巻数が増えてきましたので、事件の構成や人物設定などに変化をつけていきたい考えです。

一方、二〇二三年八月には『凍結事案捜査班 時の呪縛』を刊行しました。主人公は妻を亡くした五十歳の刑事。気力も体力も衰えてしまった彼が、どのようにして仕事にやり甲斐を見出していくかを描きました。今後は、こうした等身大の人物を登場させることが増えていくかもしれません。

そのほか、もうひとつ長編が進行中ですが、刊行は二〇二四年になります。これからも全力を尽くしてまいりますので、どうぞよろしくお願いいたします。

芦辺拓

Ashibe Taku

三年ぶりの鮎川賞受賞者・岡本好貴さんの「二十歳過ぎまで小説を読んだことがなく、きっかけはある作品のコミカライズが見当たらず原作しかなかったから」との言葉は衝撃的でしたが、それは今いかに活字への入り口が細っているかという危機的状況を示すものでしょう。

そんな中迎える二〇二四年は、何と大乱歩との合作『乱歩殺人事件 「悪霊」ふたたび』（KADOKAWA）から始まります。次いで〝探偵小説以前〟を描く『明治殺人法廷』（東京創元社）、タイトルに名探偵と冠した作品がこれほど書かれたことのない只中に放つ『名探偵対名探偵』（光文社）は、それぞれ現状打開への思いを込めたものにほかなりません。

そして、もう一つ――原書房Iさんとの「『グラン・ギニョール城』『鶴屋南北の殺人』に次ぐ、とびきりの本格長編を」との約束は必ず果たすことを、この場を借りて表明させていただきます。

阿津川辰海

Atsukawa Tatsumi

直近の予定では、来年の早いうちに〈館四重奏〉の三作目『黄土館の殺人』をお届け出来る、はず。『紅蓮館』の構造を再構築したのが『蒼海館』なら、『紅蓮館』の素材を再構築したのが『黄土館』で、もはや懐かしい飛鳥井光流も登場します。地震をテーマとしていたのが難航して、時間がかかっております。

KADOKAWAの連載『バーニング・ダンサー』も、来年中に「野性時代」で完結して、本に出来るはず。ジェフリー・ディーヴァーに触発された警察小説本格を志向した作品ですが、果たしてどうなっているか。

新潮社で〈夢見灯の読書会〉シリーズ、小学館で〈特別養護老人ホーム・隅野苑〉シリーズ等を起ち上げています。本になるのはまだ先。今年刊行した『午後のチャイムが鳴るまでは』続編は、プロットを出しましたが相当かかります。気長に。

天祢涼

Amane Ryo

今年は二〇一八年に上梓した『謎解き広報課』が第十八回酒飲み書店員大賞をいただいてから重版が続き、遂には続編まで書かせてもらえることになった。「酒飲み書店員」のみなさんには、何度お礼を申し上げても足りない。

というわけで『謎解き広報課2（仮）』を鋭意準備中だが、そのほかの新刊に関しては現時点で発表できることはない。後ろ向きな理由ではなく、これまで自分が書いたことがないタイプのミステリに挑戦している最中だからである。完成まで気長にお待ちいただきたい。

これとは別に、アンソロジーに寄稿する短編（こちらも書いたことがないジャンル）や、シリーズ物の続編もいくつか準備中。そのうちの一つ『境内ではお静かに』完結編は、来年出せるかどうか微妙だが、ネタは既に固まっている。個人的には最優先で書きたいが、こちらももう少し時間をいただければと思う。

綾辻行人

Ayatsuji Yukito

懸案の「館」シリーズ第十作『双子館の殺人』をやっと書きはじめた。〈MRC（メフィストリーダーズクラブ）〉の会誌『メフィスト』での連載、という形で。――なのだが、予想はしていたもののなかなか思うように筆が進まず、「困ったなあ。難しいなあ、これ」などと日々、弱音を吐いてばかりいる気がする。ごめんなさいね、担当Kさん。

何とかこの難儀な長編を完成させたい、というのが当面の最重要課題である。齢も六十を過ぎ、どうしても「残り時間」を意識せざるをえない虚弱な作家の、これは切実な願いでもある。――頑張ります、倒れてしまわない程度に。

ここではまだ具体的なところを明かせないのだが、過去に発表した作品についてはちょっと面白い（たぶん、かなり意外性のある）企画が成立して進行中。さほど遠くない時期に公表されるはずなので、「乞うご期待」と記しておこう。

有栖川有栖

Arisugawa Alice

「メフィスト」誌（講談社）で連載中の火村シリーズ長編『日本扇の謎』は二〇二四年の前半で完結し、後半にノベルスで出版できそうな見込み（願望や希望ではなく）。

これに続いてノンシリーズの長編を連載する予定があるが、詳細の公表はまだご容赦を。

秋には文藝春秋から『捜査線上の夕映え』の文庫が出たり、「へえ、そんなものが……」という企画の本が文庫で出たりすることになっている。私の作家デビュー三十五周年に合わせて、ということで、ありがたいばかり。

角川ホラー文庫は創刊三十周年だそうで、お声を掛けていただいたのでそちらの企画にちょっと参加する。

おかげさまで忙しい年になりそうなので、健康管理にも注意しつつ、乗り切らなくては。

石持浅海

Ishimochi Asami

二〇二三年の新作は『あなたには、殺せません』の一冊だけでした。へんてこな相談員が、犯罪者予備軍の事前相談に乗るという短編集です。シリーズ化できるかどうかは、この作品の評価次第。

二〇二四年の予定はといいますと、現段階で言えるのは一冊だけです。「殺し屋探偵シリーズ」の第三弾を必死に書いています。きちんと仕上がれば、年の前半に出るはず。

長編としては、宿題の書き下ろしを、書き直しを繰り返しながら、少しずつ進めています。すでに当初の構想は影も形もありませんが、よくなっている手応えはあるので、早くお披露目できるよう、がんばります。他にも新作の計画が二本ありますが、こちらは年内に出せるか、未定です。

執筆も、サボっていると書くための筋力が落ちるので、動きを止めずに書いていきます。

市川憂人

Ichikawa Yuto

今年度はアンソロジー『東大に名探偵はいない』への寄稿、そして長らくの懸案だったマリア&漣シリーズ新作長編『ヴァンプドッグは叫ばない』を世に出すことができました。無事に、とは口が裂けても言えませんがともかく出せたことが重要。疲労度はマジ当社比三倍です。

創作以外でも、『毒入りコーヒー事件』推薦文、『改訂・受験殺人事件』解説、「ミステリカーニバル」サイン会やインタビューなど、振り返れば色々走り回った年でした。あまり前進していない気もしますがそこはそれ。

さて来年度ですが、ありがたいことに長編のお仕事が確定しております。今年度は進まなかった過去作の文庫化も、ぼちぼち取り掛かれるかもしれません。また、ちょっと毛色の変わったお仕事も密かに進行中。しかしすべては筆の進み方次第。いい加減身体の節々が痛くなってきた斜壊塵もの書きの明日はどっちだ。

稲羽白菟

Inaba Hakuto

「京の着だおれ大阪の食いだおれ」と言いますが（今はもうあんまり言わない？）根は大阪人ながら僕は今まで比較的きものや服に凝るタイプでした。ところが最近、今更ながらオールユニクロのシンプルなスタイリングが気に入り、旅先でユニクロを見つけると必ず立ち寄るほどになってしまいました（品揃えやセール設定がそれぞれ微妙に異なるのです）。

服飾費が抑えられた一方、読書面では最近少々贅沢をしていて、本と電子書籍、両方を買ってシームレスに読書を楽しんだりしています。今年は重い本を読むことが多かったので、軽い電書リーダーのおかげで腕をいたわり、旅先や移動中にも快適に読書をすることができました。

そんなこんなで２０２４年新春、初の文庫書下ろしの連作短編シリーズ第一作が刊行予定。無事「シリーズ」になりますように、皆さまどうぞご贔屓に。

植田文博

Ueda Fumihiro

昨年は単行本の刊行と、YouTubeアニメにて4本のプロットを担当させていただきました。

単行本は講談社より『ニケを殺す』。

世界七不思議のひとつ、オリンピアのゼウスと、ともにあったニケ像を巡る物語です。事件に巻き込まれ意識不明となった妻に、別の顔があると判明したところから始まるハードボイルドテイストのミステリー。

七不思議とハードボイルド、これらに引っかかりがあれば、是非読んでください。

アニメも講談社で『ハンドレッドノート』。

天才探偵たちの活躍を描いたミステリーです。その中の『スワロウテイル』というグループのプロットを担当しました。常軌を逸した「記憶」の力を駆使した謎解きとなっています。

YouTubeにて無料公開していますので、気になった方は検索してください。

太田忠司

Ota Tadashi

毎年、このコラムの執筆を依頼していただいていますが、今年は今までになく書くべき内容が乏しくて、つい締切りが過ぎてしまいました。

小説を書いてはいるんです。しかし「これぞ本格ミステリ」と断言できる実績がありません。『名探偵犬コースケ』という児童向けシリーズを立ち上げたくらい。長編は滞ってばかりでいっかな完成しません。狩野俊介シリーズの新作はいつ手が付けられるやら。『名古屋駅西喫茶ユトリロ』のシリーズはどんどんミステリ味が薄れています。なんとか状況を打破したいと思っているのですが。

大山誠一郎

Oyama Seiichiro

自分でも驚くことに、来年二〇二四年でデビューして二〇年になります。多少の技術は覚えましたが、自分の進歩のなさに愕然とします。

今のところ予定している来年の単行本は三冊。新潮社からは、悪役専門俳優が安楽椅子探偵を務める作品を。光文社からは、他人の推理力を飛躍的に向上させる能力の持ち主を主人公にした『ワトソン力』の続編を。朝日新聞出版からは、和山夜羽という不思議な女性が毎回5W1Hのどれかの謎を解く作品を。いずれも趣向を凝らした連作短編集です。

連載は、『赤い博物館』（文藝春秋）第3シーズンを続けるとともに、小説推理での「探偵の血脈」を完結させる予定。『アリバイ崩し承ります』（実業之日本社）第3シーズンもまもなく始める予定です。お待たせしている（読者の方々も編集者さんも）南雲堂と原書房の書下ろしにも取り組みたいと願っています。

折原一

Oribara Ichi

長く使っていたデスクトップのパソコン（Ｗｉｎｄｏｗｓ７）が不調になり、買い替えを検討することになった。しかし、愛用する「親指シフト」のキーボードが新しいパソコンにつなげられるかどうか不安である。

業者に聞いてみると、「このパソコンではＷｉｎｄｏｗｓ11にはできないが、データを残したままＷｉｎｄｏｗｓ７から10にバージョンアップできます」という返事。ほっと胸を撫でおろす。Ｗｉｎｄｏｗｓ10のサポートはあと２年で終わるが、パソコンはうまくいけば、10年は使えるとのこと。

業者からもどってきたパソコンは動きも速く快調。親指シフトのキーボードでさくさくと作業ができる。あと10年。たぶんその間に死ぬかもしれないが、同じキーボードで小説が書けるようになって嬉しい。

そんなばたばたした状況のなか、１月から雑誌連載が始まることになった。

霞流一

Kasumi Ryuichi

定期的に鍼を打ってもらっています。数千年前、身体を刺して治療する、なんて最初に考えた人、まさに奇想ですよね。おかげで、ポンコツな全身の修理を繰り返しながら書き続けた新作長編「エフェクトラ　紅門福助最厄の事件」（南雲堂）がようやく完成し、先だって無事に刊行され、安堵の青息吐息をついております。既にお読みいただいた方々からは「傑作」「絶句」「大爆笑」「脳も沸騰」「のけぞる」「何考えてるの？（誉め言葉）」などといった賛辞を賜り嬉しい限り。まだ未読の方はこれを機に是非ともお手に取って下さいませ。

そして、現在、次なる新作の企画を練っております。「クロス・バッド・パズル～暗黒街の殺人～」（仮題）。三つの黒社会シンジケートが縄張り争いを繰り広げる港町を舞台に不可能犯罪と多重解決が展開するアウトレイジ・パズラー！ああ、夜霧と硝煙と血煙が目にしみるぜ……

倉阪鬼一郎

Kurasaka Kiichiro

今年は桑名七盤勝負にデビューしました。連珠・どうぶつしょうぎ・オセロ・チェス・９路盤囲碁・将棋・バックギャモンの盤を七つ並べて一手ずつ着手し、先に四勝したほうが勝ちというマインドスポーツで、各地で大会が行われています。初年度の今年は埼玉と信州の大会に出場し、初勝利を挙げることができました。今後は、トライアスロン、マラソンなどのフィジカルスポーツとの二刀流でやっていくつもりです。

『忌まわしい場所』（アドレナライズ）を刊行しました。久々に書いた「人がガンガン死ぬ邪悪なホラー」です。前世紀末の悪夢のようなホラーブームでは拙著がコンビニで売られたりしていましたが、これは電子書籍オリジナルです。メインの時代小説のほかに、これからもいろいろ手がけていきます。

倉知淳

Kurachi Jun

新作の連載が始まります。実業之日本社さんのｗｅｂ誌『J-novel』にて。この『本ミス』が出る頃にはスタートしているかどうかは不明。原稿はもう渡してあるのですが版元様のスケジュールの都合などもありますので、この文を書いている時点では始まる時期が判らないのです。twitterで最新情報をお伝えしていますから、よろしければそちらをご覧ください。倉知淳、で検索すれば私のアカウントが見つかるはずです。あ、もうtwitterじゃなくてXか。慣れないなあ、この変化。

今年は『大雑把かつあやふやな怪盗の予告状～警察庁特殊例外事案専従捜査課事件ファイル～』（ポプラ社刊）と『恋する殺人者』（幻冬舎刊）の二冊の本を出せました。ありがたいことですね。知らなかったかたは今からでも読んでいただけると嬉しいです。

黒田研二

Kuroda Kenji

小説版『青鬼』（ＰＨＰ研究所）の誕生から十年。この物語はたくさんの人に愛され、二〇二三年までに二十作以上（コミカライズやスピンオフまで含めると三十作以上）が発売されました。一月には『青鬼　サーカスに集う怪物たち』（ＰＨＰジュニアノベル）が刊行される予定です。もはや、『青鬼』の人と世間では認識されているのでしょうが、もちろん、本格ミステリ愛だって失くしてはおりません。いや、しばらく書いてなかった分、とんでもないものを書きたいという衝動は日々高まっております。出版社の皆様、ぜひともお声がけを（必死）。『青鬼』と本格ミステリの融合作品なんてものも漠然と構想していたりするのですが……。二〇二四年は新しいお仕事にも挑戦します。そちらもどうぞよろしく。

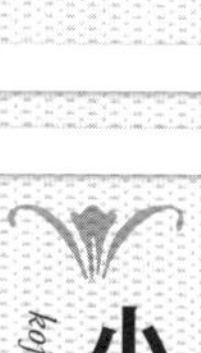

小島正樹

kojima Masaki

『十三回忌』でソロデビューしてから、お陰様で十五年が経ちました。

歯を食いしばるようにして、パソコンの前に座り続けた日々。自分の本が店頭に並んでいるのを、信じられない思いで見つめた時。

憧れていた出版社の編集さんが「うちで書きませんか」と、声をかけてくださった瞬間。「エキナカ書店大賞」を頂き、その書店さんの各店舗に、僕の本が山積みになっているのを見た時の喜び。

「クールダウンも必要だよね」と自分に言い訳して飲んだ、毎晩のビール（笑）。

実にいろんなことがありました。そしてこれからも、いろんなことがあるのでしょう。

だからまだ、旅を続けていこうと思います！

最後になりましたが、どうかみなさま、よいお年をお迎えください。

坂木司

Sakaki Tsukasa

今年は夏に自宅兼仕事場のリフォームをしました。壁紙と床板が古くなっていたので、工事部分は少ないものの一時的に引っ越しをしなければならず、その仮住まいを探すのが大変でした。初めてマンスリーマンションを借りたのですが、やり取りがネットで完結してしまい、ミステリに使えそうだなと思うことしきりでした。

秋からは『和菓子のアン』シリーズの『アンと愛情』が文庫化、『アンと幸福』が単行本化でバタバタしていました。本和菓衆という和菓子屋さんのグループとコラボして、銀座三越で『和菓子のアン』のお菓子を再現していただくイベントもあり、忙しくも楽しい時間でした。

2024年は文藝春秋で連載していた『おやつ部』のシリーズが単行本になります。あと東京創元社で連載中の『きみのかたち』が間に合えば、出るかもしれません。

篠田真由美

Shinoda Mayumi

古希を前にして、いよいよ仕事の依頼もなくなりましたので、隠居のつもりで毎日まったりと過ごしています。執筆用のパソコンにも、電源を入れぬまま何日も過ぎ、しかしまあ慣れてしまえばなんということもありません。

二〇二三年には、アミの会のアンソロジー『おいしい旅　しあわせ編』に参加させていただきました。この前のシリーズには増刷もかかり、旅とグルメというテーマはやはり引きが強いようです。

雑誌建築知識の『ミステリな建築　建築なミステリ』は十五回の連載を予定通り終了し、全面改稿も済ませましたので、二〇二四年四月頃に同タイトルの単行本として刊行されます。実在した建築に見出す謎から、虚構の建築とそれによって紡がれる謎へ。ある意味、自分の作家生活の集大成といってもいい著作となりました。どうぞご期待下さい。

白井智之

Shirai Tomoyuki

並行世界の自分たちに会える部屋があったとする。そこで別の自分に原稿を写させてもらえば（紙の持ち込みは可とする）何もしないで本が出せるのではないか。自分で書かないのかと言われるかもしれないが別の自分が書いているんだから自分が書いたのと同じである。お前だけずるいと自分に言われたらたまに書いて写させてやればいい。漫画家だったらこうはいかない。小説家で良かった。などと考えていたらあっという間に一年過ぎてましたが来年は光文社で三作目の短編集が出る予定です。今回のテーマは怪物。といってもゆるくモチーフを決めつつ書きたい話を書くといういつものやつです。また朝日新聞出版では『最上階の怪物（仮）』という長編を書いています。ビルの最上階で人が死に、悪党たちが何とかしようとがんばります。こんな話ばかり書いていられる幸せを噛み締めながら来年も精進する所存です。

柄刀一

Tsukato Hajime

一部で予告してある1000枚を超える館モノの大長編は、本誌発行時に執筆のスタートを切れているだろうか。構想での大きな追加内容を思いついて、その調整に知恵を振り絞っているところだ。

当初、三部構成を貫いて最後に現われる謎解きはもちろんできていたので勇んだのだが、そののち、もう一本の巨大な真相の柱を立てられると気がついた。それはこの作品でしかできない仕掛けなので、ここに組み込まないわけにはいかない。成功すれば、作品が何倍もの厚みを増し、カタルシスも大きな響きを持つと思う。その完成形に自ら胸を躍らせ、難儀してはいるが24年はこれに精力を傾けていきたい。〈柄刀版国名シリーズ〉も完結しているし。

その文庫、『或るギリシア棺の謎』の解説を辻真先氏に書いていただけることも望外の喜びで、幸運をしみじみと噛み締めている。

辻真先

Tsuji Masaki

年末のコミケに、書き下ろし長編を同人誌として出展するのは、作家になってはじめてである。題して『迷犬ルパン異世界に還る』。

インタビュー誌はアンド・ナウの会を煩わして、毎年出展していたが本年の9巻に至ってエンドとなる。

フィナーレとあって、表紙は『この世界の片隅に』のこうの史代さんにお願いして、スーパー・ポテトを描いてもらった。片やルパンの表紙は『涼宮ハルヒ』のいとうのいぢさんだから、辻の名前なぞない方が売れそうだ。

さて年明けると旧作の文庫化がつづくが，特筆したいのはスーパー・ポテトの大団円にあたる二冊、『本格・結婚殺人事件』『戯作・誕生殺人事件』が予定されていることだ。そして夏には最新作長編『命みじかし恋せよ乙女　少年明智小五郎』が出ます——出るはずです。

辻村深月

Tsujimura Mizuki

小学館『ＳＴＯＲＹ　ＢＯＸ』で長く連載していた『ファイア・ドーム』を、この欄を書いている今日、書き上げました。来年、刊行できそうです。ある地方都市で起きた誘拐殺人事件によって町が抱えた過去を通じ、「事件」やそれに端を発する「噂」に翻弄される人たちを描くミステリ小説。スノードームを振ると中で雪が舞うように、普段は沈んでいた赤い火の粉がひとたび事件に触れた途端に噂として舞い上がる様子を想像して、タイトルを「ファイア・ドーム」としました。

二〇〇四年にメフィスト賞を受賞してから、早いもので、来年で二十年。『ファイア・ドーム』は、「いつかこんなミステリが書きたい」と願っていた小説になったのではないかと思っています。

また、『ぼくのメジャースプーン』の続編『罪と罰のコンパス』も、講談社の『メフィスト』で引き続き連載中。こちらもどうぞよろしくお願いいたします！

鳥飼否宇

Torikai Hiu

二年間このペンネームでのミステリ小説を刊行しておらず、いわば開店休業中でしたが、まだ暖簾を下ろしたわけではないのであります。そろそろ気合を入れて書こうかな、うん、書こう！　たった今、そう決意したところでございます。来年中に完成させられれば御の字ですが、世の中そんなに甘いものではないことは重々承知しておりまして、果たしてどうなることでしょうねえ。

法月綸太郎

Norizuki Rintaro

二〇二四年の初春にはＭＲＣ（メフィストリーダーズクラブ）の読者参加型謎解き企画をまとめた『推理の時間です』（講談社）が本になります。豪華メンバー六名による挑戦形式の本格アンソロジー。「ジャーロ」（光文社）で連載中の新保博久氏との往復書簡「死体置場で待ち合わせ」の方はいよいよ佳境に入り、ゴールに向けてもう一踏ん張りというところです。書籍化も検討中なので、時期が来たら改めてお知らせします。

本誌が書店に並ぶ頃には、探偵小説研究会の一員として寄稿した『本格ミステリ・エターナル３００』（行舟文化）と『妄想アンソロジー式ミステリガイド』（書肆侃侃房）が出ているはず。さらにＡ・バークリーに関する対話を収録した『はじめて話すけど……　小森収インタビュー集』（創元推理文庫）も発売予定です。共著本ばかりですが、よろしくお願いします。

早坂吝

Hayasaka Yabusaka

やりたいことは無数にあるのに時間がありません。このコーナーを書いているということはもう年末です。恐ろしい。

現実では画像生成ＡＩが話題ですが、早坂現実では探偵ＡＩが頑張っています。ＷＥＢ連載をしていた四作目『ＶＲ浮遊館の謎』（仮）を来年の早い時期に書籍化できればと思っています。また幸いなことに探偵ＡＩシリーズが漫画化されたので、そちらの一巻も発売予定です。

らいち「これだと、まるで私が頑張ってないような書き方じゃない？」

いえ、頑張っていないのは早坂の方。らいち新作も出せるよう、鋭意努力していきます。

あと孤島で大量見立て殺人も企画しています。犯行予告ではなく、ノンシリーズ作品の内容です。『そして誰もいなくなった』系の新しい形を提示できればと思っています。

はやみねかおる
Hayamine Kaoru

2023年は、怪盗クイーンの映画第2弾が決まったりライブをしたり大きな賞をもらったりと、波瀾万丈の一年でした。

2024年は、まず『都会のトム&ソーヤ』の新刊が出ます。あと、『怪盗クイーン』も出ると思います。クイーンの舞台はインドです。原稿としては、『ルーム3　リセットルーム（仮）』と夢水清志郎が登場する『令夢』の第2弾を書く予定です。

しかし、なんといっても大きな仕事は、光村図書出版の令和6年度版小学校国語科用教科用図書「国語 四下 はばたき」に、はやみねの児童向け推理小説――『友情のかべ新聞』が載ることです。教科書にミステリー作品が載るのは初めてとのことで、とても光栄に思います。また、元小学校教師としても、自分の書いたもので子供たちが勉強してくれるのは夢のようです。

東川篤哉
Higashikawa Tokuya

残念ながら二〇二三年は新刊を一冊も出すことができませんでした。が、二〇二四年は幸いにも新刊が三作出せそうです。まずは昨年この欄で予告していたポプラ社作品が『博士はオカルトを信じない』の題名で二月に。次に『新謎解きはディナーのあとで』のパート2が小学館から八月に。そして鯉ヶ窪学園の理事長の娘を主人公にしたシリーズが実業之日本社から秋ごろ刊行予定です。

一方、文庫ですが『もう誘拐なんてしない』が年明け早々に文藝春秋から出ます。新たにエピソードを書き加えた新装完全版となっておりますので、昔読んだことあるよ、という方もあらためてご一読を。それから春には『居酒屋一服亭の四季』が講談社から。そしてペナントレースの真っ只中には『野球が好きすぎて』が実業之日本社から。野球と本格がお好きな方は、ぜひ！

深水黎一郎
Fukami Reiichiro

昨年この欄で書いた緑内障の手術は、何とか無事成功しました。余分な房水を排出するためのチタン製の管を両の眼球に埋め込んだので、どうか今後は眼だけは殴らないで下さい。

今年は一月の『第四の暴力』（光文社）と、十二月の『マルチエンディング・ミステリー』（講談社）と、年始年末に二冊が文庫化されました。

『第四の暴力』には、あの事務所を戯画化したジョイナス事務所なるものが登場します。執筆時は巨大権力に蟷螂の斧で挑むような心境でしたが、今ではとてもできませんね。相手が強くないと揶揄もできません。

後者は『犯人選挙』の文庫化です。『ミステリー・アリーナ』が垂直方向の多重解決だったので、対をなすために水平方向のそれを目指したものなので、今回執筆時のタイトルに戻しました。

さて新作ですが、来年中には必ずお届けします。

方丈貴恵

Hojo Kie

今年は『アミュレット・ホテル』と文庫版『時空旅行者の砂時計』を刊行でき、それ以外にも短編やショートショートを色々と書かせていただきました。

二〇二四年は作家になって五周年を迎えるということで、時の流れのはやさに密かに慄いています。

現在は、幽霊が主人公のノン・シリーズ長編を鋭意執筆中です。これまで私が書いてきた特殊設定クローズド・サークルものとはまた雰囲気の異なる、本格ミステリを目指しています。

それ以外にも、来年は犯罪者御用達ホテルを舞台とした『アミュレット・ホテル』シリーズ続編の中短編も書きはじめたいと考えています。

また、二〇二四年の一月と五月には〈竜泉家の一族〉シリーズの『孤島の来訪者』と『名探偵に甘美なる死を』の文庫版が連続刊行される予定です。

来年もどうぞよろしくお願いします。

深木章子

Miki Akiko

時の流れは早いもので、今年もまた「作家の近況」を書く季節がやってまいりました。

今年は四月に光文社さんより『灰色の家』を刊行し、最低限のノルマを果たすことが出来ました。来年も、可能であれば新作長編を上梓するべく執筆中で、なんとしても頑張らねばと、自分で自分を叱咤激励しています。

といいますのも、私事になりますが、長引くコロナ禍に加え、弱る一方の足腰や近く白寿を迎える母親の介護など、創作活動以前にクリアしなければならない問題が山積みだからで、いまさらながら、生きていくのは楽ではないと実感する毎日です。

そんな私ですが、読書意欲は相変わらず旺盛で、毎晩寝ながら本を読むのが楽しみでなりません。

今後ともどうかよろしくお願いいたします。

水生大海

Mizuki Hiromi

誕生日が十一月のはじめにあるため、毎年、締め切りの時期と重なるこの原稿を書くのが、一年の区切りのような気がしています。

さて今年は、一月の『希望のカケラ　社労士のヒナコ』（文春文庫）にはじまり、六月の『マザー／コンプレックス』（小学館文庫）、十月に『宝の山』（光文社文庫）と、お手に取っていただきやすい文庫を出しました。プレゼント代わりに読んでくださいませ。

来年は、双葉社で書いている短編をまとめる予定でいます。

また、重めの長編も出すべく、以前から資料集めや取材などに取り組んでいて、ようやく形になってきました。一稿目を読んでもらった担当さんからは良い感触を貰いましたが、さて。これも来年には出したいと思っています。

長短、軽重、どれも楽しいですよ。

来年もよろしくお願いします。

三津田信三
Mitsuda Shinzo

今年の新刊は『歩く亡者（ぼうもん） 怪民研に於ける記録と推理』と編著『七人怪談』共に角川書店で、文庫版は『逢魔宿り（あまやどり）』角川ホラー文庫、『そこに無い家に呼ばれる』中公文庫、『忌名（いな）の如き贄（にえ）るもの』講談社文庫でした。「ジャーロ」で連作『妖怪談』の連載も開始しました。

来年の新刊は『七人の鬼ごっこ』に続く『六人の笛吹き鬼』を予定しています。これは「鬼遊び」シリーズとでも名づけましょうか。

また「怪民研」シリーズの長篇『寿ぐ蛇神（仮）』の執筆にも取り掛かる心算です。アイデアの半分は「刀城言耶」シリーズ『蛇神の如き葬るもの』のために考えたネタでしたが、諸般の事情により本作で活かすことにしました。

文庫化は『赫衣（あかごろも）の闇』と『みそそぎ』、二次文庫化は『スラッシャー 廃園の殺人』と『七人の鬼ごっこ』です。

来年もよろしくお願いします。

森川智喜
Morikawa Tomoki

今年二〇二三年、『動くはずのない死体 森川智喜短編集』が光文社から刊行されました。「ジャーロ」誌掲載の「幸せという小鳥たち、希望という鳴き声」「フーダニット・リセプション 名探偵耗島桁郎、虫に食われる」「悪運が来たりて笛を吹く」「動くはずのない死体」と書き下ろしの「ロックトルーム・ブギーマン」を収めた短編集です。

またメフィストリーダーズクラブの企画を書籍化したアンソロジー『黒猫を飼い始めた』（講談社）が刊行されましたが、同書には拙作「犯人当てショートショート キーワードは黒猫」が収録されています。拙作は講談社文芸第三出版部ツイッター（現X）アカウントでも公開されました。

もろもろみなさんの読書ライフの糧になればうれしいです。

よいお年をお迎えください。

米澤穂信
Yonezawa Honobu

こんにちは。米澤穂信です。

今年から横溝正史賞と松本清張賞の選考委員をお任せ頂き、年の前半はその対応に追われていました。一方で、前身のミステリーズ！新人賞から数えれば十年選考に携わってきました創元ミステリ短編賞の選考委員は、ようやく御役御免となりました。選考は大変ですが、私自身得るところも大きい役目でした。新たに請け負った二賞でも、かくありたいと思っています。

年の後半は私事で思うに任せないことがあり、その分だけ予定が滞ったため、執筆作業に特別の体制で臨んで遅れを取り戻そうと試みました。三日間は執筆のみを行い、一日は連絡業務や私事に充て、帯文や解説のお仕事、打ち合わせは極力お断りして、この四日一セットをひたすら繰り返していました。比較的体調も維持できていましたので、悪くないルーチンだったのではと思っています。

広告

CRITICA クリティカ vol.18

探偵小説研究会　編著

特集　国内短編ミステリの百年

〈座談会〉国内短編ミステリの百年を語ろう

市川尚吾×嵩平何×廣澤吉泰×諸岡卓真×横井司

国内短編ミステリ百年の概観

1923～1932/ 江戸川乱歩の登場と探偵文壇の誕生　横井司

1933～1942/ 新世代作家の登場とマルスの足音　横井司

1943～1952/ アジア・太平洋戦争後の豊穣　横井司

1953～1962/ 松本清張・仁木悦子と第三の新人たち　横井司

1963～1972/ 冬の時代の動向と復刊ブーム　嵩平何

1973～1982/『推理小説代表作選集』（一九七四～八三）レビュー　廣澤吉泰

1983～1992/ 新本格の鳴動　嵩平何

1993～2002/ アマチュアの下支え　市川尚吾

2003～2012/ 歴史的大ヒット連作の登場と新たな市場の開拓　嵩平何

2013～2022/ 私的短編ベスト 10　諸岡卓真

解放区

原作と映像の交叉光線

出張版 20/ 愛のピラミッド―『ナイル殺人事件』

千街晶之

「トクマの特選！」の仕掛け人・井田英登氏インタヴュー

取材・千街晶之

頒布価格は 1000 円。
購入方法は以下のとおりです。

【購入方法】
◉『CRITICA』最新号はコミックマーケット、
　文学フリマなどの同人誌即売会で頒布いたします。
◉『CRITICA』各号のバックナンバーは、
　書肆盛林堂で販売中です。
　https://seirindousyobou.cart.fc2.com/
　（1～8、10 号は完売しました）

COLUMN

翻訳ミステリ周辺書2023（同人誌・私家版編）

嵩平何

森咲郭公鳥・森脇晃・kashiba@猟奇の鉄人『Carr Graphic vol.2』はカー作品の鼎談&見取り図本で、代表作を含む一九三五〜三八年分を対象にしている。

ホームズ系の関連書は多かった。タイム・トンネル発行の『シャーロック・ホームズ（日本の学習雑誌）の冒険』は一九五四〜六九年に児童雑誌及びその付録に掲載されたホームズものについて、原作との違いや文章・絵を担当した人物などについて詳細な解説を行っている。資料的価値も高く、続刊も楽しみ！平山雄一『シャーロック・ホームズ研究2』はかつて同人誌などに発表した原稿を纏めたもので、予言詩関係から著者自身によるホームズパロディ的な作品まで、バラエティに富んだ内容が楽しめる。平岡爵誌『シャーロック・ホームズ紫煙の研究　総集編』はホームズの原作&映画版のパイプや煙草について紹介した本。ピーター大佐『SHERLOCK READERS』はドラマ「SHERLOCK」に登場するキャラについて英語文献などを用いて社会的な背景も含め分析した本。

矢澤利弘『ダリオ・アルジェント　ダークグラス徹底解析』は新作の解説本。

黒澤千春編著『少年探偵事件簿』はカッレくんなどのジュブナイルミステリシリーズ五編に関する対談を纏めたもの。伝説のクラシックレビュー誌「ROM」特集の「Re-ClaM」9号も嬉しい。

平山雄一訳『英国犯罪実話集2』はA・K・グリーンやル・キューなども執筆している犯罪実話の選集で、ミステリの背景を知る副読本としても大変有用。

最後にホラー&SF系も紹介しよう。

三門優祐・小野純一編『アーカム・ハウスの本』は伝説の怪奇小説出版社の細目付き刊行目録に邦訳情報を追加した貴重な書誌だ。三門優祐訳『アーカム・サンプラー書評集』はアーカム・ハウス発行雑誌に掲載されていた書評の厳選版。R・ブロックとA・ダーレスの書評が翻訳されている。

末谷おと編・弾青娥訳『怪奇作家はダンセイニ卿を語る　H・P・ラヴクラフト書簡集』はダンセイニ専門家が書簡から関係部分を選り抜き翻訳した一冊。

田中すけきよ編『黒い背の本棚』角川ホラー文庫のカバー集&書誌本。〇四年一月頃まで異装版カバーや細目まで収録された大変貴重な資料。国内物中心だが、ホラー関連書としてここで触れる。

『奇書が読みたいアライさんの変な本ガイド』、Kazuouによる『奇想小説ブックガイド』『テーマ別バラエティブックガイド』、未来の文学全レビューがある「カモガワGブックス」Vol.3、ブッツァーティ邦訳短編全レビュー掲載の昏月鯉影編『Buttered-Fly』などもレビュー本として読み応えあり。『僕らを育てたSFのすごい人　南山宏編』は「SFマガジン」の二代目編集長を務めた森優へのインタビュー本。このような証言を残してくれるのは本当に有難い。

2023
海外本格ミステリランキング

1 恐るべき太陽

ミシェル・ビュッシ
平岡 敦 訳
集英社文庫 ［得票点数：125］

2 厳冬之棺（げんとうのひつぎ）

孫 沁文
阿井幸作 訳
ハヤカワ・ミステリ文庫 ［得票点数：120］

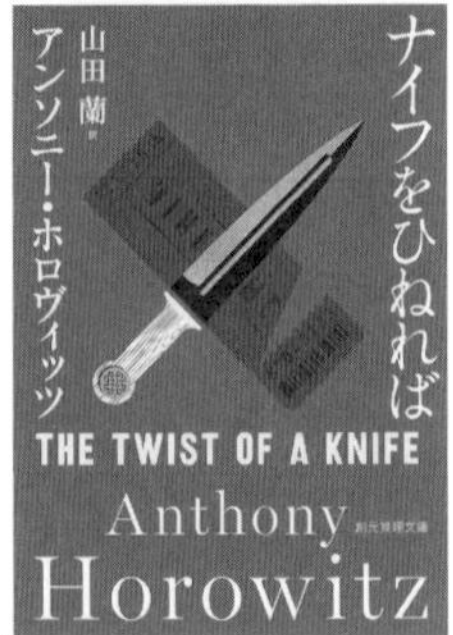

3 ナイフをひねれば

アンソニー・ホロヴィッツ
山田 蘭 訳
創元推理文庫 ［得票点数：112］

4 禁じられた館

ミシェル・エルベール＆ウジェーヌ・ヴィル
小林 晋 訳　扶桑社文庫［得票点数：90］

5 卒業生には向かない真実

ホリー・ジャクソン　服部京子 訳
創元推理文庫［得票点数：69］

6 グレイラットの殺人

M・W・クレイヴン　東野さやか 訳
ハヤカワ・ミステリ文庫［得票点数：63］

7 アリス連続殺人

ギジェルモ・マルティネス　和泉圭亮 訳
扶桑社文庫［得票点数：44］

8 ガラスの橋

ロバート・アーサー　小林 晋 訳
扶桑社文庫［得票点数：40］

9 8つの完璧な殺人

ピーター・スワンソン　務台夏子 訳
創元推理文庫［得票点数：39］

10 ファラデー家の殺人

マージェリー・アリンガム　渕上瘦平 訳
論創社［得票点数：38］

2023

海外本格ミステリ・ランキング総評

極端なトリッキーさを特徴とする作品が、今年度のツー・トップとなった。『恐るべき太陽』は、アガサ・クリスティーの有名作品を踏まえつつも、さらにその先へと行こうとする意欲作で、いかにもフランス・ミステリらしい趣向が得票につながったものか。わずか5ポイント差で二位に甘んじた『厳冬之棺』は、華文ミステリ界における〈密室の王〉が、呪いを背景に据えた連続密室殺人を描いた初長編。奇抜なアイデアの連続には瞠目させられる。

呪いの伝説と密室トリックの組み合わせという趣向は、フランス・ミステリのクラシック『禁じられた館』にも共通し、本格ミステリに期待するものが那辺にあるかをうかがわせよう。クラシック枠では他に、懐かしのロバート・アーサー自選傑作集『ガラスの橋』と、マージェリー・アリンガム『ファラデー家の殺人』（旧題『手をやく捜査網』待望の完訳）がランクイン。いずれもトリック趣味が著しい。

名探偵が体現するヒーロー性が支持されたと思われるのが、『ナイフをひねれば』と『卒業生には向かない真実』、『グレイラットの殺人』だろうか。『卒業生……』は、いわゆる本格ミステリの定型を外しているだけに、第五位に滑り込んだのは健闘であると同時に、キャラクター退場への餞(はなむけ)の意味もあるのかもしれない。

年度内に二作訳されたピーター・スワンソンは、クリスティー・フォロワー作で、ミステリ・マニアの心をくすぐる『8つの完璧な殺人』がランクイン。十数年ぶりにシリーズ第二作が訳された『アリス連続殺人』は、ブランクをものともせず、第七位に滑り込んだ。同作はまた、アルゼンチン作家のイギリス趣味が炸裂しており、やはりマニア心をくすぐる。『恐るべき太陽』がクリスティー・フォロワー作だったことを思えば、やはり今年度もイギリス強しといえようか。（横井）

恐るべき太陽

ミシェル・ビュッシ　平岡敦 訳

集英社文庫　二〇二三年五月　一六五〇円（本体）［長編］
カバーデザイン／目﨑羽衣（テラエンジン）

この見立て趣向から連想されるのはいうまでもなく『そして誰もいなくなった』だ

『黒い睡蓮』でブレイクした現代フランス・ミステリの雄、ミシェル・ビュッシの最新作は、アガサ・クリスティーの有名長編を踏まえ、文明からは孤絶してこそいないものの、舞台を島に限定したミステリだ。

南太平洋のフランス領ポリネシア。その一部をなすマルケサス諸島のヒバオア島にあるペンション《恐るべき太陽》荘。ベストセラー小説家ピエール＝イヴ・フランソワ（通称ＰＹＦ）が指導する五日間の創作アトリエ（小説教室）に応募して当選した五人のフランス人女性は、二つの課題を与えられる。課題1は《海に流すわたしの瓶》と題して、見たこと感じたことを直截的に書くこと、課題2は〈死ぬまでにわたしがしたいのは……〉という書き出しでその続きを書くこと。ところが、課題を提示したＰＹＦは、優れたミステリの冒頭は殺人ではなく失踪であると述べた後、本人自身が失踪してしまう。当初はＰＹＦが創作課題に題材を与えるためだと思っていた参加者たちも、その事件を皮切りに一人、また一人と殺害されていくに及び、真剣にならざるを得なくなっていくのだが……。

物語は基本的に、各参加者が遺した課題の手記によって進行していくが、そこに、参加者の夫と、別の参加者の娘の、それぞれ一人称で語られる章が挿入される（この二人が探偵役となって行なう掛け合いが楽しい）。ペンション周辺には被害者の個性や属性を特徴づける彫像（ティキ）が置かれており、この見立て趣向から連想されるのはいうまでもなく『そして誰もいなくなった』だ。第一部では一人称の書き手が『アクロイド殺し』に言及し、自分は嘘をついていないと宣言する。しかし、後にはそれを否定するかのような証拠が見つかるに及び、読者は混迷の淵に置かれる。作品のフレーズや構成のすべてに罠が仕掛けられ、語り／騙りのトリックを見事に決めてみせた、たくらみに満ちた一編だ。（横井）

厳冬之棺(げんとうのひつぎ)

孫沁文　阿井幸作 訳

ハヤカワ・ミステリ文庫　二〇二三年九月　一一四〇円（本体）［長編］

カバーイラスト／緒賀岳志　カバーデザイン／早川書房デザイン室

広くミステリ世界の共通財産を駆使して遊ぶ愉しさに満ちている

上海郊外の湖畔、富豪の陸(ルー)一族が暮らす屋敷で当主の陸仁(ルー・レン)が殺された。その死体は二日にわたって入り口が完全に水没し、誰も出入りが不可能だった半地下の密閉された貯蔵庫の中に横たわっていた。しかも現場の傍らには嬰児の臍の緒が。奇怪な密室殺人の捜査には、特異な事件に強い刑事・梁良(リャン・リャン)が当たることになる。一方、屋敷に下宿している新人声優・鐘可(ジョン・クゥ)は陸家のオタク息子・陸哲南(ルー・ジャーナン)から、この殺人が死んだ嬰児に人を襲わせる呪術〝嬰呪(えいじゅ)〟によるものだと聞かされる。やがて発生する新たな密室殺人。恐怖に苛まれ、仕事にも深刻な支障を来している鐘可を自作のアニメ化の主演に大抜擢した天才漫画家・安縝(アン・ジェン)は、彼女の憂いを晴らすため自分が陸家に乗り込み、事件を解決しようと宣言する――。

古い因習にとらわれた旧家の息子が典型的なキモオタやオネエ言葉のメイクアップ・アーティストであったり、殺伐とした不可能犯罪がおどろおどろしい民間伝承に彩られ、そこに乗り込んでくるのが大都会の最先端、サブカル業界人であったりと、二〇一八年作の本書は異種文化の奇妙な混淆によって成立する。それは欧米の論理エンターテインメントからガラパゴス的進化を遂げた日本の新本格ミステリを、さらに資本主義的発展を遂げた社会主義国において受け継いだ華文ミステリという異形のありようを体現するものだ。特異な能力によって警察の捜査に協力しながら、自身の裡に闇を抱える探偵役の造形や、自作の別キャラのみならず他の作家の生み出した探偵にまで等価に言及するシェアードワールド的作法など、広くミステリ世界の共通財産を駆使して遊ぶ愉しさに満ちている。

密室殺人の連べ打ちをひどく即物的に、しかし趣向を凝らして解いていく展開もさることながら、なぜ〝嬰呪〟なのかに二重の意味が隠されているホワイダニットが鮮やか。（笹川）

ナイフをひねれば

アンソニー・ホロヴィッツ　山田 蘭 訳

創元推理文庫　二〇二三年九月　一一〇〇円（本体）［長編］

カバーイラスト／Will Staehle　カバーデザイン／Will Staehle／中村聡

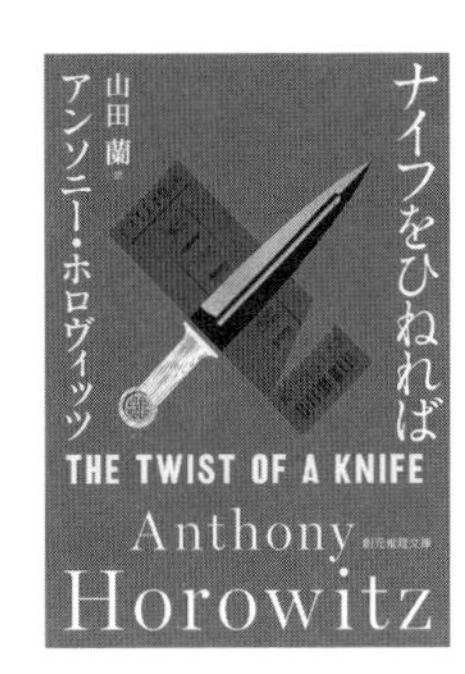

なぜ罪を着せられたのかが明らかになるとき引っ繰り返る底意地の悪さがお見事

作家ホロヴィッツは、探偵ホーソーンが手がけた事件を本にするというパートナーシップを今度こそ解消しようとしていた。自身まで巻き込まれた死との対峙、人物像の掘り下げが探偵当人によって妨げられる不満、そして何よりもホーソーンという他人の為でなく自分自身の為に物語を書きたかったのだ。折から長年の夢であった自作戯曲のロンドン公演が実現し、勇んで初日に駆けつけたホロヴィッツはしかし、劇評家の悪意に満ちた酷評にスタッフ・キャスト共々失意のどん底に。しかも翌日その劇評家が殺され、現場で発見された凶器はホロヴィッツのものだった。かねて遺恨のある刑事によって逮捕され、完全に犯人扱いされる彼は心ならずもホーソーンに助けを求めるが、次々と不利な証拠が挙がっていく中、ついにホロヴィッツは逃亡者に――。

これまではあくまで傍観者として事件に巻き込まれてきた語り手ホロヴィッツは、シリーズ四作目となる本書においてとうとう自身が事件の当事者となった。他人の為でなく自分の為に物語を書きたいというテーゼが、自身を絶体絶命の容疑者に陥れることによって探偵の捜査に同行する記録者＝傍観者ではなく、自分の為に探偵を使役するという構図にスライドするあたり、このシリーズが繰り返してきた作家のテーマ性志向の欲求に対するメタ的な皮肉が利いている。

逃亡サスペンスの要素を孕みながらも、展開はひたすら関係者を回って話を聴いていくという直線的な構成で、積み上げていく過去の因縁と不利な証拠の数々は、終幕に至るまで全体の関係性を明らかにされない。その過程で、客観的であるべき語り手が無自覚に交えてしまう主観の中に伏線が仕込まれているというお馴染みの手つきは今回、語り手＝当事者であるが故に一層必然性を持つ。その当事者としての切迫感が、なぜ罪を着せられたのかが明らかになるとき引っ繰り返る底意地の悪さがお見事。（笹川）

禁じられた館

ミシェル・エルベール&ウジェーヌ・ヴィル

小林晋 訳

扶桑社文庫　二〇二三年三月　一二〇〇円（本体）［長編］
カバーデザイン／田中久子　カバーイラスト／いとう瞳

フランス・ミステリ史の捉え方自体が変更を余儀なくされるかも知れない問題作

日本初邦訳作家の小説がベストテンにランクインしたことは今までにもあったが、ミシェル・エルベール&ウジェーヌ・ヴィルなる作家の名前を知っていたというひとはマニアでも皆無に近い筈だ。訳者の解説によると、フランス本国のミステリ作家事典にすら項目がない、経歴不詳の幻の作家なのだ（コンビでの作品が三冊、エルベール単独での作品が数冊あるという）。『禁じられた館』は、二人の合作としては一冊目にあたる。

過去の住人たちに不幸な出来事が起きたせいで買い手がつかなかったマルシュノワール館に、豪胆な食品会社社長ナポレオン・ヴェルディナージュが使用人たちとともに引っ越してきたが、社長のもとに脅迫状が立て続けに届く。そして雨の夜、謎の人物の来訪とともに惨劇が発生し、犯人は逃げ道がない筈の館から忽然と消え失せた。通報を受けて、予審判事・検事代理・警視らがマルシュノワール館にやってきて捜査を行う。ところが、彼らが真犯人として指名した人物はみな別々だったのだ。そこに私立探偵まで首を突っ込み、推理競争はますます混戦状態に……。

本書のメインとなるのは不可能犯罪の解明とフーダニットだが、それに加えて多重解決の要素と、登場人物のうち誰が本当の名探偵なのかという興味まで用意されている。多重解決ミステリの古典としては一九二五年刊のロナルド・ノックス『陸橋殺人事件』や一九二九年刊のアントニイ・バークリー『毒入りチョコレート事件』があるが、一九三二年刊の本書には、果たしてそれらの先例からの影響が存在したのだろうか？　そのあたりは不明ながら、英米型のロジカルな本格の収穫が乏しいフランスにおいて、しかも戦前に、これほど推理の要素を重視した本格が書かれていたことは意外としか言いようがない。フランス・ミステリ史の捉え方自体が変更を余儀なくされるかも知れない問題作だ。（千街）

卒業生には向かない真実

ホリー・ジャクソン　服部京子 訳

創元推理文庫　二〇二三年七月　一五〇〇円（本体）［長編］

カバーデザイン／大岡喜直(next door design)　カバー写真／Karl Hendon/Getty Images

予想外の展開に、シリーズ読者は頭をぶん殴られたような衝撃を受けるにちがいない

当ムック「本格ミステリ・ベスト10」の読者にはお馴染み、と紹介していいだろう、SNSを駆使する女子高生ピッパ・フィッツ＝アモービ（通称ピップ）が名探偵役を務める三部作シリーズがついに完結！　著者ホリー・ジャクソンのデビュー作でもある第一弾『自由研究には向かない殺人』は当ムック二〇二二年版の海外部門で第二位に輝き、続く『優等生は探偵に向かない』は二〇二三年版の同部門で第七位にランクインした実績がある。――しかし、ピップの活躍を未読の向きにまず注意を促さないといけないのは、この三部作が完全に〝ひと続きのお話〟だということ。いずれもけっこうな分厚さの文庫本だが、三冊そろえて上・中・下巻だと覚悟して読み出すのが正解だ。その「覚悟」は、きっと貴重な読書体験として報われるはずである。

大学入学を間近に控えた十八歳のピップに忍び寄る、ストーカーらしき影。その悪意ある人物に特徴的な接近行動は、なんと六年前に解決済みの連続殺人事件の犯人DT（ダクトテープ）キラーと酷似していた。まさか、逮捕収監されている青年はじつは無実で、なりをひそめていた真犯人がふたたび動き出したのだろうか……？

三部作完結編『卒業生には向かない真実』は、前半の「第一部」と後半の「第二部」から成る。そしてこの二部構成のつなぎ目で起こる予想外の展開に、シリーズ読者は頭をぶん殴られたような衝撃を受けるにちがいない。もう詳しくは言えないが、「第二部」は新たに発生した殺人事件について犯人の側から隠蔽工作の一部始終を描き、それを追及する側との対決の行方を追う、まぎれもない倒叙ミステリ形式が採られているのですよ。

正義感に駆られ、「目的が手段を正当化する」とでも言いたげなヒロイン、ピップの選択と行動に、当然ながら読者の賛否は分かれるだろう。とにもかくにも、この三部作を通じ、異例のヒロイン像が造り上げられた印象だ。（佳多山）

海外本格ミステリ 2023 MY BEST 5

全アンケート回答

青崎有吾　作家

1. ガラスの橋　ロバート・アーサー
2. 死と奇術師　トム・ミード
3. 死体狂躁曲　パミラ・ブランチ
4. グッゲンハイムの謎　ロビン・スティーヴンス&シヴォーン・ダウド
5. ファラデー家の殺人　マージェリー・アリンガム

力技の物理トリックと小粋な短編に往復ビンタされ、どちらの作風も大変面白いので困ってしまった①が優勝。カー風味の密室ものでいえば②がたまらない、新たなクラシカル・ミステリの書き手を歓迎したい。③はブラックユーモア溢れるドタバタ劇、隣家で前科者たちがシェアハウスしているという設定の勝利。刊行までの過程も含めて注目したい④は、前作同等のクオリティを維持。⑤意外な犯人に驚かされた。「クリスティが唯一書かなかった奇手」との評も納得です。

秋好亮平　探偵小説研究会

1. 恐るべき太陽　ミシェル・ビュッシ
2. 恐ろしく奇妙な夜　ジョエル・タウンズリー・ロジャーズ
3. 君のために鐘は鳴る　王元
4. 厳冬之棺　孫沁文
5. アリス連続殺人　ギジェルモ・マルティネス

①はシンプルな着想を結晶化させる騙りの魔術に脱帽。②もまた『赤い右手』がフロックでなかったことを示すように騙りの技巧が冴えわたっている。クローズドサークルものをアップデートしてみせた③は、まさに「二十一世紀の『十角館』」という評がふさわしい。④は大胆な密室の解もさることながら、意外とWhoやWhyのほうに真価があると見た。衒学趣味の横溢した⑤にはまず懐旧の情を催し、同時に、古くて新しいテーマへの挑戦とその達成に快哉を叫んだ。

亜駆良人 畸人郷

1 ガラスの橋 ロバート・アーサー
2 ナイフをひねれば アンソニー・ホロヴィッツ
3 吸血鬼の仮面 ポール・アルテ
4 帝国の亡霊、そして殺人 ヴァシーム・カーン
5 密室の魔術師 H・H・ホームズ

標題作が著名な著者の短編集がようやく刊行された。1のタイトル作品を初めて読んだ頃のことを思い出す。刊行を素直に喜びたい。2は流石の出来栄えで、以前に連続してベスト作品を輩出した作者の力量を見せつけた。3の作者はマニア心をくすぐる手法を完全に心得ている。その術中にはまっているのだが、それでも心地よい。4は最後に全員を集めて犯人を指摘するところなど、内容や形式はまさに本格ものである。

阿津川辰海 小説家

1 恐るべき太陽 ミシェル・ビュッシ
2 ナイフをひねれば アンソニー・ホロヴィッツ
3 忘却の河 蔡駿
4 ケンブリッジ大学の途切れた原稿の謎 ジル・ペイトン・ウォルシュ
5 ファラデー家の殺人 マージェリー・アリンガム

1、クリスティーオマージュの中に他のどこでも見たことがない凝った仕掛けが炸裂する。フランス・ミステリ、恐るべし。2、イギリス演劇界の様子も窺える充実した一作。3、ホラーサスペンスではあるが、真犯人の正体はかなり意外。4、イギリス作家らしい意地悪な筆致に、伏線もしっかり。5、六興キャンドル『手をやく捜査網』の完訳版。「偶然」こうなった作品は後年にも多いが、自分からこの構図を目指した作品は今でも稀有か。『処刑台広場の女』『アリス連続殺人』も心に残った。

稲羽白菟 作家

1 知能犯の時空トリック 紫金陳
2 8つの完璧な殺人 ピーター・スワンソン
3 グレイラットの殺人 M・W・クレイヴン
4 厳冬之棺 孫沁文
5 幽霊ホテルからの手紙 蔡駿

本年、上位三作は甲乙が付けがたかった。愛想のない題名ながら、極上級にサスペンスフルでドラマチックな【知能犯】、ミステリへのオマージュと企みに溢れた【8つ】、隙なく面白い人気シリーズ【グレイラット】。今年随一「本格スピリッツ」を感じたのは【厳冬】。【幽霊ホテル】はミステリを用いて「実存と幽霊」を描いた文学作品として堪能。選外ながら『君のために鐘は鳴る』(王元)も奇妙な一人称で「実存と幽霊」を描いた新しいスタイルの文学としてここに紹介したい。

臼井二郎 全日本ミステリ連合関係者

1 ガラスの橋 ロバート・アーサー
2 ナイフをひねれば アンソニー・ホロヴィッツ
3 恐るべき太陽 ミシェル・ビュッシ
4 グッゲンハイムの謎 ロビン・スティーヴンス&シヴォーン・ダウド
5 厳冬之棺 孫沁文

1、極めて高品質のミステリ集です。表題作はよく知られていますが、その他の作品もトリックや趣向に満ちている。2、ことと謎解きのシンプルな切れ味においてはシリーズ中でも上位にあるのではないでしょうか。3、騙されました。綱渡りのような仕掛けですが、ここまでされたら挙げざるを得ない。4、前作のシンプルさとはまた違った方向性ながら色々とアイデアを盛り込んだ佳品となっています。5、力業なトリックが釣瓶打ちされる。笑ってしまったのでこっちの負けです。

宇田川拓也　ときわ書房本店

1 厳冬之棺　孫沁文
2 ナイフをひねれば　アンソニー・ホロヴィッツ
3 恐るべき太陽　ミシェル・ビュッシ
4 知能犯の時空トリック　紫金陳
5 死と奇術師　トム・ミード

全体の整いや謎解きの精度で選ぶなら、2がトップだろう。けれど1の魅力的な舞台設定と剛腕な仕掛けに、より心が躍った。読んでいる間、新本格に夢中だった中学生の自分に戻ってしまった。3はクリスティを踏まえたうえで凝らされた周到な企みと騙りの巧さが光る仏ミステリ。4は個性的な仕掛けで完全犯罪を目論む犯罪者と名刑事の頭脳戦が繰り広げられる、社会派本格推理。そして5はオールドスタイルならではの魅力と解決編の袋綴じが愉しい愛すべき長編。こうした遊びは大歓迎だ。

大矢博子　書評家

1 卒業生には向かない真実　ホリー・ジャクソン
2 恐るべき太陽　ミシェル・ビュッシ
3 グレイラットの殺人　M・W・クレイヴン
4 危険な蒸気船オリエント号　C・A・ラーマー
5 孤島の十人　グレッチェン・マクニール

いやあ、今年はもう『卒業生には向かない真実』に尽きる。三部作完結編として、前作・前々作に仕込まれた緻密な伏線が最後にこんなに効いてくるとは。この衝撃の展開はアリかナシかで、とにかく誰かと語りたくなる作品だった。2・4・5位はすべてクリスティーオマージュ。つまり作家でカウントすれば1位はクリスティってことか？

大山誠一郎　作家

1 厳冬之棺　孫沁文
2 禁じられた館　ミシェル・エルベール&ウジェーヌ・ヴィル
3 ナイフをひねれば　アンソニー・ホロヴィッツ
4 恐るべき太陽　ミシェル・ビュッシ
5 ハンティング・タイム　ジェフリー・ディーヴァー

選んだ五作すべて、何らかの意味で「過剰」な作品となった。1は奇想天外な密室トリックが三つも並ぶ過剰さ。2は一つの密室殺人に対し幾人もの探偵によるいくつもの推理が出される過剰さ。3はウェルメイドな謎解きだが、作中のホロヴィッツが逮捕されるという自虐芸の過剰さ。4は日本の本格も顔負けの大胆な仕掛けと、小説としての魅力の完璧な融合ぶりの過剰さ。5は大きな設定から小さな場面まで、あらゆるものを引っくり返す過剰さ。それぞれの過剰さに大満足。

佳多山大地　探偵小説研究会

1 禁じられた館　ミシェル・エルベール&ウジェーヌ・ヴィル
2 卒業生には向かない真実　ホリー・ジャクソン
3 恐るべき太陽　ミシェル・ビュッシ
4 君のために鐘は鳴る　王元
5 恐ろしく奇妙な夜　ジョエル・タウンズリー・ロジャーズ

昨年（二〇二三年版）、九年ぶりに海外座談会に出席しました。一回だけの代打のつもりでしたが、引き続き打席が回ってくることに。各作品についての独断と偏見は、そちらで申し述べているはずです。

――さて。今年に入ってから、ブラウン神父物の第一集の新訳本をふたつ読む機会を得ました。二〇一二年刊行のちくま文庫版と、二〇一六年刊行のハヤカワ文庫版と。若いミステリファンには、伝統ある創元推理文庫版もいいけれど、ちくま文庫版を一番にオススメすべきかな。

金沢ミステリ倶楽部 ミステリ同好会

1 厳冬之棺 孫沁文
2 ナイフをひねれば アンソニー・ホロヴィッツ
3 グレイラットの殺人 M・W・クレイヴン
4 禁じられた館 ミシェル・エルベール&ウジェーヌ・ヴィル
5 卒業生には向かない真実 ホリー・ジャクソン

①3種類の密室トリックがさく裂。こんなガチ本格、大好物。②作者自ら殺人容疑のかかるスリリングな展開。パーティと大団円がまさにクリスティ。③ポーとティリーの最高コンビ。テーマは操り。④災いが所有者に降りかかる曰くつきの館での連続殺人と人間消失。仏ミステリクラシック。⑤賛否両論のシリーズ最終巻。この衝撃は歴史に残る。他にも『死と奇術師』『君のために鐘はなる』『恐るべき太陽』『処刑台広場の女』『トゥルー・クライム・ストーリー』などがよかった。

川出正樹 ミステリ書評家

1 恐るべき太陽 ミシェル・ビュッシ
2 グレイラットの殺人 M・W・クレイヴン
3 8つの完璧な殺人 ピーター・スワンソン
4 謎解きはビリヤニとともに アジェイ・チョウドゥリー
5 56日間 キャサリン・ライアン・ハワード

クリスティーの傑作二作に大胆かつフェアな手法で挑戦し新たな地平を切り拓いた騙りの天才の1。意外性でジェフリー・ディーヴァーに肉薄し謎解きミステリの練度で彼を凌ぐ2。ミステリ愛を前面に押し出した企みに満ちた〝死の罠〟の3。ウェイターに身をやつした元インド警察警部がロンドンのインド人社会の闇に迫る折り目正しい謎解きものの4。読後二読三読必死の意外性と緊張感に満ちた超絶技巧極限密室劇の5。

川辺純可 福ミス作家

1 あなたを想う花 ヴァレリー・ペラン
2 嘘と聖域 ロバート・ベイリー
3 知能犯の時空トリック 紫金陳
4 帝国の亡霊、そして殺人 ヴァシーム・カーン
5 死と奇術師 トム・ミード

①「本に惹かれるのは人に惹かれるのと似ている」。今期、最愛のミステリ。翻訳もよい。②新シリーズ始動に感謝。良本。③今年、やたらと人にお薦めした本。④インドものにハズレなし。『チョプラ警部』もいい。⑤密室！挑戦状！袋とじ！⑥次点。『空軍輸送部隊の殺人』こういうお話をもっと読みたい。⑦『だからダスティンは死んだ』。『8つの……』よりこっち。⑧『ナイフをひねれば』もはや、殿堂入り。
来年も素晴らしい本に出会えますように。よいお年を！

京都大学 推理小説研究会

1 卒業生には向かない真実 ホリー・ジャクソン
2 厳冬之棺 孫沁文
3 謎解きはビリヤニとともに アジェイ・チョウドゥリー
4 グッゲンハイムの謎 ロビン・スティーヴンス&シヴォーン・ダウド
5 君のために鐘は鳴る 王元

1、圧巻の幕切れにこの上ない拍手を。2、描かれる構図の美しさ、それが物理トリックの醍醐味だろう。3、彼は謎を解いた後、きっとビリヤニを食べただろう。4、謎に向かう少年の視線は、常に真摯で、まっすぐで、そして切実である。5、本格ミステリはどうなっていくのだろうか。

黒田 明　ルパン同好会

1. 吸血鬼の仮面　ポール・アルテ
2. アガサ・レーズンと毒入りジャム　M・C・ビートン
3. すり替えられた誘拐　D・M・ディヴァイン
4. 英国古典推理小説集　佐々木徹(編)
5. 赤屋敷殺人事件　A・A・ミルン

吸血鬼伝説、幽霊騒動、密室殺人。アルテが得意とするモダンホラーテイストの手法が遺憾なく発揮された「吸血鬼の仮面」は読み応え満点。文句なしの傑作だったので海外部門第一位に挙げました。

ビートンの〈アガサ・レーズン〉シリーズ新刊邦訳は、村祭りを成功させるための努力が死亡事件の発生で裏目に出てしまうというユーモアとペーソスに満ちた内容で今作も安定の面白さ。来年一月には長編第二十作の邦訳発売が決まっているらしく、そちらも待ち遠しいです。

慶應義塾大学　推理小説同好会

1. 卒業生には向かない真実　ホリー・ジャクソン
2. ナイフをひねれば　アンソニー・ホロヴィッツ
3. インヴェンション・オブ・サウンド　チャック・パラニューク
4. 靴に棲む老婆［新訳版］　エラリー・クイーン
5. 頬に哀しみを刻め　S・A・コスビー

1位は「卒業生には向かない真実」。シリーズ三作目にしてこの結末かと驚かされたが、主人公の成長を感じられる物語だった。2位はホロヴィッツ作品。さすがの安定感である。3位は「ファイトクラブ」作者の『インヴェンション・オブ・サウンド』。ファイトクラブを彷彿とさせる、悪夢めいた暴力的な作品だ。日本で新刊が出るのは久しぶりである。4位、古典ミステリの新訳版。やはりクイーンの論理はすばらしい。5位は『頬に哀しみを刻め』。父親たちによる復讐劇には心を揺さぶられた。

坂木 司　作家

1. 詐欺師はもう嘘をつかない　テス・シャープ
2. その罪は描けない　S・J・ローザン
3. グッゲンハイムの謎　ロビン・スティーヴンス&シヴォーン・ダウド

番外. 暗殺者たちに口紅を　ディアナ・レイバーン

今年は「生きるための物語」が豊作だったように思う。中でも1はそれが際立っていた。まずは読んで欲しい。『さよなら、シリアルキラー』が好きな人には特におすすめ。

2は家族という強い繋がりに潜む闇から、違う繋がりへと人を導く物語。お茶は何杯でも注がれ、言葉のない会話がある。

3は文化や人種の違いで起こるひずみが謎の中心。子供達のまっすぐな視線が心地よい。

番外はとにかく楽しい一冊。新谷かおるの『砂の薔薇』が好きならぜひ！

佐賀ミステリファンクラブ　ミステリ同好会

1. 厳冬之棺　孫沁文
2. 禁じられた館　ミシェル・エルベール&ウジェーヌ・ヴィル
3. すり替えられた誘拐　D・M・ディヴァイン
4. ナイフをひねれば　アンソニー・ホロヴィッツ
5. グッゲンハイムの謎　ロビン・スティーブンス&シヴォーン・ダウド

1は、密室ものに、まだ新しい可能性があると示した作品。独創性と力業がタッグを組んだ、直球の本格ミステリ。2は、曲者揃いの仏産ミステリの中にあって、風格さえ感じる館もので、非常に楽しく読めた。3は、ディヴァインの未訳最後の作品で、往年の輝きに満ちている。4では、ホーソーンの過去も少し垣間見えた。次回作も期待大。5は、手堅く組み立てられた謎解きと、少年少女らの爽やかな成長譚が融合した、良質なジュブナイル。

沢田安史
SRの会

1 処刑台広場の女 マーティン・エドワーズ
2 禁じられた館 ミシェル・エルベール&ウジェーヌ・ヴィル
3 哀惜 アン・クリーヴス
4 卒業生には向かない真実 ホリー・ジャクソン
5 アリス連続殺人 ギジェルモ・マルティネス

今回は、色々な意味で衝撃的な作品が多かった。ホロヴィッツ『ナイフをひねれば』も秀作なのだが、ここに選んだ作品の衝撃度と比べれば、ちょっと薄いと感じてしまう。

ほかに、『英国古典推理小説集』が、セレクションの良さで印象に残った。

シャカミス
社会人ミステリ研究会

1 トゥルー・クライム・ストーリー ジョセフ・ノックス
2 恐るべき太陽 ミシェル・ビュッシ
3 盗作小説 ジーン・ハンフ・コレリッツ
4 厳冬之棺 孫沁文
5 アリス連続殺人 ギジェルモ・マルティネス

海外作品も例年以上の激戦。①は流行の手法を取り入れ、強烈なツイストと不穏な幕切れを演出することに成功した。②は騙りの達人の真骨頂。ビュッシマジックをご堪能あれ。ある作品の盗作を指摘する匿名の手紙から、思いもよらぬ方向へ話が転がる③、衒いのない巨大な謎と強烈なツイストが魅力的な④、ルイス・キャロルの喪われた日記をめぐる謎が魅力的な⑤と、多種多様な作品が登場した一年だった。次点は『卒業生には向かない真実』と『君のために鐘は鳴る』

杉江松恋
評論家

1 哀惜 アン・クリーヴス
2 渇きの地 クリス・ハマー
3 恐るべき太陽 ミシェル・ビュッシ
4 8つの完璧な殺人 ピーター・スワンソン
5 厳冬之棺 孫沁文

1は現代最高峰のフーダニット作家が新たに手掛けたシリーズ第一作、2は手がかり呈示と共に推理をしていく楽しさが存分に味わえる佳作である。奇想を味わうという意味では3が素晴らしかったし、この作品をミュッソ『人生は小説』と置き換えることも可である。4はミステリー・マニアに大きな共感を呼ぶ作品だが、ある古典名作のプロットを大胆に換骨奪胎しようとした、その挑戦心を評価した。5は新鋭枠で、アイデアをたくさん詰め込みたいという稚気には心を打たれるものがある。

成城大学
ミステリークラブ

1 厳冬之棺 孫沁文
2 哀惜 アン・クリーヴス
3 ガーンズバック変換 陸秋槎
4 薬屋の秘密 サラ・ペナー
5 ナイフをひねれば アンソニー・ホロヴィッツ

『厳冬之棺』が圧倒的。息もつかせぬ密室トリックの出来が素晴らしい。『ガーンズバック変換』はSFとしての設定、用語が語り口と身近なサブカル知識を取り込むことでするりと入ってくる。

千街晶之　探偵小説研究会

1 アリス連続殺人　ギジェルモ・マルティネス
2 禁じられた館　ミシェル・エルベール&ウジェーヌ・ヴィル
3 恐るべき太陽　ミシェル・ビュッシ
4 処刑台広場の女　マーティン・エドワーズ
5 トゥルー・クライム・ストーリー　ジョセフ・ノックス

『処刑台広場の女』と『トゥルー・クライム・ストーリー』は他のベストテンでは一位と二位に選んだが、「本格」を基準にするならこの位置に。何を一位にするかで悩んだが、過去の偉人をキャンセルカルチャーで裁き得るかというホットな話題と本格ミステリならではの知的遊戯とを融合させた『アリス連続殺人』を暫定一位に。『禁じられた館』は近年邦訳された古典ミステリでは屈指の面白さ。次点は孫沁文『厳冬之棺』。全体的な完成度はともかく、トリックのインパクトは無敵。

棚野　遙　日本暗号協会

1 卒業生には向かない真実　ホリー・ジャクソン
2 処刑台広場の女　マーティン・エドワーズ
3 ナイフをひねれば　アンソニー・ホロヴィッツ
4 死と奇術師　トム・ミード
5 すり替えられた誘拐　D・M・ディヴァイン

鉄腕アトムのアニメーションが放送されて、60年の時が流れた。アトムの様に優れたＡＩは心を持つようになり、人間が心を失っていく。いまだ戦争が、悲劇が絶えることはない。手塚さんは何を思うだろう。アトムはまだ人間を友達と云ってくれるだろうか。ロマンの火は燃えているか。

東京大学　新月お茶の会

1 厳冬之棺　孫沁文
2 ナイフをひねれば　アンソニー・ホロヴィッツ
3 トゥルー・クライム・ストーリー　ジョセフ・ノックス
4 卒業生には向かない真実　ホリー・ジャクソン
5 処刑台広場の女　マーティン・エドワーズ

①わくわくする密室の連続に作者の本格愛が窺える。本格らしさを追求した傑作華文ミステリ。②事件の切ない幕引きが印象的なシリーズ第四作。シリーズ随一の緊迫感。③点と点が線になるとき、信頼できない構図の奥に潜む意外すぎる真相が姿を現す。現代海外ミステリにおける「本格」の新展開。④三部作最終作は巧妙に配置された伏線があまりに衝撃的な展開へと繋がってゆく傑作だ。⑤レイチェルを巡る謎に主人公も読者も振り回され、様々な謎を残しながら物語は進む。

法月綸太郎　探偵小説研究会

1 アリス連続殺人　ギジェルモ・マルティネス
2 ファラデー家の殺人　マージェリー・アリンガム
3 愛の終わりは家庭から　コリン・ワトソン
4 禁じられた館　ミシェル・エルベール&ウジェーヌ・ヴィル
5 グレイラットの殺人　M・W・クレイヴン

1はもっとメタな方向へ行くのかと思ったら、きっちり本格として落とし前を付けてくれたので好感度が上がった。脱兎のごときラストも鮮やか。2はアリンガム入門に最適の一冊だと思う。3は前作『ロンリーハート・4122』以上にオフビート感が増して、ミニマルアートの奇妙なオブジェみたいになってきた。4はノックスやバークリーのフランス版みたいな作りだが、探偵小説批判に向かわないのがお国柄か？　5は対テロ戦争時代の「折れた剣」と言うべきアグレッシブな作品。

波多野 健 探偵小説研究会

1 すり替えられた誘拐 D・M・ディヴァイン
2 夜に啼く森 リサ・ガードナー
3 吸血鬼の仮面 ポール・アルテ
4 56日間 キャサリン・ライアン・ハワード
5 禁じられた館 ミシェル・エルベール&ウジェーヌ・ヴィル

ディヴァインの未訳だった最後の長編も秀逸で、謎解きと共にサスペンスが冴える。ガードナーは『棺の女』続編という切り口が作品に厚みをもたらし、秘密の抜け穴まで動員されても気にならない。アルテは今回も何でもありだが、本格読者の呼吸がよくわかっているので、本を投げ出さずに済む。『56日間』は海外コロナ物の白眉。『禁じられた館』黄金期フランス本格には未紹介の金脈とまで行かなくても銀脈くらいならまだまだありそう。次点に岩波文庫『英国古典推理小説集』

松井ゆかり 書評ライター

1 厳冬之棺 孫沁文
2 グレイラットの殺人 M・W・クレイヴン
3 禁じられた館 ミシェル・エルベール&ウジェーヌ・ヴィル
4 恐るべき太陽 ミシェル・ビュッシ
5 8つの完璧な殺人 ピーター・スワンソン

いまだに「本格ミステリとは何か」が理解しきれていない身には、海外作品の投票は国内作品以上に難しいものがある。
1 そんな自分でも「これは本格」と言い切れる、密室の連打。
2 海外シリーズで最も楽しみにしている。推さざるを得ない。
3 未翻訳作品にも目を光らせておかねばと楽しみが増えた。
4 めまぐるしく切りかわる語りの記述に違和感を忍ばせ、それでも読者に見抜かせないとは。
5 名作古典のネタばらしが難だが、それを差し引いても読みごたえ抜群。

三津田信三 作家

1 ナイフをひねれば アンソニー・ホロヴィッツ
2 知能犯の時空トリック 紫金陳
3 厳冬之棺 孫沁文
4 恐るべき太陽 ミシェル・ビュッシ
5 アバドンの水晶 ドロシー・ボワーズ

1 退屈になりがちな容疑者たちへの聞き込みが面白く、犯人捜しの本格ミステリとして出来が良い。2 倒叙物でありながらもハウダニットの興味がある。リーダビリティも相変わらず素晴らしい。3 おまけも含めた四つの密室トリックが面白い。特に水密室の不可能状況とトリックが圧巻である。4 この仕掛けで長篇を書いたことを讃えたい。5 何が起きているのか少しも分からない展開が魅力的で、そのうえ非常に大胆な伏線も張られている。この伏線にはやられた。

三橋 曉 コラムニスト

1 56日間 キャサリン・ライアン・ハワード
2 幽霊ホテルからの手紙 蔡駿
3 禁じられた館 ミシェル・エルベール&ウジェーヌ・ヴィル
4 グレイラットの殺人 M・W・クレイヴン
5 人生は小説 ギヨーム・ミュッソ

近刊予告が出たり消えたりして、竹書房にハラハラドキドキさせられた蔡駿だが、そんな『忘却の河』を追い抜くように2が出たのは、嬉しかった。こういう作品を書ける人なら、どしどし翻訳紹介してほしいものだ。しかし、なんといっても謎なのは1。こんな優れたミステリを書く作家が、日本の読者に注目されないなんて。数年前に創元から出た『遭難信号』も多くの読者にスルーされたし、本作の評判もほとんど耳にしない。これぞ、アップデートされた現代本格だと思うぞ。

森 英俊
ミステリ評論・翻訳家

1. **ガラスの橋** ロバート・アーサー
2. **ケンブリッジ大学の途切れた原稿の謎** ジル・ペイトン・ウォルシュ
3. **死体狂躁曲** パミラ・ブランチ
4. **フランケンシュタインの工場** エドワード・D・ホック
5. **謎解きはビリヤニとともに** アジェイ・チョウドゥリー

本年度は短編集が充実しており、なかでもきわめつけなのが『ガラスの橋』。表題作（消失物の大傑作！）読みたさに、古本屋で探偵雑誌を漁った時代が懐かしい。二位と三位は、英国ミステリの魅力がたっぷり詰まった新旧作品（読むべし！）。好みの分かれそうなホックの長編は、『そして誰もいなくなった』オマージュの極北的怪作。意外な拾い物が『謎解きはビリヤニとともに』で、英印をまたにかけ、過去と現在の事件の交錯するプロットが秀逸。

森村 進
法哲学者

1. **ファラデー家の殺人** マージェリー・アリンガム
2. **恐るべき太陽** ミシェル・ビュッシ
3. **禁じられた館** ミシェル・エルベール&ウジェーヌ・ヴィル
4. **死と奇術師** トム・ミード
5. **恐ろしく奇妙な夜** ジョエル・タウンズリー・ロジャーズ

1　アリンガムには「今は亡き豚野郎の事件」以外、本格ミステリの傑作がないと思っていたが、本作は例外。犯人は時々あるパターンだが、これが元祖なのか。

2　叙述トリックの種は尽きまじ。

34　それぞれ〈フランスのカー〉〈イギリスのアルテ〉とも言うべき作風。

5　パルプ小説的な文体と派手な設定だが、中身はしっかりとした本格ミステリ。

番外としてノックスの「トゥルー・クライム・ストーリー」

山崎秀雄
ミステリライター

1. **ナイフをひねれば** アンソニー・ホロヴィッツ
2. **8つの完璧な殺人** ピーター・スワンソン
3. **だからダスティンは死んだ** ピーター・スワンソン
4. **ファラデー家の殺人** マージェリー・アリンガム
5. **ウィンダム図書館の奇妙な事件** ジル・ペイトン・ウォルシュ

一位のホロヴィッツ作品は。やはり今年も、と思いながら評価したもの。探偵と作家の対話という、彼のこのシリーズであるからこそ使える手法だと思うが、それにしてもよくぞ思いついた設定だと肝心させられる。そしてそれ以下を考えていた時、何気なく心に残っている作品を並べ上げていった結果、同じ作家のものを書いていることに後になって気づいた。スワンソン、語り口が自分に合ったのか、それとも共に優れた作品であるから選ばれたのかは不明だが、どちらか一冊を選ぼうとしたがそれもできず両作挙げさせてもらった。四位のアリンガム作品は、この出版社特有の大過去作品の一つである。大過去作品ではあるのだが、50年代生まれの私にとっては、推理小説の読み始めが小6の頃であることを考えると、40年代前後は言えばホンのふた昔少し前の作品。さほどの違和感もなく読めるのも当然か思うときもある。

横井 司
探偵小説研究会

1. **トゥルー・クライム・ストーリー** ジョセフ・ノックス
2. **木曜殺人クラブ 二度死んだ男** リチャード・オスマン
3. **グレイラットの殺人** M・W・クレイヴン
4. **恐るべき太陽** ミシェル・ビュッシ
5. **アリス連続殺人** ギジェルモ・マルティネス

上位三作品はイギリスの現代ミステリから。〈木曜殺人クラブ〉シリーズは『逸れた銃弾』もいいが、本格目線ならこちら。イギリス勢で固めたかったが、『恐るべき太陽』の語り／騙りの趣向は見逃せないし、『アリス連続殺人』はキャロリアンとニコラス・ブレイク好きには最上の贈り物だった。

本邦初訳のクラシックでは、『アバドンの水晶』『愛の終わりは家庭から』『すり替えられた誘拐』が印象に残った。

「海外本格」座談会

現代イギリス・ミステリ褒貶――キャラクター、トリック、フォロワーたち

佳多山大地 × 笹川吉晴 × 横井 司

ピップ・シリーズ完結編

横井◆ 例年クラシックから取り上げてましたが、今年は現代ミステリの方に話題作が多いので、クラシックの方は流れで補足的にふれられればと思います。今年のコンテンポラリー、現代ミステリではやはりイギリス勢が非常に強かったという印象が個人的にはあります。ですからイギリス勢から話しましょうか。

ホリー・ジャクソンのピップ・シリーズがついに完結しましたが、『卒業生には向かない真実』はいわゆる謎解きのフーダニットではなかったですね。

佳多山◆ 今年の現代もので、いちばん驚いたのはこの作品です。二部構成の後半部に入ると突然、倒叙ミステリに様変わりする！ 犯人側の証拠の回収に不備があることに気づけましたし、あとから捜査側はそのことを犯人に質している。推理の面白さが、きっちりありました。

横井◆ 前半部で死体現象について調べていたことが、後半部で活かされるという伏線の妙もありましたね。

佳多山◆ ピップ・シリーズは、全三冊を通して異例のヒロイン像が造り上げられた印象です。まるで〈目的が手段を正当化する〉とでも考えているヒロインに対し、当然、賛否両論あるでしょう。

笹川◆ 前二作から主人公の独善には非常に危ういところがありましたが、それがテーマだと思っていたんですよ。ところが今回のあとがきで、それが作者にとっては個人的な体験に根差した、揺るぎのない感情的〈正義〉なんだと分かって啞然としました。後半の展開自体には、そうくるかと膝を打ちましたけど、この迷いの無さは気持ち悪いというか恐ろしいです。あと、このシリーズはミステリとして評価されているのがあまり納得できない。ミステリとしてはかなり単純ですよね。単にキャラ人気なんじゃないの、と思います。

佳多山◆ キャラクターでいえば、ピップの友達の兄貴である若い警官が、三冊いずれもレッドヘリング（おあつらえ向きの容疑者）として泳いでいる。こんなに色々な容疑で、ヒロインの周囲を泳ぎ続けるレッドヘリングはあまり記憶にない。

笹川◆ そこなんか、単に主人公がバカなんじゃないかと。

エスピオナージュなクレイヴン

佳多山◆ 目的が手段を正当化する、というとM・W・クレイヴンの『グレイラットの殺人』に出てくる黒幕の人物も、そういう考え方をしていましたね。

笹川◆ こちらは対個人ではなく、もっとデカいものを相手にしているのでやむを得ないよなあ、と贔屓します。主人公はじめキャラの書き方がすごくこなれてきて、重い事件に対して情やユーモアがほどよくまぶされている。本格味という点で言うと、散らばした伏線を次第に連鎖させていき話の構造をひっくり返す、あるいは少し画面を引くともう少し大きい別の画があったみたいな展開が巧いと思いました。殺人事件と国際謀略が付かず離れずで、フーダニットがホワットダニットに内包されているというか、謀略ものを本格テイストで描くとこうなるんじゃないか、と。ラットの置物の意味がわかった時は、何年ぶりだろうというくらい本当に声が出ちゃいました。

佳多山◆ とにかくリーダビリティーは抜群で、あきれるほど面白い。これは個人的に最大級の褒め言葉になりますが……僕はワシントン・ポーという人物に、アンディ・ダルジール警視に迫るくらいの好感を抱きつつあります。

笹川◆ ポーっていかにも頑固で偏屈なようでいて、周りは全部女性キャラなんですよね。しかも男女の関係に陥ることなく、ごく自然にパートナーシップ、フレンドシップを結んでいるのがいいなと思います。

ノックスとオスマン

横井◆ 今年のイギリスミステリは、古典的なものと、ちょっと見には本格には見えないものとに分かれた気がします。ジョセフ・ノックスもそうだしリチャード・オスマンなんかもそう。個人的にはノックスが一番面白かったんですけど、謎解き自体を取り出すと古臭くて凡庸なんだけど、書き方が面白いから新しく見えるというパターンの典型だと思うんですよ。去年の『ボビーのためにできること』に似ていて一見読みにくそうなのに、リーダビリティーが高い。

佳多山◆ ノックスの『トゥルー・クライム・ストーリー』は、ひと言でいえば、現代イギリス版の「藪の中」ですね。芥川龍之介の「藪の中」的な構成にメタフィクションの面白味を加えて、登場人物の枠を作品の外側にまで広げている。最後はどこまでを真実として確定していいのか判断がつかないという、ずいぶんと読者に預けた部分が大きい小説でした。いっそ、最後に殺される女性作家の霊を霊媒師が降ろして、真相をしゃべらせればよかったんですよ(笑)。

横井◆ 木曜殺人クラブ・シリーズは二作訳されましたが《特攻野郎Aチーム》をやりたかったというのが第二作からはっきりしてきて、謎解きもちゃんとしてて面白い。キャラクターも立ってます。

笹川◆ これは去年も言ったのかなあ。国際謀略的なものなり国防、安全保障、諜報的なものが絡んでくる話が、ここしばらくのイギリスものには多いような気がします。それがイギリスっぽい感じがしますね。

横井◆ 『二度死んだ男』は確かにそうですね。国際謀略系っぽいんだけど、日常に落としてくる感じ。そういうところが上手いのは伝統の力でしょうか。

アン・クリーヴスと社会的弱者

横井◆ より伝統的な作風のアン・クリーヴスは、シリーズ完結作と新シリーズと二冊、訳されました。シェトランド・シリーズの最終作『炎の爪痕』はいかがでしたか。

佳多山◆ 焦点は動機探しでしたね。善良そうな子守の女性が、なぜ殺されたのかが問題になってくる。パズラーとしての出来は緻密とはいえませんし、最後に某社会問題を紋切り型の〝××は連鎖する〟で説明してしまうところにがっかりしました。結局その紋切り型に収まることで、社会派的なメッセージ性も弱まっている。ともあれ、ほとんど馴染みのなかったシェトランド諸島を舞台にした風俗小説としての面白さはシリーズを通して堪能できました。

笹川◆ クリーヴスの美点は、細密な情景描写や人物・心理描写にいかにさりげなく伏線を紛れ込ますかだと思うんですが、今回それがすごく弱い。話の焦点が事件というより、主人公と上司の女性との恋愛の行方にあって、その二人の感情のやり取りがミステリ的な面白さに寄与するわけでもない。小さい島ならではの謎という設定も活かされていないし。あと、死んだ恋人の遺児に対する扱いがおざなりすぎて、ドラマとしても雑ですよ。

横井◆ ミステリとしては、被害者を小屋に吊るす理由が、ミステリの面白さで解決されないのが難ですかね。

『炎の爪痕』に出てくる学習障害児への関心は、次作にもそのまま出てくるのが興味深いですね。新シリーズ『哀惜』はダウン症の娘たちが絡む事件でした。

笹川◆ 事件自体は真相の予想がついてしまう、どちらかというと易しいものですが、そこに主人公のパートナーや両親への想いを絡めてちょっと捻るという。ミステリとしては弱いんですが、被害者がなぜダウン症児に優しくしていたかという理由にはホロッときました。

横井◆ 設定的には二重生活者の謎。二重生活者がなぜそうしているのかという、エラリー・クイーンの『中途の家』みたいな謎がメインだと持って読めば、そこそこ読めるかなと。ゲイのパートナーが警察社会に自然に受け入れられているのが一番すごいなと思った。

社会的弱者で思い出すのが、シヴォーン・ダウド原案の『グッゲンハイムの謎』ですね。これも学習障害の少年が名探偵という設定です。

佳多山◆ 亡きシヴォーン・ダウドが、タイトルのみ発表していた続編。だからストーリーは、続編を請け負ったロビン・スティーヴンスがほぼゼロから仕立てた労作です。借り物である、登場人物の少年少女の成長を爽やかに描いてみせた手腕は大したものだと思いました。ただ、美術館から絵が盗まれるだけなので謎は小粒ですし、ややストーリー展開が起伏に欠けた印象は否めません。

笹川◆ 逆に、言い方悪いですけど、事件はこの程度でもいいんじゃないかなって。いくら天才とは言え、子供が異郷の地で探偵を、となるとね。もちろん、ハッタリやケレン味があればより面白いけど、地味なぶん、丁寧にキャラクターが描けたとも言えるんじゃないかな。

今年のホロヴィッツ

横井◆　これらに対して、日本の本格ファンにも受けそうな、伝統的な作品はホロヴィッツだろうという気がします。ただ今回の『ナイフをひねれば』は、ホーソーンのキャラクターを追っかけるのが読者に対する釣りのひとつになってるから、事件自体はそんなに面白い感じはしなかったんだけど。

笹川◆　構成はすごい単純でしたよね。手がかりを追って、話を聞いて回るだけという。それにびっくりしました。

佳多山◆　タイムリミット・サスペンスの要素を加味しているところに工夫がありますね。

横井◆　それに演劇ミステリのパターンを加えて、最後にクリスティーみたいに「名探偵皆を集めて」をやるというふうに、典型的な本格の型を使っているところがありましたね。作中のホロヴィッツに対する直接証拠が残っていた件の謎解きはちょっと面白かった。

笹川◆　僕もあそこはおッと思いました。これが伏線だったのか、という今までの面白さのパターンとはちょっと違って、一発のひっくり返しに面白さのポイントがあるという。

佳多山◆　僕はホロヴィッツのことがあまり好きではないと昨年公言しましたが、この作品にはちょっと好感を持ってます。でも、現実に公開されたクリストファー・ノーラン監督の『テネット』に出演するとかしないとかの話題が、まだ誰も殺されないうちに交わされるでしょう？　あれが犯人探しのヒントとして大きすぎるので、作者の意図はどこにあるのか首をひねります。

笹川◆　どこまでが単なるリアリティづけで、どこまでが伏線なのか、わからない。作中で上演された演劇も、現実とはキャストや興行の展開などに齟齬もありますしね。

ディヴァインとコリン・ワトスン

横井◆　ディヴァインの『すり替えられた誘拐』は本格でしょうか。普通に読んでいったら自然にわかるみたいな書き方でしょう。

佳多山◆　偽装誘拐と、その流れで発生する殺人事件と。その主犯探しのフーダニットとしては不満が残りますが、主犯の動機の絶妙のねじれ方、異常心理が説得的です。主犯が誰か判明して以降はサスペンスが急加速して、ものすごく読ませます。

横井◆　あそこはキャラクターを出しつつサスペンスを成立させつつ動機も納得させる。今回登場人物がやたら多いけどあまり混乱せずに読める。素直に読んでいったら素直に事件の裏がわかって、素直に犯人の動機も納得できる書き方をしている。これは意外とできそうでできないことかなと、すごいなと思いました。

佳多山◆　全長編十三作につけた読書録を見返してみたところ、現代教養文庫から出ていた四冊の秀作に加え、創元推理文庫から出た九作のうち自分がワンツー評価する二冊（『悪魔はすぐそこに』と『そして医師も死す』）は、発表の早いものから六作目までだった事実にびっくりしました。ヴァン・ダインの勝手な言い草である〝本格長編六作限界説〟に当てはまる人じゃないかと（笑）。

横井◆ ディヴァインの一年前に出たのがコリン・ワトソンの『愛の終わりは家庭から』です。

笹川◆ いいんですよね、コリン・ワトソン。スモールタウンもののブラック・コメディ・ミステリ。展開もかなりシンプルで、あまり枝葉もないけれど、出てくる奇人変人の行動の中にちゃんとヒントが紛れているというのが巧いと思うんです。単なるドタバタに見えたものが実はトリックの本筋を左右していたり、とか。あと、謎の手紙は本当は何だったのかという、あれは冴えてると思いましたね。

横井◆ あれは冴えてましたね、確かに。それも、奇人変人たちを描いていたからこそ、なわけじゃないですか。そこはやっぱり上手いと思いました。

現代作家の古典嗜好

佳多山◆ 現代の作家が書いたものですけれど、探偵小説のいわゆる黄金時代を背景にしている『処刑台広場の女』と『死と奇術師』の話に移りますか。

横井◆ 『処刑台』は本格でした？

佳多山◆ あの『探偵小説の黄金時代』の作者が書いた小説で、期待は大きかったのですが……一九三〇年代のイギリスはロンドンを舞台にした、アメコミ風のダークヒロイン誕生の物語ですね（笑）。ヒロインの正体をめぐる仕掛けはあるんですが、それは読んでるうちに察しがつく。本格ものというより、サスペンスたっぷりの悪人狩りの冒険活劇でした。

横井◆ ディクスン・カー風の『死と奇術師』は、個人的にはあまり好きな小説ではありません。アルテがイギリスに引っ越して書いたような小説だなと思いました。

佳多山◆ 『死と奇術師』で厭なのは、エレベーター係の少年をアリバイ工作に巻き込む必然性が全くない点です。単にエレベーターを使った殺人トリックを描きたいがために少年を殺して、後味の悪さがありました。それに、あえて古い時代を背景にしたうえで何か今日的なテーマがあるのかというと、僕には見つけられなかった。

笹川◆ 率直にいうと、袋とじを開くのに別にワクワクしなかった。黄金期のパスティーシュに捻りが入ってるんじゃなくて、そのまんまなのががっかりでしたね。その意気や良し、程度かな。

横井◆ カーだったらもっと物語を膨らましたと思うんですよ。結局ホックみたいに、短編は上手いんだけど長編は、みたいな人だったのかなあ。

佳多山◆ 『死と奇術師』は、第一の被害者である精神科医の館に、事件当夜、いたずらに人を集めすぎでした。それと比較すれば、たった一人の謎の人物の出入りだけで長編を支えている『禁じられた館』は潔くてカッコいい。一九三〇年代のフランスに、こんなコンビ作家がいたなんて知らなかったですし、まず発掘者の小林晋さんに拍手を送りたい。

フランス本格の方へ

笹川◆ 『禁じられた館』はシンプルな謎を一発でひっくり返すじゃないです

か。そのシンプルさに感動しましたね。

佳多山◆　印象として「似てる」と連想したのは、クリスチアナ・ブランドの『疑惑の霧』です。どちらも、ものすごく単純な目くらましで、殺人犯は家に出入りしている。ブランドの円熟の作と匹敵する面白さ、と評価したいです。それに、抜け穴をめぐる推理で警察の鼻面を引きずり回す私立探偵のキャラクターもいいじゃないですか。

横井◆　なぜ禁じられた館にしたいのか、の謎解きがなくて、ハウダニットの興味一本槍でいってるから、三〇年代の小説は、そういうものなのかなという気はしましたけどね。

笹川◆　現代ミステリの多くがドラマを入れようとして出来てないから、だったら、むしろこういうのでいいじゃないか、というのはあります。骨格だけの作品でもなくて、結構ディテールは面白いじゃないですか。複雑な構成のものに慣れてると、かえってこういうシンプルなものが盲点だったりしますしね。

横井◆　骨格だけで、謎解き一本槍で、ハウダニットにこだわるというのは、いかにもフランスの古い本格だなあという感じがしますけど、現代本格のアルテはいかがでしたか。

笹川◆　『吸血鬼の仮面』は、事件の構図全体が最後で一気にひっくり返るのが凄いんですけど、そこまでに全く魅力がないんですよ。外国の貴族が村にやってきて以来怪事件が連続し、吸血鬼だという噂が——という吸血鬼ものとしても、その中で起こる密室殺人ものとしてもきわめて紋切り型なんですよね。吸血鬼ネタのミステリとしてあまりにも普通で、他と比べて読むべきところが特にない。

佳多山◆　ロンドンで発生した密室殺人事件の蝶番（ちょうつがい）まわりのトリックは、なんべん読んでもよくわからなかったことだけ告白しておきます。

叙述ミステリいろいろ

横井◆　フランスつながりで、ビュッシの『恐るべき太陽』にいきましょう。

佳多山◆　本のカバー裏に「叙述ミステリーの巨匠」と紹介されている（笑）。叙述トリックの仕掛けがあることは前提だというわけです。瀬戸川猛資さんなら「フランス風小手先芸」と揶揄するでしょうし、構成の妙だけで出来上がったような小説ですけれど、すっかり騙された身としては何を言おうが負け惜しみ。こんなふうに犯人を隠す方法もあるのかと感心しました。

横井◆　作中でもクリスティーの『アクロイド殺し』にはふれてましたから、それを前提に書いてるぞと言っておいて、なるほどねと思わせる騙し方は、うまかったなあと。微妙な作品なのでこれ以上語れないんだけど、ビュッシはなかなか立派ですね。

　今年は叙述系が多くてですね、ピーター・スワンソンも両方とも叙述系のネタといえます。『8つの完璧な殺人』は昔書店サイトに発表した完全殺人ベスト8を彷彿させるような事件が今頃になって連続して起こるという話。犯人は意外なんだけど、ちょっとミステリ・マニアが遊びながら書いているようなところがあります。『だからダスティンは死んだ』の方はむしろサイコミステリーに近くて、これは騙し方がうまかったですね。

だから本格として読むとしたら『ダスティン』のほうがいいかなあって気がします。

　アメリカ作家では他にマクニールの『孤島の十人』がありますが、ヤングアダルト系なのはいいとして、クリスティーまんまだとしか言いようがない作品でした。やはりアメリカ作家ブラックの『狐には向かない職業』は大人向けなんですか。

笹川◆　だと思うんですけどね。ミステリとしては基本的なんですよ。よくあるような動物村で殺人事件が起きました、なんだけどその動物ならではの何かが取り立ててあるわけじゃないんです。人間でも通用する話。動物村での事件でも、単にコージーミステリの登場人物の名前が動物になってるだけでも変わらない。そこが逆に、ミステリの登場人物って単なる記号じゃないかというのを浮き彫りにしてる感があって、ちょっと面白いんですよ。

アジアの本格

横井◆　アジアにいきましょう。まず金車・島田荘司推理小説賞受賞作の『君のために鐘は鳴る』。

佳多山◆　作者の王元は中華系マレーシア人の女性。なので、マレーシアならではの特色が出ていることを期待したんですが、デジタル・デトックスを目的にした人が孤島に集まる話で、国柄はあまり関係なかったような（苦笑）。語り手のミステリ作家は、なぜか他の人に気づいてもらえない幽霊のような存在で、最後に明かされるその正体に驚かされました。正体がアレだったのに、痛々しいまでの人間味を感じられるのが面白い。

横井◆　マレーシアだと、国のイメージがよく摑めないんですが、Wikipedia を見ると、IT先進国政策を進めていてインフラ設備がすごい発達しているようですね。「海のシルクロード」と呼ばれる多民族国家であるとも書いてある。そういうあたりはよく出ている気がしますね。

佳多山◆　実際ものすごく先鋭的な話なのに、孤島で起こる殺人事件の不可能性を煽るような語り手の調子は江戸川乱歩の小説にあらわれる語り手とよく似た働きをしていて、なんだか一周回った気がしました。

横井◆　設定が、第一回受賞作の『虚擬街頭漂流記』に近いようなところがあって、アジアの人は意外とクールなんだなあという気がすごくします。そのクールさはなんだか不思議で、欧米の作家ならもうちょっと人間性というか、対人間的なものを出してくると思うんですよね。

笹川◆　密室殺人に古来の呪術が絡む『厳冬之棺』は、どろっどろの民俗モティーフでしたよ。キャラ描写は都会的というかあっさり風味ですけど。なぜ嬰児の呪いを殺人のモチーフにするのか、というところがひと捻りあって面白いんですが、漫画家の探偵と声優のワトスン役のキャラ造形や、殺伐とした密室殺人の連べ打ちなど、新本格の影響を受けながらさらに無国籍化した現代中国本格という感じでしたね。

横井◆　いかにも現代中国という感じの風俗描写もあって、そこらへんは王元と対照的な感じはしますよね。

佳多山◆　先祖代々、男の子しか生まれないという陸（ルー）家の不思議は、いわゆる一人っ子政策に対する批判とも受け取れるような。あのおどろおどろしい設定は、意外と社会派なのかもしれません。

セルダム教授ふたたび

横井◆　英米以外の作品ではアルゼンチンの作家ギジェルモ・マルティネスの『アリス連続殺人』が注目されます。『オックスフォード連続殺人』の続編で、そちらの翻訳が出たのは二〇〇六年ですから十七年ぶりということになりますが、これが、遺族によって破り捨てられたルイス・キャロルの日記の内容がわかる紙片が見つかるという話です。例によって連続殺人ものへの捻りがあるだけではなく、名探偵が関与する問題をフィーチャーしているのが読みどころでしょうか。あと、今回はニコラス・ブレイクの小説へのリスペクトもうかがえて、今年のイギリス・ミステリ隆盛にピッタリと当てはまるのも驚きでした。

短編集――ロジャーズとアーサー

佳多山◆　J・T・ロジャーズの中短編集『恐ろしく奇妙な夜』でいちばん面白かったのは、本邦初訳の「わたしはふたつの死に憑かれ」でした。十七歳のときに湖畔で起きた殺人事件を大人になってから振り返る話なんですけれど、これがトマス・H・クック風で、ものすごく雰囲気がいい。でも、J・T・ロジャーズぽくはないから、この作品がいちばんお気に入りの自分は、やっぱりこの作家と肌が合わないのだと思います（笑）。

笹川◆　変なものを書く作家なんだっていう先入観があったんですけど、収録作は意外と普通だなと、びっくりしました。

佳多山◆　そうですか？　巻頭に置かれた「人形は死を告げる」なんか、ずいぶん変だったと思いますけど。

笹川◆　ぼくは、あれくらいだと普通だって感じちゃうんですよ。だから一番面白かったのは、表題作の侵略SFだったりするんですよね。もちろん、ミステリも普通に面白いんだけど。

横井◆　ロバート・アーサーの自選傑作集『ガラスの橋』はいかがでしたか。

笹川◆　そっちも本格味よりは、ユーモアなり、人情ものなりの面白さでした。

佳多山◆　やっぱりアーサーは、「ガラスの橋」と「五十一番目の密室」の人というイメージがある。いわゆるバカミスが得意のように思っていましたが、この一冊を読んでみると「マニング氏の金の木」とか「非情な男」とか、どちらかというとシリアスな路線で、最後に哀愁や温か味を感じさせる短編のほうが出来がいい。じつはこっちに本領があった人なのか、と印象が変わりました。

笹川◆　作家性をある程度持った職人作家、という感じで、こういう確かな腕のある作家は、存在自体が清々しいというか心強いというか。

横井◆　アメリカの六〇年代というのは、そういう作家が多かったわけだから。

笹川◆　豊穣だったんだなあと思いますよね、あらためて。逆にいっぱい出過ぎて、日本では今あんまり残ってないというか読めないけど、こういう作家たちって大事だよねと、とても思いますね。

ホックの長編

笹川◆ それで思い出したのが『フランケンシュタイン』+『そして誰もいなくなった』と謳われている、ホックの『フランケンシュタインの工場』。《コンピュータ検察局》の最終作で、冷凍保存していた死者を甦らそうとしている研究所で連続殺人が起きるんですが、甦って人を襲う死者というのが単なる賑やかしや背景でなく、プロットにも推理にもちゃんと絡んでくるんですね。一九七五年の作で、特殊設定というよりは当時勃興期にあったモダンホラー的なジャンルミックスのSFミステリです。職人監督がB級映画かTVムービーにしたら、シャープな佳作に仕上がりそう。

フーダニットに字数はいらない

佳多山◆ 最近、海外の現代ものは、どんどん本が分厚くなっていませんか?

横井◆ 向こうで分厚いのが一時流行ってたけど、それが継続してるということじゃないかと思うんですけどね。それで出すのはあれですけど、ジル・ペイトン・ウォルシュくらいの長さだと、ホッとしますね。お話自体はドロシー・L・セイヤーズ以来の学園ものと、たいして変わらないと思うんだけど。

佳多山◆ トム・ミードは、あれくらいの厚みだった点は良かったですよ。

笹川◆ 長くしなくたって、書けるものはあるんですよね。逆に、こんなに長くする意味ないじゃん、というのも結構ある。ジル・ペイトン・ウォルシュの『ウィンダダム図書館の奇妙な事件』なんか、犯人自体は途中で割れちゃいますよね。そこからさらに事件の外枠を追求していくという、ちょっと変な構成なんですけど読ませる。あれを読むと、フーダニットってそんなに字数費やさなくてもできるんじゃないかなと思いますよ。フーダニットが別にミステリの華ってわけでもないんだよな、とも感じちゃう。

横井◆ フーダニットとハウダニットは字数はいらないんだけども、読者がキャラクターに興味があるから、人間として書き込むことになって、どんどん増えてくわけでしょう。ペイトン・ウォルシュは別ですが、キャラクター描写ができない作家だったら、ほんとに短くなっちゃうというだけのことじゃないかという気がします。やっぱりキャラクターを自然に書き込んで欲しいなっていう気は、最近ことにありますな。

笹川◆ そこが、上手にできる人がなかなかいないんですよねえ。

横井◆ ディヴァインは上手だったなあという。あれくらいの長さでフーダニットもキャラクターも満足させるんだから、たいしたもんですよね。

(二〇二二年一〇月二九日　オンライン)

海外本格リスト（2022.11.1～2023.10.31）

【クラシック1】
アーサー・J・リース『叫びの穴』（1919）オーストラリア→イギリス、論創海外ミステリ　＊グラント・コルウィン＃1
A・E・W・メイスン『オパールの囚人』（1928）イギリス、論創海外ミステリ（完訳）＊アノー警部＃3
マージェリー・アリンガム『ファラデー家の殺人』（1931）イギリス、論創海外ミステリ（完訳）＊アルバート・キャンピオン＃4
ミシェル・エルベール&ウジェーヌ・ヴィル『禁じられた館』（1932）フランス、扶桑社ミステリー
オーエン・デイヴィス『九番目の招待客』（1932）アメリカ、国書刊行会　＊戯曲
ジョージェット・ヘイヤー『やかましい遺産争族』（1937）イギリス、論創海外ミステリ　＊ハナサイド警視＃3
H・C・ベイリー『ブラックランド、ホワイトランド』（1937）イギリス、論創海外ミステリ　＊レジナルド・フォーチュン＃2
ドロシー・ボワーズ『アバドンの水晶』（1941）イギリス、論創海外ミステリ　＊ダン・パードウ警部＃4
マックス・アフォード『暗闇の梟』（1942）オーストラリア、論創海外ミステリ　＊ジェフリー・ブラックバーン＃4

【クラシック2】第二次世界大戦後
クリスチアナ・ブランド『濃霧は危険』（1949）イギリス、国書刊行会　＊ジュヴナイル
パミラ・ブランチ『死体狂躁曲』（1951）イギリス、国書刊行会
ピエール・ヴェリー『サインはヒバリ――パリの少年探偵団』（1960）フランス、論創海外ミステリ　＊ジュヴナイル
ベルトン・コッブ『善意の代償』（1962）イギリス、論創海外ミステリ　＊チェビオット・バーマン警部＃28
ロバート・アーサー『ロバート・アーサー自選傑作集　ガラスの橋』（1966）アメリカ、扶桑社ミステリー
コリン・ワトソン『愛の終わりは家庭から』（1968）イギリス、論創海外ミステリ　＊ウォルター・パーブライト警部＃5
D・M・ディヴァイン『すり替えられた誘拐』（1969）イギリス、創元推理文庫　＊ドミニク・ディヴァイン名義作品

【モダン】1970～90年代
エドワード・D・ホック『フランケンシュタインの工場』（1975）アメリカ、国書刊行会　＊コンピューター検察局＃3
ナイオ・マーシュ『闇が迫る―マクベス殺人事件』（1982）イギリス、論創海外ミステリ　＊ロデリック・アレン＃32
M・C・ビートン『ゴシップ屋の死』（1985）イギリス、文芸社　＊ヘイミッシュ・マクベス巡査＃1
ジル・ペイトン・ウォルシュ『ウィンダム図書館の奇妙な事件』（1993）イギリス、創元推理文庫　＊イモージェン・クワイ＃1
ジル・ペイトン・ウォルシュ『ケンブリッジ大学の途切れた原稿の謎』（1995）イギリス、創元推理文庫　＊同上＃2

【コンテンポラリー】2000年以降・出身国別
《イギリス》
ピーター・トレメイン『昏き聖母』（2000）創元推理文庫　＊修道女フィデルマ＃9
ロビン・スティーヴンス『グッゲンハイムの謎』（2017）東京創元社　＊シヴォーン・ダウド原案。テッド＃2
マーティン・エドワーズ『処刑台広場の女』（2018）ハヤカワ・ミステリ文庫
アン・クリーヴス『炎の爪痕』（2018）創元推理文庫　＊CWAスティール・ダガー賞受賞。ジミー・ペレス警部＃8
アン・クリーヴス『哀惜』（2019）ハヤカワ・ミステリ文庫　＊アガサ賞最優秀長編賞受賞。マシュー・ヴェン警部＃1
ヴァシーム・カーン『帝国の亡霊、そして殺人』（2020）ハヤカワ・ミステリ　＊CWAヒストリカル・ダガー賞受賞。ペルシス・ワディア警部＃1
リチャード・オスマン『木曜殺人クラブ　二度死んだ男』（2021）ハヤカワ・ミステリ　＊木曜殺人クラブ＃2
M・W・クレイヴン『グレイラットの殺人』（2021）ハヤカワ・ミステリ文庫　＊ワシントン・ポー＃4
ホリー・ジャクソン『卒業生には向かない真実』（2021）創元推理文庫　＊ピップ＃3＊ヤングアダルト
アジェイ・チョウドゥリー『謎解きはビリヤニとともに』（2021）ハヤカワ・ミステリ文庫　＊カミル・ラーマン＃1
ジョセフ・ノックス『トゥルー・クライム・ストーリー』（2021）新潮文庫
S・J・ベネット『エリザベス女王の事件簿　バッキンガム宮殿の三匹の犬』（2021）角川文庫　＊エリザベス2世＃2
リチャード・オスマン『木曜殺人クラブ　逸れた銃弾』（2022）ハヤカワ・ミステリ　＊木曜殺人クラブ＃3
アンソニー・ホロヴィッツ『ナイフをひねれば』（2022）創元推理文庫　＊ダニエル・ホーソーン＃4

トム・ミード『死と奇術師』(2022) ハヤカワ・ミステリ
ティム・メジャー『新シャーロック・ホームズの冒険／顔のない男たち』(2022) 角川文庫　＊新ホームズの冒険＃2
《アメリカ》
グレッチェン・マクニール『孤島の十人』(2012) 扶桑社ミステリー　＊ヤングアダルト
ジュノー・ブラック『狐には向かない職業』(2015) ハヤカワ・ミステリ文庫
ピーター・スワンソン『だからダスティンは死んだ』(2019) 創元推理文庫
ボニー・マクバード『シャーロック・ホームズの事件録　悪魔の取り立て』(2019) ハーパーBOOKS　＊シャーロック・ホームズの事件録＃3
ピーター・スワンソン『8つの完璧な殺人』(2020) 創元推理文庫
エリカ・ルース・ノイバウアー『メナハウス・ホテルの殺人』(2020) 創元推理文庫　＊アガサ賞最優秀長編デビュー賞受賞。ジェーン・ヴンダリー＃1
エリカ・ルース・ノイバウアー『ウェッジフィールド館の殺人』(2021) 創元推理文庫　＊ジェーン・ヴンダリー＃2
アリスン・モントクレア『疑惑の入会者　ロンドン謎解き結婚相談所』(2021) 創元推理文庫　＊アイリス&グウェン＃3
ジェフリー・ディーヴァー『ハンティング・タイム』(2022) 文藝春秋　＊コルター・ショウ＃4
《フランス》
ポール・アルテ『吸血鬼の仮面』(2014) 行舟文化　＊オーウェン・バーンズ＃6
ミシェル・ビュッシ『恐るべき太陽』(2020) 集英社文庫
ギヨーム・ミュッソ『人生は小説(ロマン)』(2020) 集英社文庫
《欧米圏》
ギジェルモ・マルティネス『アリス連続殺人』(2019) アルゼンチン、扶桑社ミステリー　＊アーサー・セルダム教授＃2
C・A・ラーマー『危険な蒸気船オリエント号』(2021) オーストラリア、創元推理文庫　＊マーダー・ミステリ・ブッククラブ＃2
C・A・ラーマー『野外上映会の殺人』(2021) オーストラリア、創元推理文庫　＊同上＃3
《アジア圏》
蔡駿『幽霊ホテルからの手紙』(2004) 文藝春秋
蔡駿『忘却の河』(2018) 竹書房文庫
孫沁文『厳冬之棺』(2018) 中国、ハヤカワ・ミステリ文庫
王元『君のために鐘は鳴る』(2021) マレーシア、文藝春秋　＊第7回 金車・島田荘司推理小説賞受賞
紫金陳『知能犯の時空トリック』(2021) 中国、行舟文化　＊官僚謀殺シリーズ＃2

【日本オリジナル編集】
ジョエル・タウンズリー・ロジャーズ『恐ろしく奇妙な夜』(2023) アメリカ、国書刊行会
レックス・スタウト『ネロ・ウルフの災難　激怒編』(2023) アメリカ、論創海外ミステリ　＊1940～1962年初出の中編3本収録(新訳)
佐々木徹編訳『英国古典推理小説集』(2023) イギリス、岩波文庫　＊チャールズ・フィーリクス『ノッティング・ヒルの謎』(1865) を含む
フレドリック・ブラウン『死の10パーセント』(2023) 創元推理文庫　＊小森収編

【大家の新訳】
G・K・チェスタトン『マンアライヴ』(1912) 創元推理文庫
カーター・ディクスン『五つの箱の死』(1938) 国書刊行会　＊ヘンリー・メリヴェール卿＃8
ジョン・ディクスン・カー『幽霊屋敷』(1940) 創元推理文庫　＊ギディオン・フェル博士＃12
エラリイ・クイーン『靴に棲む老婆』(1943) ハヤカワ・ミステリ文庫　＊エラリイ・クイーン＃16
アガサ・クリスティ『秘密組織』(1922) 創元推理文庫　＊トミー&タペンス＃1
アガサ・クリスティー『ハロウィーン・パーティ』(1969) 早川書房・クリスティー文庫　＊エルキュール・ポアロ＃31
ジョルジュ・シムノン『サン＝フォリアン教会の首吊り男』(1931) ハヤカワ・ミステリ文庫　＊メグレ警視＃3
ジョルジュ・シムノン『メグレとマジェスティック・ホテルの地階』(1942) ハヤカワ・ミステリ文庫　＊メグレ警視＃21
ジョルジュ・シムノン『メグレと若い女の死』(1954) ハヤカワ・ミステリ文庫　＊メグレ警視＃45

ミステリ周辺書 2023

都筑道夫歿後三十年目の小説指南と新世代作家たちのポジション

横井 司

二〇二三年は都筑道夫の歿後三十年目にあたる。それもあってなのかどうか、『都筑道夫の小説指南 増補完全版』〈中央公論新社〉が上梓された。文庫化の際に『都筑道夫のミステリイ指南』と改題された旧著を丸ごと収めている他、光文社文庫版〈都筑道夫コレクション〉に散発的に収録されていた「わが小説術」を全て収録。これに雑誌『SFイズム』に連載された「エンタテインメント小説の書き方を伝授しよう」と、高橋克彦や佐野洋との対談、鏡明によるインタビューなども収めて、都筑道夫の小説観・創作観を鳥瞰ないし補完するのに好個の一冊となっている。都筑の著書として他に、新聞『東京スポーツ』に長年にわたって連載されたままだったコラムが『二十世紀のツヅキです 1986-1993』と『1994-1999』の二分冊で、フリースタイルからまとめられた〈奥付上は十一月発行なのだが、刊行は十月中だった〉。主としてセクシャルなネタの風俗コラムなので、『小説指南』との違いの大きさに、ちょっと驚かされる。

メフィストリーダーズクラブの有料会員向けにLINE配信された読書ガイドをまとめた講談社編『ミステリースクール』では、複数の書き手が「本格」など十二のテーマで選りすぐりの作品を紹介しているが、そこに都筑作品が一編も見られないのは不思議な印象を受ける。同書には配信当時、会員に対して様々なお題で行なわれたアンケートの結果も付いていて、母集団に偏りはあるだろうが、現代読者の意識を垣間見ることができるのは興味深いところだ。

同じく複数の書き手による読書ガイドである杉江松恋監修『十四人の識者が選ぶ 本当に面白いミステリ・ガイド』〈p

ヴァイン）にも都筑の名は見られないが、これは同書が内外の作家を「古典」と「新しい才能」に絞り、古典を一九五〇年代までにデビューした作家に限定しているからだ。国内作家で古典として名前が上がっているのは横溝正史、江戸川乱歩、夢野久作、山田風太郎、高木彬光、鮎川哲也、松本清張、仁木悦子、大藪春彦、結城昌治。海外作家はチェスタトン、クリスティー、シムノン、クイーン、カー、チャンドラー、マーガレット・ミラー、マクベイン、ウェストレイク、アルレー。国内の新しい才能としては青崎有吾、浅倉秋成、阿津川辰海、今村昌弘、呉勝浩、澤村伊智、潮谷験、斜線堂有紀、白井智之、辻堂ゆめ、方丈貴恵、矢樹純、海外はインドリダソン、マーク・グリーニー、シーラッハ、スチュアート・タートン、フランシス・ハーディング、ビュッシ、ホロヴィッツ、ルメートルといった面々。同書にはクリス・ウィタカーと月村了衛という日米各作家へのインタビューを収録し、一九六〇年代から二〇一〇年代までの間の動向については九本のコラムを当てて対応している。

『本当に面白いミステリ・ガイド』で扱われている日本作家のうち、横溝正史、江戸川乱歩、松本清張（デビュー順）については、今野真二『横溝正史の日本語』（春陽堂書店）、中相作編『江戸川乱歩リファレンスブック4／江戸川乱歩年譜集成』（藍峯舎。限定二百五十部で完売済み）、『別冊太陽』の特集号「江戸川乱歩――日本探偵小説の父」（平凡社）、横井大『松本清張の小説「点と線」を読んで』（はるかぜ書房）が刊行されている。

尹芷汐（イン・シセキ）『社会派ミステリー・ブーム――日中大衆化社会と〈事件の物語〉』（花鳥社）は、清張を中心とするムーヴメントについての論考を集めたアカデミズムな一冊。アカデミズムからは他に、開信介『久生十蘭作品研究――〈霧〉と〈二重性〉』（和泉書院）も出ている。

なお、前回の本欄において『松本清張推理評論集 1957-1988』（中央公論新社）に言及した際、中島河太郎が代筆した文章を収めていると書いたのは誤認と勇み足で、中島代筆と確認できているものは収められていないことを述べて、訂正すると同時にお詫びしておく次第です。

乾英治郎・小松史生子・鈴木優作・谷口基編著『〈怪異〉とミステリ――近代日本文学は何を「謎」としてきたか』（青弓社）は、怪異怪談研究会監修だけあって、

中央公論新社

講談社

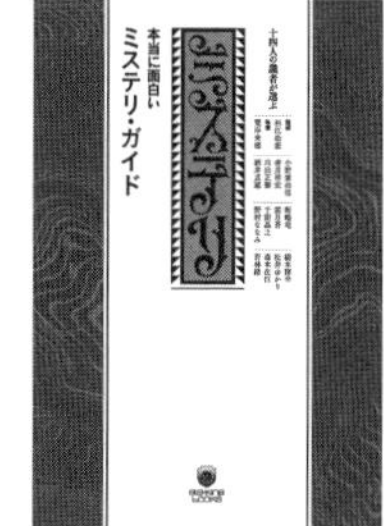

Pヴァイン

花鳥社

鶴屋南北から京極夏彦まで、幅広い作家を対象としているのが特徴だが、江戸川乱歩絡みの論考が多い。戦前作家では他に、岡本綺堂、芥川龍之介、海野十三、夢野久作、蘭郁二郎、久生十蘭、横溝正史といった面々が、戦後作家では戸川昌子、現代作家では綾辻行人、小野不由美、城平京、最東対地といった面々が論考の対象となっている。

『本当に面白いミステリ・ガイド』が対象とする「新しい才能」を主として論じているのが、限界研編・蔓葉信博編著『現代ミステリとは何か――二〇一〇年代の探偵作家たち』(南雲堂)である。円居挽・森川智喜・深緑野分・青崎有吾・白井智之・井上真偽・陸秋槎・斜線堂有紀・阿津川辰海・今村昌弘といった名前が並ぶのは壮観だが、現代作家を論じたものがこれ一冊しかないのは少々寂しいところだ。ちなみに、怪異怪談研究会の本も限界研の本も、ともに推理ゲームを取り上げているのが興味深いところ。

作家論ではなくトリック論という観点から書かれたものとして、飯城勇三『密室ミステリガイド』(星海社新書)がある。卓抜なクイーン論で知られる飯城らしい評価の視点が読みどころ。さすがに都筑についても言及されている。嵯峨景子『少女小説を知るための100冊』(星海社新書)には現代ミステリ作家も言及されている。他に日本作家に関するものとして、辻村深月『Another side of 辻村深月』(KADOKAWA)があり、大下英治『最後の無頼派作家 梶山季之』(さくら舎)も、ここであげておくことにする。

ガイドブックでは他に池澤春菜監修『現代SF小説ガイドブック――可能性の文学』(Pヴァイン)もあげておくべきだろう。

海外作家に関するものでは、サリー・クライン『アフター・アガサ・クリスティー――犯罪小説を書き継ぐ女性作家たち』(左右社)が、必ずしもそのすべてが日本に紹介されているわけではない海外の女性作家について、こちらの蒙を啓いてくれる一冊だ。野崎六助の『快楽の仏蘭西探偵小説』(インスクリプト)は『北米探偵小説論』の最終稿となる大冊で、日本作家についての言及も含まれる。同種の大冊として風間賢二『ホラー小説大全 完全版』(青土社)もここであげておこう。ホラーとも因縁浅からぬエドガー・アラン・ポオについては、辻和彦・山本智子・中山悟視編著『ナラティヴとダイアローグの時代に読むポー』(彩流社)が、英文学者たちのアプローチを示している。

シャーロック・ホームズ関連では、えのころ工房・絵と文『シャーロック・ホームズ人物解剖図鑑』(エクスナレッジ)、田中喜芳『シャーロック・ホームズが見た世界――古絵葉書で甦るその時代』(言視舎)、廣野由美子『NHK 100分 de 名著/シャーロック・ホームズ・スペシャル』(NHK出版)など。このうちNHKの番組テキストは、ミステリ史も押さえられている。異色なところではリンダ・ベイリーの文章、イザベル・フォラスの絵によるコナン・ドイルの伝記絵本『名探偵ホームズが生まれた日』(光村教育図書)というのも出た。ジェラール・ショーヴィ『科学捜査とエドモン・ロカール――フランスのシャーロック・ホームズと呼ばれた男』(鳥影社)は、ホームズに限らず、ミステリ全般における科学捜査の背景資料として重要な一冊。

　海外ミステリ関連では、シドニー・シェルダンの自伝『僕はいかに逆境をのり越え世界一翻訳された作家になったのか』（出版文化社）があり、越前敏弥『名作ミステリで学ぶ英文読解』（ハヤカワ新書）もここであげておこう。早川書房とも関連が深く、初期翻訳ミステリ界の立役者の一人でもある田村隆一の『ぼくのミステリ・マップ　推理評論・エッセイ集成』（中公文庫）も増補版としてまとめられており、海外作家への言及が中心となるだけに、ここであげておきたい。

　映像関連では千街晶之『ミステリ映像の最前線――原作と映像の交叉光線（クロス・ライト）』（書肆侃侃房）、西森路代『韓国ノワール　その激情と成熟』（Pヴァイン）がある。

　日本作家のエッセイでは、阿刀田高『小説作法の奥義』（新潮社）、中山七里・知念実希人・葉真中顕『作家　超サバイバル術！』（光文社）、平山瑞穂『エンタメ小説家の失敗学――「売れなければ終わり」の修羅の道』（光文社新書）、花村萬月『たった独りのための小説教室』（集英社）など、小説作法や作家生活をめぐるものが多い。

　そうした内容に限定されないものとして、前年度の本欄で漏らした有本倶子編『故郷へ、友へ、恩師へ、風の便り――山田風太郎書簡集』（講談社）、日下三蔵編『皆川博子随筆精華Ⅲ／書物の森の思い出』（河出書房新社）を取り急ぎ補足しておく。皆川の読書エッセイは今年度も『天涯図書館』（講談社）が上梓された。その他の今年度の作家エッセイでは、笠井潔『テロルの現象学――観念批判論序説　増補新版』（作品社）、笠井と絓秀実の共著『対論1968』（集英社新書）、髙村薫『銃を置け、戦争を終わらせよう――未踏の破局における思索』（毎日新聞出版）など、哲学的ないし社会的な問題についての発言が目立つという印象。国書刊行会の『定本夢野久作全集8』は、これが最終巻だが、同時代の社会世相を伝えるルポルタージュなどが中心なので、ここに加えておく。

　最後になったが、『本の雑誌』や『ミステリマガジン』などで健筆を振い、日本における冒険小説受容の牽引者の一人でもあった北上次郎氏が鬼籍に入られた。その業績を振り返り、親しかった人たちのエッセイを収めた本の雑誌編集部編『本の雑誌の目黒考二・北上次郎・藤代三郎』（本の雑誌社）が上梓されている。

青弓社

南雲堂

星海社新書

左右社

2023年のミステリゲーム

令和のポアロはスマホ持ち! クリスティファンなら見逃せない『オリエント急行殺人事件』

諸岡卓真

今年度も家庭用ゲーム機で遊べる良作ミステリゲームが多数発表された。

『超探偵事件簿レインコード』(スパイク・チュンソフト)は、〈ダンガンロンパ〉シリーズのスタッフが手がけた注目作。人知を超えた特殊能力を持つ「超探偵」が存在する世界での謎解きが展開される。原因不明の記憶喪失となったユーマは、自分に幽霊のようなものが取り憑いていることに気づく。それは「死に神ちゃん」と名乗り、事件の謎を内に込めたダンジョン「謎迷宮」へ彼を誘う能力を持っていた。ユーマは、この能力を用いて、雨が止まない奇妙な街・カナイ区に関連する謎に挑んでいくのだった。「死に神ちゃん」をはじめ、アクの強いキャラクターたちはそれ自体で魅力がある。また、この世界でしか成立しない数々のトリックや仕掛けも忘れがたい。特に、謎迷宮という設定を上手く利用した第三章の推理の進め方や、この世界観ならではの物語を描いた第四章は圧巻である。続編が楽しみなシリーズがまたひとつ誕生した。

『パラノマサイト FILE23 本所七不思議』(スクウェア・エニックス)は、昭和の墨田区を舞台に、怪異現象の謎を追うレトロテイストの一作。本所七不思議について調べていた興家彰吾は「蘇りの秘術」の話を聞く。七不思議の呪いの力が込められた「呪詛珠」があり、これを用いて人を呪い殺し、その魂を集めると「蘇りの秘術」が使えるようになるという。「呪詛珠」の主は複数存在し、それぞれの呪いの発動条件は不明。また、「呪詛珠」の主を呪い殺すと多量の魂を得られる。そのため、興家をはじめとする主たちはお互いを出し抜こうと策を練り始める。冒頭から不可思議現象が頻発する物語は辞め所を見失う面白さ。中盤からはセガサターンの名作『街』（一九九八）のように複数の主人公の視点を行き来しながら物語を進めていく形となり、徐々に全体の構図が明らかになっていく。終盤のサプライズも見事に決まる傑作だ。本作は二〇二三年の日本ゲーム大賞優秀賞を受賞したが、その評価も納得できる出来である。

『鳥類弁護士の事件簿』（Leoful）は、一八四八年のフランスを舞台に、鳥類弁護士ジェイジェイ・ファルコンが活躍する作品。登場キャラクターはすべて擬人化された動物であり、グラフィックは同時代の風刺画家J・J・グランヴィルの絵画から引用されている。ゲームシステムはオーソドックスであり、調査パートで手がかりを集め、法廷パートでそれらを駆使して被告人を弁護していくという『逆転裁判』形式。終盤の選択で物語が大きく分岐するため、複数回プレイしても楽しめるようになっている。サン＝サーンスらの落ち着いた音楽とオフビートなジョークも忘れがたい。

『帰ってきた 名探偵ピカチュウ』（任天堂）は、ニンテンドー3DSで発売された『名探偵ピカチュウ』（二〇一六→二〇一八）の続編。人間とポケモンが共生するライムシティを舞台に、ティム・グッドマンとピカチュウのコンビが様々な事件に挑んでいく。前作や同名の実写映画同様、見た目はかわいいピカチュウが、渋い男性の声で話すのがなんともおかしい（今作の声優は山寺宏一）。物語的には、前作で未解決となっていたティムの父・ハリーにまつわる謎が追及されるなど、完結編とでも言うべき内容になっている。ポケモンの性質や「わざ」にまつわる知識が鍵になる事件が描かれるが、それらについては作中できちんと説明されるので、ポケモンに詳しくなくても十分に楽しめる。ゲームシステムも親切で、子どもから大人まで万人におすすめできる良作である。

『和階堂真の事件簿 TRILOGY DELUXE』（room6）は、シンプルなドット絵のビジュアルが印象的な一本。元々はスマートフォン向けのアプリとして三作発表されたものだが、家庭用ゲーム機に移植されるにあたり、それらをまとめた上で、新規シナリオが一本追加された。どの話も一時間程度でクリアできるようになっているため、それほど複雑ではないが、それぞれにサプライズを用意しているのが

スパイク・チュンソフト

スクウェア・エニックス

Leoful

任天堂

心憎い。価格も良心的なので、ミステリゲームがどのようなものか知りたい方にはうってつけだろう。

今年度はエルキュール・ポアロを主人公としたゲームが二本登場した。発売順では『アガサ・クリスティ：エルキュール・ポアロ ロンドン事件簿』(Microids)の方が先だが、本誌読者によりおすすめなのは『アガサ・クリスティ：オリエント急行殺人事件』(同)。クリスティの代表作をそのままゲーム化するのかと思いきや、時代を現代に移し（ポアロがスマホを持っている！）、ジョアンナ・ロックというオリジナルキャラクターとバディを組んで事件捜査に当たるというアレンジがなされている。物語的にも、原作を踏まえつつ様々な要素が追加されており、むしろ原作の結末を知っているプレイヤーの方が驚くのではないだろうか。何より、ゲーム内に再現されたオリエント急行の内部を、ポアロとなって自由に移動しながら捜査するという体験自体がファンには感慨深い。ゲームシステム的にも親切設計になっており、次に何をすべきかを常に確認することができるほか、ヒント機能（段階を追って手がかりが提示される）もあるので、ミステリゲーム初心者も安心してプレイできる。

一方の『ロンドン事件簿』は、二〇二一年に発売された『アガサ・クリスティ：エルキュール・ポアロ 初事件』と同じゲームシステムを採用した作品。物語は独立しているので本作単体でも楽しめる。今回の事件は、ロンドン美術館に展示された「マグダラのマリア」が目の前で盗まれるというもの。一癖も二癖もある登場人物が絡んだ複雑な事件に、ヘイスティングズとともに挑む。前作同様、入手した手がかり同士をマインドマップ上で接続していくことで推理を進めるという推理システムが目をひくが、どれとどれを接続すればよいのかがわかりにくいのが難点。ロード時間も含めて移動がゆったりしている、日本語の訳文がこなれていないなど問題点も散見され、ゲームとしての仕上がりは『オリエント急行』の方が上だ。

続いて、音声を上手く使った作品を二本紹介しよう。

『Unheard―罪の代弁―』（505Games）は、事件現場の音声を手がかりに真相を推理する新機軸のゲーム。画面には現場の平面図が表示され、関係者の動きがリアルタイムで表示される。プレイヤーは自由に移動してそれぞれの場所での会話を聞くことができ、得られた情報から個人名を特定したり、裏で動いている計画を推測したりする。細かな情報を総合して全体の構図が見えた瞬間の快感は抜群だ。謎解きをじっくり楽しみたいプレイヤーにおすすめできる一作である。

『Killer Frequency』（Team17）も音声を使ったミステリゲーム。舞台は一九八七年、アメリカのとある田舎町。かつて街を恐怖に陥れた殺人鬼ホイッスリングマンが再び現れ、人々を襲い始める。とある事情から緊急連絡先となった深夜ラジオ番組には、ホイッスリングマンに狙われた住人から電話がかかってくる。プレイヤーはその番組のDJ・フォレストとなり、住人の危険回避を手助けしていき、その過程で殺人鬼の正体にも迫っていく。危機が迫るリスナーとの会話は臨場感満点。自分の判断が彼らの生死に直結するとあって、選択肢を選ぶ際の緊張感もある。謎解きも適度な難易度で調整されており遊びやすい。

　続いて、キャラクター主体でライトに楽しめるゲームを紹介しよう。

『義賊探偵ノスリ』（アクアプラス）は、『うたわれるもの』シリーズのスピンオフ。プレイヤーは、猪突猛進にトンデモな推理を披露する自称・名探偵のノスリとともに、キセル紛失の謎に挑む。ノスリが繰り出す無理矢理な推理の問題点を指摘し、それとなく（?）正しい方向へ導いていくのは、〈大逆転裁判〉シリーズにおけるホームズとの共同推理を彷彿とさせる。システムが丁寧に作られており、ストレスなく楽しめる。グラフィックや音声も質が高い。シリーズのファンならぜひ。

『災難探偵サイガ 名状できない怪事件』（ディッジ）は、クトゥルフ神話を下敷きにしたオカルト要素を含むミステリゲーム。事件の発端は、究極的に運の悪い探偵・天堂サイガと記憶を失った占い師ヒン・レイが、猫探しを依頼されたこと。件の猫を見つけたものの、その正体は怪物であったことが発覚、二人はこれをきっかけに、街で密かに進行しているある陰謀に巻き込まれていくのだった。ギャグをふんだんに織り交ぜたシナリオはテンポもよく、気軽に楽しめる。独特のキャラクターも魅力だ。

　変わり種として、『マドリカ不動産2―新物件の間取り謎―』（ギフトテンインダストリ）を挙げておこう。二〇一八年の前作同様、印刷した間取り図とゲーム画面の両方を使って謎解きを楽しむ、アナログとデジタルの融合作である。通常のゲームにはない発想が求められる感覚が独特で、解決法を閃く瞬間が癖になる。一人でも遊べるが、間取り図を複数枚用意すれば、多人数で知恵を出し合いながらプレイすることもできる。パーティーゲームとしてもいかがだろうか。

　この他、『名探偵のナゾトキ推理』、『ミステリーの扉』（以上、TT）など、提示されたイラストの怪しい点を指摘することでゲームが進む超短編タイプのゲームも複数発表された。

（※なお、ゲームのマルチプラットフォーム化が一般的になってきている状況を鑑み、昨年度から対応ハードの記載は行っていない。対応ハードについては各ソフトの公式サイトなどで確認していただきたい）。

room6

Microids

505Games

Team17

探偵小説研究会の一年
——あとがきにかえて

秋好亮平◆　探偵小説研究会・編『本格ミステリ・エターナル300』（行舟文化）のコラム「体験型謎解きゲームの流行」にて、枚数等の都合により触れられなかった作品タイトルをここで挙げておきます。マダミス『女王未遂』（シナリオ：日部星花）、『落日のレプタイル』（シナリオ：最東対地）、SCRAPのリアル脱出ゲーム『ミステリータイムカプセル』（シナリオ：村崎友）。青柳碧人「赤ずきん」シリーズもマダミスになるとか。

浅木原忍◆　推し馬の馬券を買うと推し馬が負けるので馬券を買うのを止めました。現役の最推し馬はテリオスベルとクラウンプライド、今年の好きなレースは川崎記念と帝王賞です。

市川尚吾◆　還暦を迎えたが構わず書庫のためのスペースを拡張した。作り付けの本棚は見積額が予算を超過したので市販品の組立式本棚を通販で購入してはコツコツと作成中。ここが全て埋まるまでは生き続けるし本を読み続けてやるぞ。

浦谷一弘◆　ここ数年ハマっているのが、特に海外の作品を読む時に地名の画像検索をしながら読むことです。読むのに少し時間はかかってしまいますが、小説を読みながら旅行をしているような気持ちになれますね。ちなみに『焔と雪』の滑川の住所の近くに幼い頃、住んでいたことがあります。寺町二条の鯉城の事務所の近くには梶井基次郎の「檸檬」の果物屋がありますね。

佳多山大地◆　あらためて阪神タイガースという球団は「ひどい」と思った一年だった。五十一歳になった僕も、僕より三十年上の父も、阪神が日本一になって歓喜したのは同じ〝二回目〟なんだから。

笹川吉晴◆　今年の前半は、一日のうち七割は『シン・仮面ライダー』のことを考えていた。あれは自分にとって映画を観る／語るとはどういうことかを突きつけてくる映画だ。

末國善己◆　私用に追われた一年でした。編著は『君を恋ふらん　源氏物語アンソロジー』を刊行。まもなく二冊目の編著『名月一夜狂言　人形佐七捕物帳ミステリ傑作選』が出ます。

千街晶之◆　九年ぶりの単著『ミステリ映像の最前線　原作と映像の交叉光線』を書肆侃侃房から上梓しました。雑誌〈ジャーロ〉の連載評論も来年単行本化の予定です。

鷹城宏◆　行ってきました、さいたま国際芸術祭。ディレクターは現代アートチームの「目」なのだが、会場全体がよくも悪くも「目」の巨大作品のようで圧倒された。

嵩平何◆　自宅で有料データベースを完備した生活に憧れます。ざっさくプラスに大宅壮一文庫雑誌記事索引検索・20世紀メディア情報DBに戦後日本少年少女雑誌DBにマガジンプラス、あとGサーチや各種新聞DB。CNKIのような海外DBもいいなぁ。オンライン版の『貼雑年譜』や『横溝正史旧蔵資料』・小栗虫太郎旧蔵資料も見たい。あとCD-ROMでも『SFファンジンDB』や『Index to Anthologies』は持っていないので是非ほしい！　え～と、代金は全部で如何ほど？

蔓葉信博◆　二〇二三年はBUCK-TICKのボーカル・櫻井敦司がこの世を去った年となった。『狂った太陽』はメタルテープで際限なく聴き続けた。未だに信じられない。理不尽な、許しがたいことばかりが続き、もはや世界の歯車が噛み合わなくなった。だからといって、この唐突な幕切れを、どう受け止めたらいいのだろう。

波多野健◆　本を読むにも体力がいると感じたのが三年前。本格ミステリ大賞の予選を担当してから、毎日分散して少しずつ読む読書になって、今もそのまま。

廣澤吉泰◆　高階良子『70年目の告白～毒とペン～』（秋田書店ボニータコミックス）は二〇二二年十二月刊行の三巻で完結した。本書については、昨年「ミステリコミック事情」で連載完結は伝えたが、当時単行本は未刊で言及できなかった。よって、本欄を利用して紹介した次第である。ご了承を願いたい。

松本寛大◆　「ジャーロ」で鮎川哲也の足跡をたどる原稿を書きました。参考に満洲唱歌を聴くうち、樺太からの引揚者で苦学した父を思い出した次第。晩年の父も唱歌が好きだったのですよ。

諸岡卓真◆　今年度、ミステリ以外でハマったゲームは『ゼルダの伝説ティアーズ オブ ザ キングダム』と『ピクミン4』。任天堂強し。

横井司◆　最近は絵画に興味を持ってます。美術展などに行って原画に接するべきだとは思うものの入館料が単行本一冊かそれ以上なので足を運べず。今、気になってるのはモネ〈ラ・グルヌイエール〉の水面を描くタッチ。印象派、すごい！

探偵小説研究会（たんていしょうせつけんきゅうかい）
1995年に創元推理評論賞の選考委員と受賞者らを中心に結成。
おもに探偵小説に関する多面的な研究、評論活動を行っている。
編著に『本格ミステリ・エターナル300』（行舟文化）、
『本格ミステリ・ベスト100 1975-1994』（東京創元社）、
『本格ミステリ・クロニクル300』『本格ミステリ・ディケイド300』（原書房）
などのほか、各メンバーが各紙誌書評、評論活動などで活躍している。
また、2006年から機関誌『CRITICA』を発行。

2024本格ミステリ・ベスト10

2023年12月15日　第1刷

編著者 ……………探偵小説研究会

装幀・本文AD ……松木美紀
印刷・製本 …………新灯印刷株式会社

発行者 ……………成瀬雅人

発行所 ……………株式会社原書房
〒160-0022　東京都新宿区新宿1-25-13
電話・代表 03-3354-0685
http://www.harashobo.co.jp
振替・00150-6-151594

ISBN978-4-562-07374-0, Printed in Japan